시험범위

1) 프로방스 의상 ✓
2)   〃   도자기 ✓
3)   〃   마을 + 풍경 ✓
4)   〃   마술
5)   〃   영화 *
6)   〃   음식, 색채 ⦻ ○

프로방스

provence

문화 예술 산책

프로방스 문화 예술산책

1판 1쇄 인쇄 2001년 3월 20일
1판 1쇄 발행 2001년 3월 30일

지은이 | 프랑스문화예술학회(정광흠 외 7인)
펴낸이 | 심윤종
펴낸곳 | 성균관대학교 출판부

등록 | 1975년 5월 21일 제1-0217호
주소 | 110-745 서울특별시 종로구 명륜동 3가 53
대표전화 | (02) 760-1252~4
팩시밀리 | (02) 762-7452
E-mail : skkpress@dragon.skku.ac.kr

ⓒ 2001, 프랑스문화예술학회

값 14,500원

ISBN 89-7986-269-5 03860

프로방스

provence

문화 예술 산책

성균관대학교 출판부

『프로방스 문화예술 산책』에 들어가면서…

프로방스는 유럽 사람들의 마음속에 낙원의 이미지로 깊이 새겨져 있다. 이 낙원의 빛과 소리는 북으로 방뚜(Ventoux) 산으로부터 남단의 지중해까지, 서쪽 론느(Rhône) 강부터 동쪽 알프스 산맥까지 화사하게 펼쳐져 있다. 광활한 발랑솔(Valensle) 고원 위의 라방드(Lavande) 꽃밭은 경쾌히 향기를 퍼뜨리며 보라색의 화사한 빛을 발하고, 세낭끄(Sénanque) 수도원에 이르러서는 정막과 신비의 빛을 발한다. 반 고호의 화폭 위보다는 더 강하게 타오르는 태양은 저녁 무렵에 지중해의 수평선을 붉게 물들이며 거대한 원을 그린다. 홍학은 열기가 가라앉는 이 붉고 둥근 태양을 향하여 야생의 늪지대 꺄마르그(Camargue)로부터 무리 지어 날아간다. 이들 홍학의 비상을 따라 달려갈 때는 프로방스의 삶을 마음 속 깊이로 감지할 수 있을 것이다. 알퐁스도데가 즐겨듣던 르 브렝 산 위의 별들의 소리로부터 중세 때 사랑의 애절함을 토하는 음유 시인들의 노래까지, 비제의『아를르의 연인』,『칼멘』이 표출하는 집시들의 운율로부터 오늘날 민속 축제의 노래는 프로방스 사람들의 삶의 다양함을 들려준다.

이와 같이 프로방스 지방의 빛과 소리가 아름다움을 띨 수 있는 것은 자연 보호뿐만 아니라 이곳 사람들의 삶이 자연과 역사의 조화 속에서 이루어지기 때문일 것이다. 세계 각국의 사람들은 이들 삶의 축적인 문화예술을 부러워하며, 이 아름다움을 만끽하면서 산책하고자 한다.

산책은 명상이며 기도다. 이번『프로방스 문화예술 산책』은 명상 혹은 기도의 시간을 갖기 위함이다. 이와 같은 명상은 단순히 프로방스 혹은 프랑스 문화예술을 이해하는 데 머무는 것이 아니라, 우리 문화예술을 보전하고 아름답게 가꾸면서 우리 문화의 정체성을 간직할 수 있는 길을 모색하는 데 있다. 우리들은 강원도 동강을 자연 그대로 보전하기 위하여 투쟁하였으나 시화호의 썩은 냄새를 맡으면서 살아가고 있다. 아파트 건설을 위하여 고성을 허물어야 하는 우리 현실은 바로 우리의 정체성을 상실하고 있음을 의미하고 있다.

프로방스 지방에는 투우장, 원형극장 등 수많은 로마 유적을 발굴 보전하며, 도처에서 오랜 작은 마을들을 복원하여 생기를 불어넣고 있다. 이들 작은 마을들은 관광지로 될 뿐만 아니라 문화예술 활동의 근원지가 되고 있다. 이러한 지방 문화의 개성화는 세계화 혹은 미국화의 물결이 획일화로 휩쓸어 갈 때 오히려 문화의 정체성을 가질 수 있도록 한다.

세계는 지금 새로운 천년의 문턱을 넘어섰다. 프랑스는 그들의 정치문화를 개성화하면서, 유럽연합 15개국을 묶는 단일 통화인 '유로'를 출범시켰다. 이러한 '유로화'의 등장은 구-소련체제 붕괴이후 급진적으로 강화되고 있는 미국 중심의 세계 질서 속에서 세력 균형의 축을 이동시킬 가능성을 예고함으로써 세계인의 이목을 집중시키고 있다. 어떻든 '유로랜드'가 상징하는 통합의 힘이 펼쳐질 것이다. 따라서, 오래 전부터 유럽 문화예술의 중심축을 이루고 있는 프랑스의 개성과 잠재력을 안다는 것은 세계화 혹은 미국식 획일화로부터 우리 문화예술의 생명력을 되찾는 작업일 것이다.

이를 위해, 우리는 첫 작업의 주제로 '프로방스 문화예술'을 선택하였다. 구체적으로 프로방스 지방의 미술, 영화, 문학은 물론이고 풍속, 음식까지 가능한 한 모든 영역을 종합하여 살펴봄으로서 실생활의 넓이와 깊이를 파악하고자 하였다. 이 작업에 참여하신 '프랑스 문화예술 학회' 회원들은 프로방스 지방에서 오랜 기간 동안 유학 생활을 하였던가 혹은 현재 살고 있는 학자들이다. 이 분들의 노고에 감사드리며, 특히 원고 정리로부터 제본 및 출간까지 모든 일을 맡아서 정리한 정광흠 박사께 고마운 마음을 표한다. 이렇게 시작된 작업은 '브레따뉴 문화예술'과 '알자스 문화예술'로 이어져 향후에는 새로 두 권의 책이 빛을 볼 것이다.

독자들과의 책을 통한 대화가 좀 더 생명력을 갖기 위하여 '프랑스 문화예술학회'의 문을 활짝 열어 놓았다.

프랑스 문화예술학회 회장
김 상 태

책을 소개하면서…

이 책을 읽는 독자들은 여기에 엮어진 각각의 텍스트 속에 함축된 풍성한 아름다움을 아주 흥미롭게 발견할 수 있을 것이다.

이 책의 큰 부분을 차지하고 있는 문학에 관하여 내가 이야기하고 싶은 것은 하나의 진정한 문학의 장으로서 조화를 이룬 표현의 감미로움에 있다는 것을 이해할 수 있을 것이다.

이 책은 보다 사변적이고 보다 많은 정보를 제공하는 텍스트들로 구성되어, 담백한 몇 가지 사고와 역설의 전개로 시작하고 있으며, 전적으로 프랑스 독자들에게 가장 소박하게 드러나는 문체에서부터 출발하고 있다.

그렇지만 여기서는 아주 독특한 프랑스를 다루고 있다. 즉 프랑스의 지방을 다루고 있으며, 이 책은 알자쓰, 브레따뉴 등 프랑스의 여러 지방에 관해 살펴보는 심층적 '문화와 풍경' 총서를 목적으로 하는 출발서로 알고 있다. 간소함 혹은 지극한 세련됨의 결과로서 도시 혹은 농촌의 활기 넘치는 일상 생활에 관한 하나의 프랑스, 평상시의 프랑스, 하나의 예외적인 형태가 너그럽게 일상화되는 언제나 변함없는 프랑스 등을 이 책을 통하여 만나게 될 것이다. 더욱이 여기서는 프랑스식 삶의 유용성, 훌륭한 생활의 지혜, 멋진 창조성, 맛과 지각의 일상적인 것을 따뜻하게 즐기는 방식 등을 다루고 있다.

특히 프로방스 지방을 다루고 있는 이 책을 통하여 감동을 불러일으키는 모든 색채를 느낄 수 있을 것이다. 왜냐하면 프로방스는 어떤 지방보다 더 한층 자유롭고 향기에 젖어 있는 땅이기 때문이다. 그리고 독자는 바로 이 책에서 프로방스에 관한 모든 정보를 얻을 수 있을 것이다. 마찬가지로 직접 여행을 할 수 없는 독자는 겨울 태양이 황금빛으로 물드는 대지 위에서 조용한 아침을 꿈꾸게 해주는 실마리를 찾아볼 수 있을 것이다.

우리는 바로 이 아침을 상상할 수 있고 그것을 한껏 즐길 수도 있다. 이 아침은 가장 순수한 표현이며, 떠오르는 대지와 내면의 세계를 드러내는 어느 한 고장의 가장 명확한 표현이다.

필자는 감히 이 책의 줄거리를 따라 읽는 즐거움을 맛본 독자들이 프로방스 지방의 속살을 살펴봄과 동시에 모든 상상력에 힘을 불어넣어 주는 도도한 상상의 바다에 빠져들 수 있기를 바란다. 그래서 만약 프랑스가 정열의 땅이 되었으면 그리고 다시 느껴 볼 수 있는 행복의 땅이 되었으면….

프랑스대사관 – 문화교육 부서 책임자
필립 모장딸 (번역 – 정광흠)

C'est avec un plaisir évident que les lecteurs de cet ouvrage découvriront les saveurs concentrées dans chacun des textes ici réunis. S'agissant en grande partie de littérature on comprendra que je parle de la saveur des mots orchestrés en une page de vraie littérature. Pour les textes plus théoriques et plus informatifs, il y va simplement du développement de quelques idées, paradoxes et d'un style qui apparaîtra au plus naif des lecteurs typiquement français.

Mais il s'agit ici d'une France bien particulière; il s'agit de la France des régions et je crois savoir que cet ouvrage inaugure une série d'autres, sur l'Alsace, la Bretagne. Il s'agit d'une France au quotidien, active urbaine ou rurale, faite de simplicité ou du plus extrême raffinement, de la France de tous les jours et de la France de toujours où une forme d'exception est quotidienne. Cet bien de vivre à la française qui est ici exprimé. Art de bien vivre et de bien faire. Manière de magnifier le quotidien par le bonheur des saveurs et des perceptions.

S'agissant en particulier de la Provence, le lecteur retrouvera ici toutes la palette des sensations, car est-il terre plus libre et plus parfumée que celle là, et toutes les informations qui pourront lui être de secours sur place. Moyen aussi pour celui qui ne voyagera pas de rêver à des matins calmes sur une terre dorée par le soleil d'hiver.

Nous savons ces matins imaginer et en jouir. Ils sont l'expression la plus pure et la plus évidente d'une terre qui s'offre, d'un pays qui s'abandonne.

Puisse le public coréen au fil de ces pages s'informer dans le plaisir de lire, s'abandonner au fil d'une rêverie propice à toutes les imaginations. Et si la France était cette terre de folie et de bonheur retrouvé?

Philippe MOGENTALE(L'Ambassade de France)

차 례

xiii

빛과 삶의 조화
프·로·방·스

빛과 삶의 조화: 프로방스

1. 들어가면서

　문학적인 눈으로 다가가는 프로방스, 그곳에는 우선 12세기에 시작된 유랑 음유시인들(troubadours)의 시정이 있다. 13세기에 쇠퇴해버리는 프로방스 문학은 이탈리아로 건너가 천재 단테(Dante)에 의해 되살아나고 15세기에 페트라르크(Pétrarque)가 이 르네상스 문학을 론(Rhône)강 유역에 되가져온다. 그러나 16세기에 프로방스어가 사용 금지되자 문학활동도 따라서 위축되고 차츰 그 자리를 지금의 불어인 일-드-프랑스(Ile-de-France)의 방언이 차지한다. 프로방스 문학은 19세기에 시인 프레데릭 미스트랄(Frédéric Mistral)에 의해 마지막으로 꽃피게 된다. 이미 거의 모든 영역에서 불어를 사용하게 된 지 오래라 이렇다할 프로방스어로 된 후속작품들이 나오진 않았지만 빛과 향기로 특징지워지는, 이 자연에 깃들여 산 작가들에게서 우리는 프로방스 땅의 개성을 강하게 느낄 수 있다. 도데(Alphonse Daudet), 샤르(René Char), 지오노(Jean Giono), 보스코(Henri Bosco), 빠뇰(Marcel Pagnol), 파브르(Henri Fabre)가 그들이다. 그 외에도 사드 후작(Marquis de Sade), 졸라(Emile Zola), 까뮈(Albert Camus), 세비녜 부인(Madame de Sévigné) 등의 흔적이 이 땅에 배어 있다.

　그리고 예술을 생각하며 접근하는 프로방스에는 당장 화가 고흐(Van Gogh)와 세잔느(Paul Cézanne)의 풍경이 떠오르는데, 세잔느의 뒤를 이어 마르세이유(Marseille) 교외 바닷가 에스타끄(Estaque)를 거쳐간 입체파 야수파들, 브라끄(Georges Braque), 드랭(André Derain), 레제르

(Fernand Léger) 등과 프로방스 시골 여기저기를 떠돈 니꼴라 드 스딸 (Nicolas de Staël) 등의 그림들이 남아 있다. 그 외에도 세잔느의 그림에 끌려 엑-상-프로방스근처에 거처를 마련한 피카소(Picasso), 앙드레 마쏭 (André Masson)의 행적과 마르세이유 출신의 조각가 세자르(Cézar) 등도 빼놓을 수 없다.

문화적인 측면으로 프로방스를 볼 것 같으면 수많은 축제, 그 중에서 도 칠월과 팔월에 열리는 아비뇽(Avignon)의 연극제(Festival d'Art dra-matique)와 엑-상-프로방스의 음악제(Festival international de musique)가 특히 유명하다. 그리고 비록 이런 사전 지식이 없이 그곳에 간 이방인일 지라도 각종 문화활동을 통해 프로방스의 풍요로운 일상에 예술과 문학 이 젖어 있는 것을 쉽게 발견할 것이며, 그것도 아니면 그저 프로방스는 넘쳐나는 햇빛아래 온갖 향기 나는 풀과 과일의 땅, 채소의 땅, 곡식의 땅으로 비쳐질 것이다.

2. 프로방스의 사절기

프로방스 지방의 문학과 예술의 밑바닥 성질을 규정할 수 있는 주요 소를 말하라면, 우리는 주저없이 햇빛과 색조와 향기, 이 세가지를 꼽을 것이다. 가장 프로방스적인 것은 특이한 지중해식 기후에 의해 특징지어 진 자연, 늘 투명한 하늘의 온화하고 건조한 대기에 작열하는 태양빛의 질과 거기서 오는 찬란한 색의 조화에 있으므로 오월초부터 구월까지의 여름, 우리로 치자면 봄부터 가을 중엽까지가 빛이 절정에 달하는 시기 다. 이 점에서 아를르에서 동생 떼오에게 보내는 고호의 이야기는 아주 시사적이다. 《아! 다른 예술가들이 그곳은 파리에서 너무 멀다는 둥 말 한다면, 그렇게 하라지, 그들에게 애석한 일이지 뭐. 왜 가장 훌륭한 채 색가 드라크로와가 남불에 그리고 아프리카까지 가는 것이 반드시 필요하다고 판단했겠는가? 아무렴, 아프리카뿐만 아니라 아를르부터라도 붉은 색과 초록색, 푸른색과 오렌지색, 유황색과 연보라색간에 아름다운 대립들을 자연스럽게 발견할 테니까. — Ah! si les autres disent c'est trop loin de Paris, etc., laissez faire, c'est tant pis pour eux. Pourquoi le plus grand coloriste de tous Eugéne Delacroix a-t-il jugé indispensable d'aller dans le

아몬드 나무와 유채꽃이 어울어진 프로방스의 들판. 뒤틀린 나무둥치에서 바람 미스트랄의 흔적을 볼 수 있다.

Midi et jusqu'en Afrique? Evidemment puisque et non seulement en Afrique, mais même à partir d'Arles, vous trouverez naturellement les belles oppositions des rouges et des verts, des bleus et des oranges, du soufre et du lilas[1].》

프로방스 지방 문예의 원천인 공중에 떠도는 습기를 제외하면 어느 것 하나 풍요롭지 않은 것이 없는 빛과 강한 색조가 넘쳐나는 절기에 대해 잠시 말해보자. 우선 나무 한 가지가 떠오른다. 일년내내 거의 변함없이 바랜 녹색의 작은 이파리를 달고 있는 올리브나무, 어느 언덕에 서고 만나는 한그루 한그루 조형미의 진수같은 그 나무는 그 자체로 프로방스 자연의 한 전형같다. 지독히 단단하며 더디게 자라는 둥치와 작고 질긴 이파리는 습기라곤 희박한 건조기후와 무시무시한 바람 미스트랄(mistral, 북서풍)을 견디는 슬기를 담고 있고, 둥치와 가지의 균형은 미와 지혜, 즉 문예를 표상하는 듯 하며, 마지막으로 그 열매와 거기서 짠 기름은 역설적으로 풍성하고도 균형잡힌 프로방스 음식의 필수 기본 재료가 된다.

그 다음, 계절이 바뀔 때 이따금 불어오는 '날씨의 폭군' 미스트랄은

---

1) Van Gogh, Lettres à Théo, Gallimard(l'imaginaire), p. 411.

하늘에 구름이란 구름은 다 쫓아 버리고 길거리의 행인마저 집안으로 몰아버리곤 한다. 해만 쨍한 들판과 동네를 하룻새 온통 겨울 분위기로 만들 만치 무섭지만, 밤만 되면 저도 잠들고 또 이틀 사흘 계속 부는 법이 별로 없다. 그렇지만 이 악명 높은 바람은 프로방스에 체류해본 사람에겐 좀처럼 잊을 수 없는 추억거리로 남는다. 왜냐하면 가는 곳마다 이 지상의 폭군은 자신의 자국을 새겨놓기 때문이다. 도데(Daudet)의 표현에 따르면《그 앞에선 모든 것이 구부러진다. 아무리 작은 관목이라도 그가 지나간 흔적을 지니고 있고, 남쪽을 향해서 한없이 달아나는 몸짓으로 뒤틀려 누워 있다... Tout se courbe devant lui(le mistral). Les moindres arbustes gardent l'empreinte de son passage, en restent tordus, couchés vers le sud dans l'attitude d'une fuite perpétuelle...[2]》

연 삼백일을 훨씬 웃도는 이 지역의 쾌청일수가 말해주듯이 소박한 봄날은 곧 나날이 쾌청하고 건조해지기 시작해서 프로방스에서 봄의 절정은 아무래도 지천에 서양버찌가 빨갛게 익어 가는 오월이리라. 이때쯤 파릇한 기지개를 펴고 있는 게으른 포도 잎사귀들이 온 언덕을 덮은 포도밭이 모가 한창 자라는 들판으로 다가오는 듯한 오월, 이미 여름을 알리는 햇빛은 밀들을 익게 하고 수분을 빼앗긴 대기에 하늘은 나날이 더 푸르러져서 구월까지 계속되는, 한밤중에도 짙푸른 하늘은 시인 랭보(Rimbaud)가 열 일곱의 여름에 노래한《여름날 푸른 저녁, 나는 가리라, 오솔길을, 까실한 밀 사이로, 잔풀 밟으며... Par les soirs bleus d'été, j'irai dans les sentiers, /Picoté par les blés, fouler l'herbe menue…[3]》, 그 시정을 북쪽보다 2개월은 빨리 펼친다.

점점 더 강렬한 빛과 뜨거운 열기가 모든 활동을 게으르게 하지만, 가장 프로방스적인 풍요롭고 긴 계절 여름은 따갑고 건조한 향기로 다가온다. 여름은 내내 온도가 30도를 넘어도 무덥지 않고 마른 열기는 따끔거리기는 하나 별로 사람을 짓무르게 하지는 않으며 그늘에서는 빨리

2) Alphonse Daudet, *Lettres de mon moulin*, Le livre de poche, p. 204

시원해지기 때문에 생각보다는 견디기가 쉽다. 여름 낮동안 대다수의 프로방스 농가나 집들이 겉창을 닫아걸어 햇빛을 차단하는 이유가 여기에 있다. 이때쯤 마를대로 마른 야산에는 목마른 매미소리에 뒤섞인 온갖 향초들이 후각을 마비시키는데, 야생 마늘, 라벤더, 백리향(thym),

멀리 방뚜산(1909m)을 배경으로 서양 벚꽃(체리)이 활짝핀 프로방스의 봄 풍경

만년량(romarin), 꽃박하(marjolaine), sarriette, basilic, sauge 등 지천에 깔린 허브들은 산책객들의 발길에 채일 때마다 공중으로 진한 향기를 발산한다. 요리할 때 거의 빠지지 않는 이 향신료의 냄새가 풍성한 과일들과 포도주 냄새에 어우러져 프로방스 땅의 체취를 이루는데, 이 땅에 온 민감한 여행객이라면 쪽빛 하늘에 은근히 감도는 이 향취를 잊을 수 없으리라. 이런 독특한 향기에 대한 글들을 우리는 프로방스 문학가들의 작품 도처에서 자주 만나게 됨은 그러니 자연스러운 것이리라.

　나날이 말라만 가는 잡초들과는 대조적으로 들판에는 푸른 포도밭, 익어 가는 밀밭, 여기저기 융단처럼 깔려있는 빨간 개양귀비 꽃무리가 튀는 듯한 햇살에 취할 듯 펼쳐진다. 낮은 보릿단 타듯이 뭉클거리고 밤은 열시가 넘어서야 찾아와 푸른 별빛에 투명한 이 프로방스 풍경의 한 전형을 우리는 아를르 시대의 고호가 화폭에 옮겨놓은 들판이나 밤하늘에서 쉽사리 만날 수 있다. 시골 구석구석 나이 먹은 포도농가에 포도주 머금은 이방인의 언어가 들려오고 작은 분수대 광장을 역시 수십년 혹은 백여년 지켜온 향토색 물씬 풍기는 식당의 테이블마다 짧은 밤이 이

---

3) Arthur Rimbaud, *Sensation*, in Oeuvre-Vie, arléa(Éd. du centenaire), p. 125.

메마른 프로방스 기후에 잘 견디는 라벤더.
향수의 원료가 되는 이 꽃이 프로방스의 구릉을 잘 단장하고 있다.

쏙토록 이야기소리 웃음소리가 물소리, 잘줄 모르는 매미소리에 어우러지는 때도 바로 이때다.

나른하고 지루할 것 같은 여름은 시골마다 동네마다 예외 없이 한두차례 여는 축제 혹은 토속적인 행사의 흥겨운 음악소리 웃음소리로 일소되고, 구월 중순을 넘기면서야 길었던 여름의 열기는 서서히 누그러진다. 갑자기 심한 뇌성에 뒤이어 폭우가 잦고 또 미스트랄이 불어와 들판을 말리면서 마지막 남은 대지의 열기를 털어 내면 프로방스에 비로소 가을이 오고있다는 신호이다. 이때면 연 노랗게 밑동만 남은 드넓은 밀밭은 여름이 얼마나 장엄하게 불사루었는지를 증언하고, 잎이 칙칙하게 변해버린 포도잎 아래 타는 햇살에 그을려버린 포도송이들은 긴 북새통의 증인처럼 알알이 늘어진 모습을 드러낸다.

해는 나날이 짧아지고 햇밤, 호두가 시장에 나올 무렵이면 드디어 포도수확기, 우리로 치면 농번기다. 여름 내내 시원한 그늘을 광장에 선사했던 마로니에의 열매가 터지고 간간이 나리는 비에 실려 떨어지면서 햇밤보다 굵은 그 열매가 지축을 두드린다. 창 너머 들려오는 그 소리는 마치 멀리서 을씨년스럽게 달려오는 겨울 발자국소리 같이···. 그럴즈음 십일월 셋째 주인가 넷째 주 토요일을 기해 바(bar)마다 까페마다 방이

붙고 포도주 가게마다엔 사람들이 줄을 서
고, 전 세계와 마찬가지로 전 프로방스에도
한날 한시에 사람들은 햇보졸래(beaujolais
nouveau) 포도주 잔을 기울인다. 저문 가을
을 마감하는 감회에 젖으며.

포도를 수확하는 농부들

　　그렇게 십일월도 가고, 좀 불순한 날씨
는 겨울이 완전히 정착되면서 특유의 푸르
고 맑은 기운을 되찾는다. 여름과는 달리
창백한 햇살이 골목마다 구수하게 퍼지는
벽난로의 떡갈나무 연기와 함께 흩어지면 오크색 지붕 너머로 길고 축
축한 밤이 찾아온다. 북쪽 산간지방을 제외하곤 겨울이라 해도 프로방스
의 날씨는 영하로 떨어지는 일이 거의 없다. 그러니 눈은 고사하고 얼음
어는 것조차 보기 힘들다. 다만 겨우내 앙상한 포도나무들 가득한 들판
위로 눅눅한 기운만 자욱히 일어날 뿐이다.

　　크리스마스가 가까워질수록 골목마다 가로수마다 화려한 전구들이 장
식되고 크레쉬(Crèche)와 상똥(santons)으로 불리는 프로방스 특유의 토
속물이 가게에 나타난다; 찰흙으로 구워 채색한 옛날 예수시대를 재현한
인물들－성모, 아기 예수, 목자들 등등 그리고 마을, 성, 구유, 가축, 가
축우리 등의 다양한 모형들과 이끼로 장식한 크레쉬를 집집마다 마련해
놓고 성탄절 밤을 맞이한다. 상상으로나마 까마득한 예수 탄생 시대로
돌아가기 위함이리라. 주로 친구들끼리 밤을 지새는 섣달 그믐밤과는 달
리 이 날은 서로 주고받을 선물을 준비해서 온 가족이 함께 밤을 보내
는, 우리의 설날에 해당된다고나 할까. 새봄을 기다리는 프로방스의 겨
울은 늘 이렇게 깊어간다.

3. 프로방스의 지역별 문예

프랑스 문화의 독특한 한 축, 프로방스의 문화 예술이 앞서 언급한 자연환경의 영향을 많이 받았을 거라는 것은 쉽게 짐작되리라. 이 프로방스는 지리, 경제, 문화, 행정, 교통상 서로 긴밀한 몇몇 지역들로 세분할 수 있는데, 크게 다음과 같이 나눠볼 수 있겠다.

1. 아를르를 정점으로 지중해 연안 셍뜨-마리-드-라-메르(Saintes-Maries-de-la-Mer)와 에그-모르뜨(Aigues-Mortes)까지 프랑스 최대의 삼각주를 형성하는 론(Rhône)강 하구 까마르그(Camargue) 지역과 아를르부터 아비뇽(Avignon) 사이 론강 동쪽, 따라스꽁(Tarascon), 셍-레미-드-프로방스(Saint-Rémy-de-Provence) 그리고 레 잘삐이(Les Alpilles) 지역.

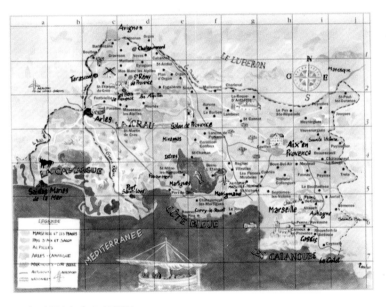

프로방스의 중심이 되는 도, 부쉬뒤론

2. 보끌뤼즈 도청 아비뇽을 중심으로 하고 위로 오랑쥬(Orange), 그리고 북쪽 드롬(Drôme) 도역, 그리냥(Grignan)까지의 지역과 프로방스의 지붕 방뚜 산(Mont Ventoux, 1909m)과 몽미라이레이스 산(Dentelles de Montmirail) 부근.

3. 엑-상-프로방스(Aix-en-Provence)와 셍-뜨-빅뜨와르(Sainte-Victoire)

산 그리고 뤼베롱
(Lubéron) 산 주위
지역.

이 세지역을 일컬
어 프로방스의 심
장부라 하는데 여
기에 알프스의 발
치, 오뜨-프로방스
(Haute-Provence)
지방인

4. 뤼르 산(Montagne
de Lure)을 지붕
으로 하고 뒤랑

프로방스의 관문, 마르세이유의 구항구.

스(Durance) 강 골짜기의 마노스크(Manosque), 시스테롱(Sisteron),
발랑솔 고원(Plateau de Valen-sole) 등 장 지오노(Jean Giono)의 고향
지역을 빼놓을 수 없으며 프로방스이기 전에 이미 메트로폴리탄인,

5. 이 지방의 행정 수도 마르세이유(Marseille)와 또 대단위 공업지역
거대한 베르 염호(鹽湖, Etang de Berre) 유역은 산업전진기지 역할
을 맡고 있고, 그 외에

6. 님므(Nîmes)를 중심으로 한 까마르그 북쪽, 론강 서쪽 세벤느
(Cévennes) 산악지방 발치까지의 지역.

7. 뚤롱(Toulon) 지역과 바르(Var) 도(都).

8. 니스(Nice), 깐느(Cannes), 앙띠브(Antibes)로 대표되는 꼬뜨다쥐르
(Côte d'Azur)의 휴양지역 등이 있겠으나 과거의 정치 행정적인 유
대를 떠나 프로방스의 중심부에 있으며 또 가장 프로방스적인 문화
를 보존하고 있다는 몇몇 고장에 대해 일별 해보자.

■ 대부분 늪과 논, 그리고 운하로 덮힌 거대한 자연공원 까마르그 삼각주에는 프랑스에서 거의 유일하게 쌀 농사를 주로 하고 이 지역 특유의 소금기 머금은 땅은 봄부터 찾아오는 유럽의 관광객들을 유혹하는 가벼운 적포도주(vins de sable, Listel)를 생산한다. 왜가리, 백로, 흰 장다리 물새 등 새들의 천국인 이곳은 홍학, 검은 투우, 백말이라는 세 상징물로 더 잘 알려져 왔다. 여기에 하나 더 보태면 여름 내내 하늘을 뒤덮는 모기가 있겠다. 드문드문 흩어진 농가는 앙리 보스꼬(Henri Bosco) 소설[4]의 친근한 무대가 되었으며 삼각주 끝, 한없이 긴 모래사장을 낀 동네 셍뜨-마리-드-라-메르는 유명한 휴양지이자 성지이다.

지명에 나타나듯이, 프로방스 전통에 의하면 서기 40년경 유태인들에 쫓긴 성모 마리아의 누이 마리(Marie Jacobé)와 또 다른 마리(Marie Salomé) 일행이 지중해를 헤매다 이 동네에 닿았다고 한다. 이 곳에서 살다 죽은 두 성녀들의 유해가 안치되어 있는 동네의 성당은 유명한 순례지가 되었는데 특히 이 성녀들을 동행했던 하녀 흑인 사라(Sara)는 유랑 민

족 집시들의 성녀로 받들어지고 있다. 매년 오월 24, 25일 마리 자꼬베의 축일은 지역민들의 순례와 동시에 유럽 각지에서 순례 오는 집시들의 각양 각색의 행렬로 장관을 이룬다. 이 유랑인들의 정기순례는 민속학자와 사회학자들의 호기심을 자극하며 예술인들, 특히 음악가, 연극인 그리고 사진가들에게 좋은 소재를 제공하고 작가들에게 영감을 불러오는 사건이기도 하다. 그도 그럴 것이 13세기부터 인도의 서북부에서 시작해서 여기까지 흘러온 이 유랑민족의 떠돌이 생활, 수세기를 거쳐 지속되고 있는 그 긴 여행의 단편을 거기서 확인할 수 있기 때문이다.

축제 때 전통복장을 한 아를르의 여인들(아를레지엔느)

시인 프레데릭 미스트랄(Frédéric Mistral)은 대하 시

4) 앙리 보스꼬(Henri Bosco)의 *Malicroix*를 보라.

〈미레이(*Mireille*)〉에서 이 성녀들을 프로방스어로, 이어서 불어로 노래하고 있다[5]. 그 시의 주인공 처녀 미레이 역시 이 성녀들의 제단에서 숨을 거둔다. 아버지의 반대로 못 이룬 사랑을 성녀들에게 하소연하고자 타는 햇빛을 무릅쓰고 론강 동쪽 넓은 방목지 라 크로(La Crau)에서 밤낮을 걷고 배를 타고 해서 이

론강과 아를르시

곳 제단에 겨우 도착했으나 결국 피로와 일사병으로 영영 일어나지 못한다. 거기서 까마르그 지방을 시인은 이렇게 노래하고 있다. 《그리고 점점 더 강렬해지는 열기, 점점 더 불타오르고, 티없이 맑은 하늘 정수리에 이른 태양에서 - 그 큰 태양에서 빛살과 입김이 우박비처럼 쏟아진다. 마치, 지독한 굶주림 속에 심연같은 사막을 눈빛으로 탐하는 사자처럼 ! - Et la chaleur, de plus en plus vive, - de plus en plus devient ardente ; - et du soleil qui monte au zénith du ciel pur, - du grand soleil les rayons et le hâle – pleuvent à verse comme une giboulée : - tel un lion, dans la faim qui le tourmente, - dévore du regard les déserts abyssins ![6]》

스위스 내륙, 알프스 산자락에서 시작하여 레만 호를 만들고 이어서 프랑스로 흘러와 리용을 거쳐 여기에 다다른 고요한 론강, 이 강이 두 지류로 갈라지는 유역에 자리잡은 아를르는 까마르그 삼각주와 주변의 넓은 평야의 중심도시이다. 이천년도 더 된 이 도시는 갈로-로마시대 유

---

5) 〈노래 11(Chant onzième) – 성녀들(Les Saintes)〉, pp. 387이하, GF-Flammarion(édition bilingue), 1978.

6) 위의 책 p. 363.

적을 많이 가지고 있는데 그 중에는 아직도 까마르그에서 기른 소로 투우를 하는 원형 경기장 그리고 고대 노천 극장도 있다. 엑-상-프로방스, 아비뇽과 함께 프로방스 문화 예술 활동의 삼각 지대를 형성하는 도시 아를르에는 고흐가 살았던 골목, 그가 화폭에 담은 집들과 들판이 있다. 미스트랄(Mistral), 도데(Daudet), 구노(Gounod), 비제(Bizet) 등에게 친근했던, 풍요로운 이 동네는 특히 건강한 처녀(Arlésienne)들이 그들의 마음을 사로잡기도 했다. 도데는 한 아를레지엔느의 헤픈 마음이 시인 미스트랄의 종조카를 자살로 몰고가는 사건을 들려주는데[7], 후일 그에 의해 다시 극화된 이 〈아를르의 처녀〉에 비제가 곡을 붙이게 된다.

■ 아를르에서 론강 동안을 따라 아비뇽 쪽으로 얼마가지 않아 오른편으로 도데의 풍차간(moulin de Daudet)을 만나고 좀 더 올라가면 따라스꽁에 닿게 된다. 이곳에는 옛 프로방스 왕국의 덕망 높은 르네 왕(Roi René)의 성이 있는데 따라스끄(la Tarasque)라는 사람을 잡아먹은 전설의 괴물이 숲으로 덮힌 강의 바위 옆에 살았다고 전해진다. 루이 뒤몽(Louis Dumont)에 의하면 《반쯤은 육지 동물이고 반쯤은 물고기인 이 거대한 용은 강을 건너는 사람들, 노새들 그리고 염소들을 무수히 죽이고 지나가는 배까지 덮쳤다고 한다. 숲을 떠나 강물 속에 숨기 때문에 아무리 많은 사람들이나 무기까지 동원해도 잡을 수가 없는 (...) 이 괴물은 황소보다 굵고 말보다 크며 안면과 머리는 사자를 닮았고 이빨은 칼날 같고 말갈기에다 도끼같이 날카로운 등, 송곳처럼 날카롭게 솟아오른 비늘, 곰 발톱 닮은 여섯 발, 뱀꼬리, 양옆구리는 거북 등딱지같은 방패로 무장되어 있었다. 열두 마리의 사자와 곰도 끝장을 볼 수가 없었다ー(...) un énorme dragon mi-animal(terrestre) mi-poisson, qui tuait beaucoup de gens passant et traversant, y compris ânes et chevaux, et retournait les bateaux sur le Rhône. On avait beau venir en grand nombre et en armes, impossible de le tuer, car il quittait le bois et se cachait dans le fleuve. (...)

---

7) *Lettres de mon moulin* 속에 〈L' Arlésienne〉, p. 52.

Plus gros qu'un boeuf, plus long qu'un cheval, il avait la face et la tête d'un lion, des dents aiguës comme des épées, une crinière de cheval, le dos tranchant comme une hache, des écailles hérissées et coupantes comme des tarières, six pattes aux griffes d'ours, une queue de serpent, un double bouclier comme une tortue de chaque côté. Douze lions et ours ne pouvaient en venir à bout…⁸)》고 한다. 전설적인 괴물은 결국 성녀 마르뜨 (Sainte Marthe)에 의해 평정되었다고 프로방스 연감이 전한다. 론강 연안의 주민들에게 깊이 각인된 이 용은 아직도 축제 때마다 그 모형이 거리의 가장행렬에 나타난다. 또 이곳은 도데의 상상의 거인 따르따렝 (Tartarin)을 환기시키는 곳이기도 하다.

여기서 동쪽으로 조금만 가면 레 잘삐이(Les Alpilles)라는 그리 높지 않지만 특이한 모양의 석회암 산의 발치에 다다르게 되는데 수수하게 아름다운 이 산 곳곳에 프로방스 농가(mas)들이 외지 사람들의 별장과 섞여 있다. 이곳의 셍-레미-드-프로방스라는 동네는 고호가 귀를 자르고 갇힌 정신병원때문만이 아니라 우리에게 예언가로 더 잘 알려진, 의사이며 철학자인 노스트라다무스 (Nostradamus)의 고향으로, 또 아직도 시간과 싸우고 있는 그의 생가가 있기에 잘 잊혀지지 않는다. 뿐만 아니라 산 쪽의 동네 초입에는 이천년 가량 된 로마시대의 웅장한 석조물, 개선문과 영묘가 아직도 거의 온전히 남아 있다. 이곳을 지나 고개를 넘어 온통 햇빛뿐인 남쪽사

거대한 암반위에 폐허가 된 유적과 아담한 마을이 조화를 이루고 있는 레보-드-프로방스

---

8) Louis Dumont, *La Tarasque*. Nathalie Mouriès의 프로방스 연감(Almanach provençal) 1994에서 인용

론강과 교황청, 베네제다리 등 아비뇽시 일부

먼으로 내려가면 온 언덕에는 올리브 밭과 포도밭이고 멀리 산봉우리에 폐허가 된 바위동네 레보(Les Baux)가 나타난다. 올리브와 그 기름이 질이 좋기로 유명하고 포도주 또한 양질을 생산하는 이 지역에는 고호가 화폭에 담은 적이 있는 포도농가가 아직도 그대로 있다. 알루미늄 광석 보크사이트(Bauxite)란 말이 여기서 유래한, 평평한 바위산 위의 이 동네는 중세의 폐허와 아담한 돌집들이 조화롭고, 수수하지만 고급인 주위의 식당과 호텔에서는 프로방스 음식의 진수를 맛볼 수 있기도 하다.

셍-레미-드-프로방스 조금 위에는 프로방스의 시인 미스트랄이 죽은 지 백년이 넘었지만 아직도 촌장처럼 흔적을 남기고 있는 마이얀느(Maillane)라는 조그만 동네가 있다. 누구보다 이 지방 언어를 사랑한 그의 자취는 프로방스 도처에 남아 있는데, 그가 살았던 이곳의 생가는 이제 그를 위한 박물관이 되어 있고 맞은편에 그가 〈미레이(Mireille)〉를 집필한 집이 남아서 그의 무덤과 함께 들판 한가운데 쓸쓸한 고향을 지키고 있다. 이웃에서 가끔 방문했던 도데의 그 집에 대한 추억도 함께 남아 있는데, 그에 의하면 시인 미스트랄 집은 벽지도 바르지 않고 천장의 들보가 다 드러난 헐벗은 농부의 집이었다고 한다. 남루하게 산 시인은 프랑스 학술원에서 거금의 상금을 받았지만 그 돈은 시인들의 돈이라 하여 자신의 궁핍에 보태지 않고 혹시 사정이 어려운 방문객을 위하여 방에 지갑을 풀어 둔 채 살았다고 한다[9]. 참으로 어진 삶, 그 자체가 시(詩)가 아닐 수 없다.

---

9) 도데의 같은 책에서 〈Le Poète Mistral〉, p. 142.

■ 예로부터 지정학적으로 중요한 몫을 담당한 아비뇽은 지금도 남프랑스의 주요 교통요지로 남아 있다. 위로는 프랑스 북부, 아래로는 지중해, 동으로는 프로방스, 서로는 랑그독 지방을 연결해주던 이 교차점이 지금은 남북으로는 북아프리카와 북유럽, 동서로는 이탈리아와 스페인을 이어주는 역할까지 맡고 있다. 한때 이곳에 유배온 교황청의 흔적이 아직까지 산적해 있

아비뇽의 교황청. 매년 여름 연극축제는 이곳을 중심으로 광장 곳곳에서 펼쳐진다.

는 유서 깊은 이곳은 죽을 때까지 숙명적인 사랑을 노래한 르네상스 초기의 시인 페트라르크(Pétrarque)가 아름다운 처녀 로르(Laure de Noves)를 만난 곳이기도 하다. 그는 《그곳의 모든 것이 기쁨과 단출함과 자유를 구가하는 - tout y respire la joie, la simplicité, la liberté[10]》, 고을에서 《유순하고 검소하고 소박한 삶 - une vie douce, modeste et sobre[11]》을 살았다. 그로부터 400여년 뒤 1947년 장 빌라르(Jean Vilar)에 의해 시작된 연극 축제(Festival d'Art dramatique)는 이후 매년 여름 7월과 8월 이곳을 세계의 한 문화 중심부로 만들고 있다.

아비뇽 다리 위에 우리 모여 춤을 춘다(Sur le pont d'Avignon, l'on y danse, on y danse)로 시작하는 유명한 민요는 로마 교황청이 이곳에 유폐해 있는 동안의 태평성대 때 불러졌을 거라는데, 도데는 〈풍차간의 편지(Lettres de mon moulin)〉에서 이 시절에 대해 다음과 같이 적고 있다. 《우리 고장에는, 백성들이 만족스러우면 당연히 춤을 추니까, 춤을. 그리

---

10) Pétrarque, *Manuscrit de la Bibliothèque nationale*. Livre XVI. Lettre 6. René Char의 Oeuvres complètes에서 재인용. p. 906.

11) 같은 책.

서기 21~26년경에 세워진 오랑쥬의 개선문.
아를르와 리용을 잇는 아그리파 길의 한 관문이다.

고 그 당시에 이 도시의 골목들이 프로방스 춤을 추기엔 너무 좁아서, 피리쟁이들과 북치는 사람들은 바람 시원한 론강의 아비뇽 다리 위에 자리를 틀었고 밤낮으로 사람들은 춤을 추었지, 춤을 추었어... 아! 태평성대! 행복한 도시! (...) 텅빈 감옥엔 시원하게끔 술을 갖다 놓았고, 궁핍이라곤 몰랐고 전쟁도 없었지... – Car chez nous, quand le peuple est content, il faut qu'il danse, il faut qu'il danse ; et comme en ce temps-là les rues de la ville étaient trop étroites pour la farandole, fifres et tambourins se postaient sur le pont d'Avignon, au vent frais du Rhône, et jour et nuit l'on y dansait, l'on y dansait... Ah ! l'heureux temps ! l'heureuse ville ! (...) des prisons d'Etat où l'on mettait le vin vàr rafraîchir. Jamais de disettes ; jamais de guerre..[12]》 프랑스의 정원이라는 – 프랑스의 식탁에 오르는 대부분의 채소가 이곳 론강 유역에서 생산된다는 의미에서 – 아비뇽 주변의 프로방스 땅을 한번만 둘러봐도 우리는 지금도 옛날에 있었던 풍요로움의 면모를 쉽게 상상할 수 있다.

■ 아비뇽 조금 북쪽 오랑쥬(Orange) 가까이, 론강의 선물인 끝없이 넓고 비옥한 들판 한켠에 명문장가이자 식물학자이기도 한, 일반인들에겐 단지 곤충학자로 알려진 앙리 파브르의 농가이자 연구실인 아르마스(Harmas)가 있다. 아비뇽에서 고등학교 선생노릇을 그만두고 이 작은 동네(Sérignan du comtat)에 물러나 주위의 자연을 관찰하고 연구에만 몰두한 그의 방은 현재 그의 박물관으로 변해있다. 실내에는 백여년 동안 전

12) 〈La Mule du Pape〉, p. 60.
13) 몇 년전 그곳에 갔을 때 구소련 그리고 동구권, 라틴 아메리카, 특히 일본에서 출

북쪽에서 바라본 방뚜산

세계에서 출판된 그의 저서들이 전시되어 있다[13]. 또 세계 도처에서 보내 온 주로 어린이들의 엽서들, 그가 절친한 친구 존 스튜어트 밀과 나눈 서신, 그가 모은 곤충, 벽에는 그가 그린 버섯그림들이 전시되어 있고 집 앞 큰 정원에는 그가 모은 나무들이 아직도 잘 살고 있다.

그가 관찰과 채집을 위해 주로 다닌 곳은 온난한 지중해성 기후와 대륙성 기후가 만나는 방뚜 산 주변, 동식물 군(群)이 다양하고 풍부한 땅이다. 사방에 그의 발자국, 빛나는 눈길 그리고 마침내 경탄의 숨결로 온통 젖어있는 옛 교황령(Comtat)을 가로질러 프로방스 내륙 땅 드롬(Drôme) 지방으로 올라가면 또 한사람의 잊을 수 없는 인물을 만나게 된다.

■ 그리냥(Grignan)! 점점 높아 가는 구릉, 이따금 제법 험준한 산들,

판한 책들이 많았는데 한국어 판은 한권도 없었다. 파브르(Fabre)씨를 닮아 보이는 자상한 박물관지기 노인이 알려줬다. "얼마 전 한국의 한 신문사에서 취재하러 왔었는데, 그들이 돌아가서 파브르 곤충기 한국어 판(물론 발췌본이겠지만) 한 권을 보내주겠다고 약속했다"고.

온통 들풀 향기와 포도나무로 가득한 작은 동네에 높고 큰 성 하나, 나머지는 성벽에 붙은 작은 마을, 이것이 이 마을의 거의 전부다. 그러나 이 동네를 사랑했고 결국 여기에 뼈를 묻은 여류 작가가 있었는데 바로 세비녜 부인(Mm de Sévigné)이다. 자신의 딸이 살던 이 성에서 17세기 불문학의 한 새로운 흐름인 서간문학이 이곳을 가득 메운 풀 향기처럼 꽃피게 된다. 성의 테라스에 서면 그녀가 그토록 좋아한 풍경, 동남쪽의 흰머리 방뚜 산(Mont Ventoux, 1909m), 서쪽의 론 강과 주변 평야 등 사방으로 탁 트인 시야, 프로방스의 평원 거의 전부가 발아래 놓인다.

그녀가 떠난지 삼백년도 더 지난 지금, 날씨와 수목 그리고 동네 외관과 프로방스식 가구로 가득찬 성만 그대로 있고 그 당시 인간들의 삶의 형태는 온데간데 없다. 지중해로 질펀히 흐르는 들판은 그때나 지금이나 모든 인간 활동의 모태처럼 땀과 정열에 타는 붉은 오크 색 땅으로 누워 있다.

훗날 역시 프로방스의 매력에 끌려 이곳에 머무른 한 현대시인은 자신의 감흥을 한 주민의 입장에서 이렇게 표현한다. 《정말, 나는 우리들 지붕 위로 우뚝 솟은, 물론 제법 위엄 있으면서도 우쭐한 데가 있는 그 성에 대해 말하지 않으리라. 또 우리의 유명세를 멀리에 알리기도 하고 까페의 간판에도 줄곧 남아있는 그 부인에 대해서도. 내게는 문학적이건 다른 쪽이건 이야기에 관한 어떤 취향도 없었다. 내가 좋아하는 것은 바로 땅이고 변하는 시간들의 힘이다 (...). ― Décidément, je ne parlerai pas de ce château qui s'élève, avec quelque grandeur sûrement, mais aussi de la prétention, au-dessus de nos toits ; ni de la dame qui fait notre réputation au loin et survit dans l'enseigne des cafés. Aucun goût ne fut jamais en moi pour l'histoire, littérature ou autre. C'est la terre que j'aime, la puissance des heures qui changent (...)[14].》

필립 자꼬떼(Philippe Jaccottet)의 이 느낌은 바로 작가이기 전에, 끝없이

---

14) Philippe JACCOTTET, *La Promenade sous les arbres*, p. 48.

땀만을 요구하는 땅의 아들인 미스트랄의 생각이며 또 도데의 생각이며 땅에서 모든 진리를 발견한 파브르의 의견이기도 했을 것이다. 프로방스 구릉을 흥건히 적시는 진한 야생 라벤더 향기가 나들이 용 향수 냄새 이전에 이글거리는 대지의 건조열과 그것을 일구는 농부의 마른 땀 흐르는 피부에 달라붙는 들꽃 냄새이듯이….

■ 오른쪽에 론강, 멀리 왼쪽에 방뚜산 그리고 꼭데기가 레이스를 닮은 몽미라이 레이스산(Dentelles de Montmirail)─시인 르네 샤르에게 각별한!─를 쳐다보며 바캉스 길의 상징으로 알려진 〈7번 국도〉를 타거나 〈태양의 고속도로(Autoroute du soleil)〉를 타고 엑-상-프로방스 방향으로 내려가다 보면 해발 천미터 내의 동서로 길게 뻗은 산을 만난다. 이곳이 레 잘삐이와 함께 별장지역으로 유명한 뤼베롱 지역이다. 이곳 역시 특별히 수

보끌뤼즈 샘에서 시작한 수정 같이 맑고 차가운 강물

려한 경관을 자랑하는 지역은 아니지만 아기자기한 산 속의 아담한 마을들은 좋은 기후와 좋은 환경, 풍성한 농산물 등으로 풍요로운 땅을 끼고 있다.

산 북쪽 조금 떨어진 보끌뤼즈 지역에는 보끌뤼즈의 샘(Fontaine de Vaucluse)이라는 아주 유명한 곳이 있는데 바로 그곳 지하 깊숙한데서 솟아나는 수정같이 맑고 찬 물은 소르그(Sorgue)강의 발원이 될 정도로 수량이 거대하다. 옛날에는 물고기가 많고 맛이 좋아 교황에게 진상을 했을 정도라고 한다. 아마 프랑스 아니 유럽에서 가장 맑아 사철 관광객의 발길이 끊이지 않는 그 아름다운 강 한켠엔 그곳을 자주 찾은 뻬트라르끄를 기념해 그의 박물관이 있고 옛날에 그 물을 이용했던 종이공장과 방앗간 등의 흔적도 아직까지 남아 있다. 그리고 바로 그 이웃에

엑-상-프로방스의 명물이자 주거리인 미라보거리

큰 시인 르네 샤르(René Char)가 거의 구십 평생 동안 지킨 동네 일-쉬르-라-소르그(Isle-sur-la-Sorgue)가 있다. 그가 교류한 수많은 사상가들과 예술인들, 하이데거, 바따이유(Bataille), 까뮈, 엘뤼아르(Eluard), 피카소, 니꼴라 드 스딸, 브라끄(Braque), 삐까비아(Picabia), 자우키(Zao Wouki), 비에라 다 실바(Vieira da Silba), 자코메티(Giacometti) 등의 발길이 잦았던 동네, 그 이름이 말해주듯이 송어들이 노니는 맑은 소르그강이 몇 갈래로 갈라져 아름다운 동네를 섬으로 싸고 있다. 주위 산천 어느 한 곳 시인의 언어가 닿지 않은 데가 없는데, 신비스럽고도 부적(符籍)같은 그의 시 외에도 한 연극작품, 〈물의 태양(Le Soleil des eaux)〉은 옛날에 이 강의 물고기를 잡아서 생계를 유지한 가난한 어부들이 있었다는 것을 알려준다.

뤼베롱 산 북편 고지에 메네르브(Ménerbes)라는 기막히게 자리를 튼 작은 마을이 있는데 요절한 화가 니꼴라 드 스딸(Nicolas de Staël)이 한때 살았고 지금도 성가신 펜들 때문에 신분 노출을 꺼려하는 외국(주로 영국) 작가들이 심심치 않게 살러오는 곳이다. 마을 가장 높은 곳, 우리로 치면 면사무소 광장 북쪽 절벽에 걸터앉아 그 아래 잘 정돈된 포도밭이며 농가들, 멀리 흰머리 방뚜산를 쳐다보는 일은 이곳에 오는 가장 큰 즐거움 중에 하나이다. 거기서 별로 멀지 않는 이웃 산허리 동네 라꼬스트(Lacoste). 이곳은 르네 샤르의 먼 외가 조상이기도 한 유명한 사드 후작(Marquis de Sade)이 근 삼십 년이나 영주 노릇을 한 고을이다. 동네 꼭대기에는 폐허가 된 그의 성이 마을을 굽어보고 있는데 지금은 한창 복원 작업 중이다. 뤼베롱 산을 남북으로 가르는 길을 남쪽으로 계곡을 따라 내려가면 계곡 입구에 이르자마자 한 포근한 동네를 만나게 된다. 산을 길게 병풍처럼 두른 이곳은 아주 아담한 동네, 루르마랭(Lourmarin)이다.

두가닥 강렬한 빛줄기, 산을 두고 북쪽에는 우주생성 초기의 행성같은 시인 샤르가, 남쪽에는 폭발직전의 혜성같은 영원한 지중해인(人) 까뮈(Camus)가 살다가 묻혔다. 르네 샤르와 친한 그는 시인의 고향인, 산의 북서쪽 일-쉬르-라-소르그에 살기를 원했다는데 마땅한 장소를 찾지 못해 이곳에 정착했고 결국 얼마 뒤 불행이 그를 덮쳤다. 그를 추모하며 르네 샤르는 이렇게 회상하고 있다.《우리 곁을 떠나버린 한 사람, 그와 함께 이제는 곧은 길도 환한 길도 없다. 우리의 애정은 어디에서 소일하는가? 연연세세, 그는 가까이 오자마자 곧 사라져버린다. 가끔 그의 얼굴이 얼음 같은 섬광만을 내며 우리의 얼굴 위에 포개진다. 그와 우리 사이에 행복을 길게 드리웠던 날은 어디에도 없다―루르마랭에서 영원함, 알베르 까뮈.―Il n'y a plus de ligne droite ni de route éclairée avec un être qui nous a quittés. Où s'étourdit notre affection? Cerne après cerne, s'il approche c'est pour aussitôt s'enfouir. Son visage parfois vient s'appliquer contre le nôtre, ne produisant qu'un éclair glacé. Le jour qui allongeait le bonheur entre lui et nous n'est nulle part - L'Eternité à Lourmarin, Albert Camus[15])》

동네 안쪽 그의 옛 집에는 딸이 살고 있고 골목에서 마주치는 노인들은 우리에게 그에 대한 얘기를 들려주곤 했다. 마을 어귀 공동 묘지에는 몇 포기 로즈마리가 지키는 그의 무덤이 어느 다른 무덤 보다 더 초라하게 남아 있고 저만치 마을 입구에는 큰 성이 봉긋한 동네를 마주보고 있다. 아몬드 나무, 올리브 나무, 체리 나무 흔한 들녘 남쪽으로 난 길을 따라 언덕을 오르면 멀리 반짝이는 긴 뒤랑스(Durance) 강이 보이고 지평선 아득히 삼각모양의 흰 산이 드러난다. 세잔느(Cézanne)의 가장 친근한 모델, 셍뜨 빅뚜와르(Sainte-Victoire) 산이다. 그리고 그곳이 그의 고

---

15) René Char, Oeuvres complètes, Gallimard(biblio. de la Pléiade), p. 412.

남서쪽에서 바라본 셍뜨 빅뚜와르 산

세잔느가 그린 여러 셍뜨 빅뚜와르 산 그림 중의 하나

향 엑-상-프로방스 지방이다.

■ 강을 가로질러 온통 포도밭 유채밭 사잇길을 따라 남으로 몇 십리 가면 삼각형의 돌산은 점점 가까워져 거대한 볼륨의 대리석 조각처럼 입체적 모습을 띠기 시작할 때쯤, 온천의 도시, 예술의 도시(Ville d'Eau, Ville d'Art) 엑-상-프로방스에 닿게 된다.

아비뇽이 옛 교황청 성곽, 이어서 교황청 그리고 연극축제로 방문객을 맞이한다면, 엑스는 거리를 턴넬로 만드는 늘어선 플라타너스들 그리고 곳곳의 아름다운 분수, 마지막으로 오페라와 댄스로 유명한 국제음악제, 엑상 뮤직(Aix-en-Musique)으로 연중 손님을 맞이한다. 1409년 창립되기 시작한 수많은 대학과 특수 교육기관, 거기에 딸린 부설 연구소들 그리고 고등법원 등이 있어서 인구 십오만 남짓한 옛 프로방스 왕국의 수도 엑스의 거리는 프랑스의 어느 다른 도시보다 하루종일 젊은이들로 활기차다.

파리에서 남쪽으로 700여km, 마르세이유 북쪽 30km에 위치한 이 고도(古都, BC 123년에 형성)의 동쪽에 우뚝 솟아있는 웅장한 돌산(Sainte-Victoire)은 엑스의 영원한 상징인데 그 땅의 아들 뻘 세잔느에게 이십세기 회화의 큰 흐름, 입체파와 야수파 화풍을 창안할 수 있도록 아주 훌륭한 모델이 되어 주었다. 그도 그럴 것이 약 천미터 높이의 이 산은 육중한 석회암과 대리석의 덩어리로 정상은 서에서 동으로 길게 뻗어 있는데, 깎아지른 서남쪽 사면의 울퉁불퉁한 근육질이 반사하는 빛이 태양의 위치에 따라 시시각각으로 입체적인 명암을 달리한다. 빛을 받는 산의 밝은 회색과 산 정상이 자르는 하늘의 쪽빛, 이 기막힌 대비는 초생달이 걸리는 밤이면 극에 이른다. 이 산과 마주하면 비로소 세잔느 미학의 근간이자 나아가 현대 입체파 화풍의 기조가 된 유명한 그의 표현을 실감하게 된다. 《자연의 모든 것은 구(球)와 원뿔과 원기둥으로 빚어진다; 이 단순한 형상들 위에 그림을 배워야 한다. 그 다음에 원하는 바를 할 것이다. — Tout dans la Nature se modèle selon la sphère, le cône et le cylindre ; il faut apprendre à peindre sur ces figures simples, on fera ensuite ce qu'on voudra.[16]》

오스트리아의 시인 페터 한케(Peter Handke)는 이 영산(靈山)을 고대 그리스의 신들이 신탁통치를 했던 세계의 중심 델프에 비교하면서 《세계의 중심은 델프같은 곳이라기보다 한 위대한 예술가가 일한 이곳이 아닌가? — Le centre du monde n'est-il pas là où a travaillé un grand artiste plutôt qu'en des endroits comme Delphes?[17]》하고 반문하며 이 산에 대한 인상을 이렇게 옮기고 있다. 《산은 벌거벗고 거의 단색이고 색깔이라기 보다는 차라리 눈부신 광채다. 우리는 가끔 구름의 윤곽을 높은 산으로 혼동한다. 여기서는 완전히 반대로, 찬란한 산은 첫눈에 하늘로부

16) René Huyghe, *Cézanne*, pp. 50-51에서 재인용.
17) Peter Handke, *La leçon de la Sainte-Victoire*, Gallimard(folio, bilingue), p. 71.

터 솟아난 것 같다. 세월 이전의 한 시간에, 나란히 떨어지는 바위의 측면과 산 뿌리에 수평으로 파고드는 단층들의 응결되는 듯한 운동이 그러한 효과를 가져온다. 산은 하늘에서 주위의 대기와 거의 같은 색깔로 흘러내린 것 같은 인상을 주고, 또 우주 공간의 작은 덩어리로서 여기에 눌어붙어 있다는 인상을 준다. ─ Elle est nue et presque unicolore, davantage un éclat lumineux qu'une couleur. Parfois on peut confondre les contours des nuages avec de hautes montagnes : ici, tout à l'inverse, la montagne resplendissante semble au premier regard surgie du ciel ; à cela contribue le mouvement comme figé, dans un temps d'avant le temps, des flancs rocheux qui tombent parallèles et des plissenemts qui se prolongent horizontaux dans le socle. La montagne donne l'impression d'avoir coulé d'en haut, de l'atmosphère presque de même couleur et de s'être ici épaissie en un petit massif de l'espace universel.[18]》

완만하게 경사를 이루는 북쪽 사면이 반대편 산과 V자형 계곡을 만드는 곳에는 작은 마을, 보브나르그(Vauvenargues)가 있고 그 계곡 중간에 제법 큰 성이 마을을 지키듯 서있다. 입체파의 태동 세잔느가 그린 이 산을 늘 곁에 두고 보기 위해서 피카소가 사들인 바로 그 성이고 결국은 그가 영원히 잠들어 있는 성이다. 그리고 산과 엑스시내의 중간쯤 되는 곳, 르 똘로네(Le Tholonet)라는 작은 동네는 세잔느가 그 산을 그리기 위해 자주 들른 곳인데 후일 초현실주의 화가 마쏭(André Masson)이 십여년간 살던 곳이다. 엑스시내에는 세잔느의 아뜰리에와 거처뿐만 아니라 교외에는 입체적이며 기하학적인 그림으로 유명한 헝가리 출신의 바사렐리 박물관(Fondation Vasalery)이 있는데 그 건축물 역시 그의 풍을 딴 특이한 모양을 하고 있다.

칠월 중 아비뇽의 연극제 조금 앞서 시작하는 엑-상-뮤직(정식명칭 : Festival international d'Art Lyrique)은 유럽에서 손꼽히는 국제음악제 중

---

18) 같은 책 p. 73.

하나이다. 그것을 전후해 국제댄스제, 재즈공연 등 다양한 행사가 열리고 특히 모짜르트의 오페라를 주 메뉴로 해서 팔월까지 계속되는 이 축제는 작곡가 다리우스 밀로(Darius Milhaud)의 고향에 많은 외부인들을 불러모은다. 그리고 이 도시는 세잔느와 함께 어린 시절을 보낸 졸라(Emile Zola)의 유년기 추억이 서려 있고, 귀한 고서들을 많이 보관하고 있는 시립 도서

오뜨-프로방스를 흐르는 뒤랑스 강 상류

관에는 시인 생-존 뻬르스 박물관(Fondation Saint-John-Perse)이 있다.

■ 엑스 북쪽 알프스로 향하는 길, 옥수수나 과수원이 넓은 들판을 차지하고 멀리 수평선 높이 나타나는 알프스의 준봉들이 아직 아스라할 때, 거슬러 오르는 뒤랑스 강 북편 언덕에 비스듬히 누운 작은 동네가 나타난다. 그 구릉이 마노스끄 구릉이고 그 동네가 장 지오노의 고향 마노스끄이다. 구(舊)동네 입구에 있는 그의 기념관(maison de Giono), 이곳에서 1995년 그의 탄생 백주년을 기념해 비평가들과 영화인들 사이에 그를 새로 조명한 여러 행사들이 벌어졌다.

탁월한 이야기꾼 지오노는 알프스의 변덕스런 기후와 프로방스의 고온 건조한 날씨가 만나서 계절을 다스리는 산지를 떠나지 않고 줄곧 살았기 때문에 자기 고장 프로방스 내륙(Haute-Provence)의 지세와 거기에 붙어사는 삶을 누구보다 잘 안다. 그의 이야기에 등장하는 인물들은 대부분 그곳의 자연과 뗄 수 없는, 프로방스나 알프스 산을 짐승들처럼 돌아다니며 사는 사람이거나 척박한 조건 속에 살아가는 그 지방 농부들이거나, 결국은 모두 그 자연을 닮은 자들이거나 그것도 아니면 산천이 의인화된 것 같은 이들이다. 〈세상의 노래(Le Chant du monde)〉 속의 안토니오(Antonio), 〈보뮈뉴의 한 사람(Un de Baumugnes)〉의 알벵

발랑솔 고원의 광활하고 탁트인 라벤더 밭과 밀밭

(Albin), 〈소생(Regain)〉의 빵뛰를르(Panturle) 등이 그들이다.

그리고 그의 동네 앞을 흐르는 뒤랑스 강은 그에게 늘 여인상으로 나타나는데 《무화과 나무 가지처럼—comme une branche de figuier[19]》 들판을 흐르는 그녀는 《무화과 냄새, 씁쓸한 그 우유 냄새 그리고 초원 냄새—cette odeur du figuier : l'odeur de lait amer et de verdure》를 풍긴다. 또 부드러운 그녀는 《자그마한 흰 섬들 주위를 꼬고 돌아서 초원이나 경작지 위에 늘 머문다—elle est là, sur les prés et les labours, tressée autour des islettes blanches》. 반면에 그 강을 굽어보는 고원은 남성미 넘치는 강한 인물로 그려진다. 《푸르고 또 늘 그대로인 발랑솔 고원은 녹슨 청동 막대기처럼 들판을 가두고 있다—le plateau de Valensole, bleu et toujours pareil, ferme la plaine comme une barre de vieux bronze[20].》 작가에겐 《훌륭한 동무—l'ami magnifique》인 이 거친 사내는 《우박을 던지고 번개를 품는 숙련된 폭우쟁이—le jetteur de grêle, le porteur d'éclairs, le grand artisan des orages》라서 그 들판에 사는 농부에겐 《몹쓸 동무—le mauvais compagnon》이다.

반전 평화주의자인 그 역시 여름이면 자기 고향 뒤쪽 오지 콩타두르(le Contadour)에 들어가 짐승들처럼 자연에서 살곤 했다. 영혼과 육체처럼 그의 세계에서 유리될 수 없는 대상 오뜨-프로방스에서 빼놓을 수 없는 곳, 그곳은 조금 전에 말한 발랑솔 고원이다. 뒤랑스를 가운데 두고

---

19) Jean Giono, *Manosque-des-Plateaux*, Gallimard, p. 19, 이하 같음.
20) 같은 책, p. 21. 이하 같음.

마노스끄를 마주하고 있는 높고 건장한 이 구릉 지대는 온통 라벤더 밭과 밀밭이고 동네라 해야 수수하기 그지없는 오뜨-프로방스의 전형적인 농촌이 하나 있다. 투명한 공기, 보라색 라벤더 꽃과 맞닿은 깊은 하늘이 연출하는 평면적인 대비는 셍뜨-빅뚜와르 산과 하늘이 빚는 입체적인 그것에 견주어, 지오노 고장의 한 정수를 이룬다.

자연의 연출가, 지오노는 그의 친구에게 마지막으로 성격을 부여한다. 《그래도 그는(발랑솔 고원) 나에겐 훌륭한 친구다. 누군들 성깔이 없겠는가? 그렇지만 팔월의 화창한 일요일, 그의 밀 포기 머릿결을 죄다 깎았을 때, 하늘의 점토를 바스러뜨리는 불의 중량아래 까까머리로 있을 때, 그제야 확실한 가르침으로 그는 붉은 그늘에 삶의 민감한 바닥까지 당신들을 인도할 줄 아는데, 거기서 나무들, 짐승들, 바위들, 풀들 그리고 사람들이 빵 반죽처럼 빚어진다.—Il est quand même, pour moi, l'ami magnifique. Qui n'a pas son caractère? Mais, par les beaux dimanches d'août, quand on lui a rasé sa chevelure de blé, quand il est crâne nu sous le poids de feu qui fait craquer l'argile du ciel, alors il sait, d'un enseignement sûr, vous mener jusqu'au fond sensible de la vie, dans l'ombre rousse où les arbres, les bêtes, les rochers, les herbes et les hommes sont pétris comme une pâte de pain[21].》

4. 맺는 말

겨울의 프로방스, 향기로운 노란 미모사 가득한 남도길도 있다. 그곳의 한 시인이 노래하듯이 꽃향기 가득한 남도의 처녀, 우리가 마주칠지도 모르는 그 처녀는 바로 오렌지 같기도 하고 미모사 같기도 한, 지중해변의 온화한 겨울의 한 표상일지도 모른다. 《꽃을 따는 시기에, 낮동

---

21) 같은 책, pp. 22-23.

안 온 팔이 연약한 꽃가지를 따는데 몰두한 한 처녀, 그곳에서 멀리 그녀와의 꽃향기 온통 떨치는 만남을 이루게 된다. 밝은 휘광이 향기인 램프처럼, 그녀는 멀어져간다, 석양을 등지고.—À l'époque de la cueillette, il arrive que, loin de leur endroit, on fasse la rencontre extrêmement odorante d'une fille dont les bras se sont occupés durant la journée aux fragiles branches. Pareille à une lamp dont l'auréole de clarté serait de parfum, elle s'en va, le dos tourné au soleil couchant.[22]》 그러나 우리는 여기서 주로 여름 프로방스의 산과 들판, 마을과 도시를 걸으며 그곳의 지리적이고 풍토적이며 그리고 문화적인 특성에 연계된 시인, 작가, 예술인들의 자취를 더듬어 보았다.

대개 그렇듯이 이곳 역시 인간들의 활동은 모든 것 이전에 특징적인 기후와 땅이라는 특수한 자연환경 속에서 자연히 풍토색을 띠게 된다. 간략히 보았듯이 프로방스 작가들의 피 속에는 그곳의 붉은 색 땅 냄새가 강하게 배어난다. 말하자면 그만큼 토속적이라 할 수 있을 것이다. 이런 성격에 대해 인간 미스트랄과 그의 문학을 두고 한 도데의 말이 명료하다. 《복원된 궁전, 그것은 프로방스어(語)이다. 농부의 아들, 그는 바로 미스트랄이다. — Ce palais restauré, c'est la langue provençale. Ce fils de paysan, c'est Mistral[23].》 이웃마을 시인을 이렇게 정의하는 그의 말에도 밀가루로 뒤덮인 풍차간의 먼지냄새가 가득하다. 그 말은 또 우연히 세비녜 부인의 추억이 깃든 그리냥 성을 지나면서 읊은 자꼬떼의 시정보다 토속적이다.

전광호*

---

22) René Char, Congé au vent, 〈앞에 인용한 책〉, p. 130.
23) *Lettres de mon moulin*, p. 144.
   프랑스 프로방스대학 불문학 박사.
   부산대학교 불문과 강사.

참고서적

1. 프로방스에 관하여

BONNADIER Jacques, *Cantate de l'huile d'olive, - Du goût & de l' usage*, éd. BARTHELEMY, 1989.

MOURIES Nathalie, *Almanach provençale* 1992, 1994, Rivages.

OLLIVIER Patrick, *Les Dentelles de Montmirail, - Randonnées/découverte,* n°71, Alpes de Lumière, 1981.

SPOHN Jürgen, *Provence, - L'Iconothèque*, éd. J. C. Lattès, 1990.

Provence, Michelin (guide de tourisme), 1983.

Provence, - Carnet de Voyage de Lizzie Napoli, Edisud, 1993.-

2. 작 품

BOSCO Henri, *Malicroix*, Gallimard(folio), 1979.

CHAR, René, *Oeuvres complètes*, Gallimard(Pléiade), 1983.

DAUDET Alphonse, *Lettres de mon moulin*, Le Libre de poche, 1985.

_____, *- Aventures prodigieuses de Tartarin de Tarascon*, GF-Flammarion, 1968.

FABRE Jean-Henri, *Souvenirs Entomologiques, - Etudes sur l'instinct et les moeurs des insectes*, I, II, Robert Laffont(Bouquins), 1989.

GIONO Jean, *Manosque-des-Plateaux*, Gallimard(nrf), 1986.

_____, *- Le Chant du monde*, Gallimard(folio), 1988.

_____, *- Regain*, Le Livre de Poche, 1987.

_____, *- Un de Baumugnes*, Le Livre de Poche, 1987.

GOGH Vincent Van, *Lettres à Théo*, Gallimard(l'imaginaire), 1988.

HANDKE Peter, *La Leçon de la Sainte-Victoire*, Gallimard(folio bilingue), 1991.

HUYGHE René, *CEZANNE*, Aimery Somogy, Paris, 1961.

JACCOTTET Philippe, *La Promenade sous les arbres*, La Biblio. des Arts, 1996.

MISTRAL Frédéric, *Mireille* (édition bilingue), GF-Flammarion, 1978.

RIMBAUD Arthur, *OEUVRE-VIE*, édition du centenaire, Arléa, 1991.

Dossier de L'ART - *CEZANNE*, n°25-9/10 1995.

영감과 환희

르네 샤르, 마을의 시학

언제부터인가 프로방스 지방에 대한 무시 못할 풍문이 들리고 있다. 프로방스 지방에 곧 개발 '붐'이 일어난다는 것, 다시 말해서 유럽 공동체가 구체적으로 진행될 때 프로방스는 틀림없이 '유럽의 캘리포니아'가 될 것이라는 풍문이다. 이러한 풍문은 많은 사람들을 들뜨게도 하고 있지만 그와 동일한 이유로 시름에 잠기게도 한다. 붉은빛 기와 아래 도마뱀들이 천연덕스럽게 기어 나오는 프로방스의 풍화된 벽돌집은 고층 아파트로 바뀔 것이며, 마을은 그렇게 대단위 아파트단지

산정에 올라 홀로 풀잎 끝을 씹으며 마을을 내려다 본 적 있는가. 프로방스 지방의 소년과 산.

로 바뀌어 나갈 여지가 있다. 이러한 변화에 대한 긍정적인 혹은 부정적인 측면들에 대한 논의는 여기에서 생략하고자 한다. 다만 한가지 사실에 주목하기로 한다. 현대적인 시간 속에서 일어나는 빠른 변화들은 아주 오랜 세월 동안 간직되어 온 것들을 완벽하게 사라지게 한다는 사실이다. 하나의 다운타운이 불가피한 어떤 이유로 철거되면 그 자리에 다

크리스마스를 전후한 프로방스의 전통적인 마을 풍경을 묘사한 장식품.

시 새로운 다운타운을 건설하여 보다 더 안락한 생활 방식을 지향할 수도 있다. 반면에, 하나의 마을이 붕괴되면 또 다시 그곳에서 이전과 같은 삶을 시작한다는 것은 매우 어려운 일, 아니 어쩌면 그것은 불가능한 일일 수 있다. 가령 수몰지구 옆에 건설된 새마을에 이전의 주민들이 살지 못하고 뿔뿔이 다른 곳으로 흩어져 나가게 되는 것은, 정책적인 공론으로는 이해할 수 없는 한 마을의 의미를 단적으로 보여준다.

프로방스 지방에서 일어날 수 있는 '붐'은 그러한 마을이라는 실제를 사라지게 할 수도 있을 것이다. 이러한 사라짐에 대한 여운은 프로방스 지방의 일-쉬르-라 소르그 (L'Isle-sur-la Sorgue)라는 작은 마을 출신의 20세기 시인 르네 샤르(René Char)의 작품들을 떠오르게 한다. 특히 그의 시편들은 가까운 미래에 프로방스에서 사라져 버릴 수도 있는 마을의 서정적 의미를 구체적으로 불러일으키고 있기 때문이다.

I. 마을의 시간

난해함, 형이상학적인 사유의 번득임으로 정평이 나 있는 샤르의 작품 세계 속에서 우리는 그와 다른 한 면, 즉 그가 살아왔던 마을에 대한 진솔한 애정을 보여주고 있는 세계를 간과할 수 없다. 제2차 세계 대전 당시 레지스탕스(저항) 활동에 가담하였던 샤르는 그의 고향 마을 근처에

매복하여 독일 군들을 겨누고 있었던 긴박한 장면을 이렇게 글로 남기고 있다.

그 마을은 어떻게 해서든지 피해를 입지 않아야만 했기에 나는 (사격) 신호를 내리지 않았다. 한 마을이란 무엇인가? 다른 마을과 같은 한 마을인가? 아마 그(레지스탕스 동료)는 이 최후의 순간에, 그것을 알고 있었을까? (PL p. 208)[1]

　전쟁 이후의 시간, 그 이후의 인간들이 떠안게 되는 구체적인 고통을 생각하는 자는 승리를 위해서 방아쇠를 당길 수 없다. 그가 지키기로 결심한 프로방스의 고향 마을은, 그 무엇과도 바꿀 수 없는 지상의 기쁨을 담보하는 장소로 다시 그의 글 속에서 나타난다.

오, 유순해진 대지여 !
오, 나의 기쁨이 익어 가는 가지여 !
하늘은 해맑다.
거기에, 비추어지는 것은, 바로 당신. (……) (PL. p.310)

　그리고 고향 마을의 삶이 전해주는 '기쁨'은 만물이 얼어붙는 겨울에도 예외가 될 수 없다.

보드와 산맥이 회색의 눈빛으로 굽어보는
프로방스에서는 겨울이 스스로 즐거워한다.
장작불이 눈을 녹였고,
급류의 물은 뜨겁게 흘러갔다. (PL. p.422)

---

1) 다른 지시사항이 없는 한 인용된 쪽 수는 René Char, *Oeuvres complètes*, Paris : Gallimard, Coll. Bibliothèque de la Pléiade , 1983, réed. 1990. 에 의거하였다.

고향 마을은 결코 새로이 만들어지거나 복원될 수 없는 시공간의 역사와 개인의 이야기들을 간직하고 있다는 것을 샤르는 그의 직접적인 체험을 통하여 우리에게 가르쳐 주고 있다. 초현실주의 운동의 초기 일원으로 파리에 입성했던 샤르는 그에게 있어서 가장 시작활동이 왕성했던 젊은 나이에 그의 고향, 프로방스로 다시 돌아온다. 문학의 활동 영역이 수도로 집중되어 있었던 상황을 뒤로하고 귀향한다는 것은 한 작가에게 있어서 의미심장한 결의라고 보아야 할 것이다. 더욱이 샤르가 주도적으로 활발하게 활동하였던 초현실주의 운동이 '귀향'이라든지 '고향'이라는 단어들에 얼마나 많이 배타적이었는가를 고려하여 본다면, 그의 현실적 귀향은 샤르 작품세계의 질적 전환점을 시사하기도 한다. 하이데거가 "사실 고향의 강 언덕에 도착하는 것도 이미 흔해 빠진 일은 아니다"[2] 라고 토로하였던 현대적 시간 속에서, 시인 샤르는 도리어 프로방스의 풍경과 생물 그리고 그곳에서 어우러지는 인간의 삶을 자신의 작품 속에서 한껏 호흡하게 한다. 그래서 샤르의 첫 번째 알파벳은 A라는 문자적 기호가 아니라 마을 어귀에 서 있던 한 그루의 꽃나무로부터 시작한다.

꽃이 핀 산사나무는 나의 첫 번째 알파벳이었다. (PL, p.766)

샤르가 그의 귀향을 현실 속에서 혹은 작품 속에서 그토록 빨리 서둘렀다는 것을 인식하였을 때, 샤르의 시 세계에 빠져있던 필자도 가능한 한 빨리 그의 고향을 방문함이 마땅한 것이다. 한 시인의 세계 앞에서 감동할 때는 텍스트 중심주의 접근방식과 작가 중심주의 접근 방식의 장단점 사이에서 망설이는 때가 아니라는 것을 샤르의 시가 한번 더 가르쳐 주었기 때문이다.

샤르의 고향, 프로방스를 프로방스로 있게 해 주는 첫째 조건은 '8할'이 햇빛이었다는 것을 필자가 그곳을 찾아갔을 때 살갗으로, 눈으로 그

---

2) M. 하이데거, 『시와 철학』, 소광희 옮김, 서울 : 박영사, 1975, 17쪽.

리고 냄새로 감득하였다. 샤르의 시 속에 가장 많이 나오는 단어인 '강' 은 왜 언제나 '태양'의 이미지들과 섞사귀고 있는지, 그리고 그의 시 속 에서 아이는 번번이 '태양의 아이'라는 수식어가 붙어야 하는지, 그리고 또 하나, "명징성은 태양으로부터 가장 가까운 상처이다"(PL, p.216)라는 치열한 정신의 대결에 이르기까지 프로방스의 햇빛은 샤르적인 은유의 세계에 대한 하나의 실제적인 대답이라고 할 수 있다. 20세기 프랑스 문 단에서 태양에 매혹된 작가를 떠올려 볼 때, 앞에서 일별하여 본 시인 샤르와 더불어 우리는 A. 까뮈를 떠올리지 않을 수 없다. 그의 저서 『태 양의 후예들』의 한 부분을 샤르의 글로 할애하고 있다는 것은 까뮈가 샤르를 바로 태양과 연관되어진 대표적인 작가로 간주하고 있다는 것을 나타낸다. 또한 A. 까뮈가 스스로 가장 아끼는 책이라고 증언한 『반항 인』의 결론을 샤르의 시 한 구절로 끝맺고 있다는 사실은 그들 두 작가 사이에서 이어졌던 우정뿐만 아니라, 그토록 태양을 사랑했던 까뮈가 문 학적 행로의 동지를 마침내 만나게 되었다는 것을 보여주고 있다. 그런 데 두 남불의 작가들이 공통으로 간직하고 있는 태양 숭배 속에서 우리 는 미세한 차별성을 발견하여 볼 수 있다. 까뮈의 유명한 '정오의 사상' 이 함의하고 있듯이, 이 작가의 태양들은 한낮의 태양과 태양의 빛을 맹 렬하게 작파(斫破)하는 지중해 사이에서 지속되는 실존의 사유를 대변 하여 주고 있다. 반면에 샤르의 태양들은 농촌 마을의 삶이 시작되는 새 벽의 술렁거림을 동반하고 있는 태양, 혹은 일이 끝나고 집으로 돌아가 는 길 한쪽에서 만날 수 있는 태양으로 그의 귀향 이후 더 한층 가까이 다가가고 있다. 전쟁기간에 쓰여진 시들을 주로 모은 『분노와 신비』이후 그의 두 번째 기념비적인 시집 『신새벽에 일어나는 사람들』은 제목 스스 로가 농촌 마을의 삶과 유리될 수 없는 미명의 햇빛을 함의하고 있다. 그 시집 속에서 샤르는 또한 석양의 태양과 함께 번져 오르는 씨알의 '미 소'가 노동으로 투박해진 농부의 손과 교류하는 순간을 그려내고 있다.

농부,
- 누구도 그가 정말 죽으리라고 믿지 않아
그가 추수가 끝난 일몰 시간에 곡식 더미들을 바라 볼 적에
손안에서 쓸리는 낱알들이 그에게 미소할 적에

한낮이 지속되는 시간 속에서 마을은 풍경이 된다. 프로방스의 화가
P. 세잔느가 그림을 그릴 때 침묵과 햇빛을 그려나갔다고 했듯이, 프로방
스 마을의 한낮은 그림 속의 풍경처럼 침묵과 햇빛으로 가득 차 있지만
"신새벽에 일어나는 사람들"을 위한 실쌈스러운 마을은 더 이상 아니다.
들에서 이루어진 긴 노동이 농부들을 죽음 같은 잠으로 몰아 넣을 때,
그리고 그 죽음 같은 잠을 깨쳐버리고 일어나 눈을 다시 뜨는 새벽의
순간은 샤르에게 있어서 태양뿐만 아니라 자연의 온갖 생명력이 마을을
찾아 깃들여오는 순간이다. 그의 시 속에 나타나는 시간의 주제가 지속
의 시간이 아니라 순간의 시간으로 매번 치달아가고 있는 근원적인 이
유는, 바로 죽음 같은 휴식에서 생명력의 운동으로 반전하는 순간의 인
식 속에 시인이 천착하고 있기 때문이다. 다음에 인용되는 샤르의 짧은
글귀는 자연과 인간의 생명력이 부재하는 '지속적인 시간'에 대한 거부
를 함축적으로 나타내고 있다.

옛적에 사람들은 지속하는 시간의 여러 조각들을 위하여 이름들을 건네
주었으니. 이것은 하루였고, 저것은 한달, 이 텅 빈 성당은 일년. 허나 죽
음이 가장 격렬하고 삶이 가장 명확해지는 순간으로 다가서는 여기, 우
리. (PL p.197)

많은 사람들이 기대하고 있듯이, 혹은 많은 사람들이 우려하고 있듯
이, 만일 프로방스가 유럽의 캘리포니아가 된다고 할 때 사라지는 것은
프로방스의 풍경보다도 차라리 프로방스의 마을이 보듬고 있는 새벽과

노동을 끝마치고 난 일몰의 순간들이다. 관광지로 개발된 마을에서 마을 사람들의 삶이 어떻게 바뀌어 질 것이라는 것을 P. 메일의 『프로방스에서의 일년』이라는 책 속에 나오는 한 대목이 시사하여 주고 있다.

우리는 그렇지 못했다. 우리는 아침 일곱 시면 일어난다. 그들은 10시, 11시까지 잠자리에 누워 있기 일쑤였고, 어떨 땐 오전 수영 시간에 딱 맞춰 아침 식사를 끝내기도 했다. 우리가 일할 동안 그들은 일광욕을 했다. 오후 낮잠으로 원기를 회복하고 나면 그들은 저녁 무렵엔 생생해져서 사교에 고속 기어를 넣기 시작했고, 그 때쯤이면 우리는 샐러드를 먹다 말고 졸기 시작한다. 선천적으로 친절한 성질에다 사람들이 음식이 부족하다고 느끼는 꼴은 눈뜨고 못 보는 내 아내는 몇 시간씩 부엌에서 보내야 했고, 우리 둘은 밤늦은 시간까지 설거지를 해야 했다. 일요일엔 또 달랐다. 우리 집에 와 머무는 사람들 모두 일요일 장을 한 번 둘러보고 싶어해서 그 날은 일찌감치 출발을 했다. 그러니까, 일주일에 딱 한번 우리와 손님들의 기상, 취침 시간이 들어맞는 셈이다. 일 쉬르 라 소르그의 강이 내려다보이는 카페에서 아침을 먹으려고 한 이십 분 차를 몰고 가노라면 흐릿한 눈으로 평소답지 않게 조용하게 뒷자석에 앉아 있던 그들은 꾸벅꾸벅 졸기 일쑤였다.[3]

　같은 책 다른 페이지에서 P. 메일은 저녁 무렵 프로방스의 한 마을을 내려다보면서 부부 관광객들이 나누고 있는 대화를 풍자적으로 옮겨 적고 있다.

"석양이 어쩜 저렇게 장관일까요." 여자가 말했다.
"맞아." 남편이 대답했다.
"저렇게 작은 마을치고는 대단하군."

3) P. 메일, 『프로방스에서의 일년』, 송은경 옮김, 서울 : 진선출판사, 1996, 142쪽

샤르의 고향에서 열리는 수산시장

프로방스의 햇빛을 즐기러 관광객들이 몰려오게 되면 프로방스는 지금보다는 더 윤택한 물질적 삶을 영위 할 수 있을 것이다. 그럼에도 불구하고 프로방스에서 태어나고 또한 그 곳으로 귀향해서 삶을 마감했던 시인 샤르가 '알비옹'이라는 작은 마을 앞에서 읊었던 한 구절은 우리에게 한 농촌의 마을이 담고 있는 가치를 다시 한번 생각하게 해 준다.

우리에게 있어서 이 장소는 우리들의 빵 보다도 가치가 있다, 왜냐하면 그 장소는 다른 것으로 대체 될 수 없는 것이기에. (PL, p. 456.)

Ⅱ. 프로방스가 사랑한 스포츠

일터에서 돌아 온 농부는 산굽이로 찾아드는 석양을 바라보다 아내에게 문득 말을 건넨다. "바람 좀 잠시 쐬고 오지…" 바람을 쐬다, 불어로는 <Prendre l'air> 라는 표현은 산보, 불어의 <Promenade>라는 단어의 의미와 먼저 연결된다. 그러나 프로방스의 한 농가에서 남자가 석양 무렵 이 말을 하였을 때는 대부분의 경우 홀로 산이나 강 주위를 개와 함께 돌아다니면서 맑은 공기를 들이키겠다는 뜻이 아니라는 것을 우리는 알아야 할 것이다. <Prendre l'air>라는 표현은 프로방스지방에서는 특히 만남, 즉 불어의 <Rencontre> 라는 의미를 함의하고 있다. 우리가 바람을 쐬러 나간 이 농부의 뒤를 밟아 본다면 폴도 베르나르도 그리고 베르나르의 아버지도, 베르나르를 찾아 온 이웃 마을의 피에르도 같이 만나게 해 주는 '페탕끄(Pétanque)'라는 스포츠가 프랑스 남부의 마을 그 어디서나 열리고 있다는 것을 목격할 수 있을 것이다. 손에 꽉 쥐어지는 제법 무거운 쇠공들을 굴리거나 던져서 임의로 정해진 목적지에 얼마나 가까이 붙여나가느냐가 이 스포츠의 경기 방식에 대한 간단한 설명이 될 수 있다. 특별한 연습과 실력이 필요 없기에 아버지를 따라 나선 소녀와 마을의 노인들도 이 경기에서 제외되지 않는다.

페탕끄는 그 외에도 다른 몇 개의 특징을 갖고 있다. 우선 흙이 있어야 이 경기를 할 수 있다. 볼링이나 농구 등 대부분의 구기종목이 흙이 없는 공간에서도 이루어질 수 있지만 페탕끄는 경기가 이루어지는 땅에 있는 흙의 성질과 기복을 잘 간파하여 흙에서 쇠공이 미끄러지는 한도와 접착력을 고려해 보는 것이 이 경기 운용의 필수적인 조건이기 때문이다. 이러한 필수적인 조건은 샤르 시의 독일어 번역 작가 P. 한드케가 샤르가 프로방스에 대해서 쓴 시들을 번역하기 위해서는 번역자가 바로 그 고향에 머물고 있지 않으면 불가능한 작업이 된다고 했던 일화를 떠올려 주게도 한다.

두 번째 특징은 임의로 정해진 목표점에 가능한 한 쇠공을 가까워지게 하는 것이 승부를 내는 것이기에, 일정한 목표점이 정해져 있어 그 곳으로 골을 넣어 확실하게 목표에 이를 수 있는 다른 구기종목인 축구, 아이스하키, 골프 등과는 차이가 있다. 그래서 임의로 목표지를 정해주는 작은 구슬 '코쇼네'로부터 어느 쇠공이 더 가까이 위치해 있느냐에 대해서 번번이 마을 사람들은 즐겁게 혹은 지독하게 다투게 되고, 결국 그 누구의 말도 결정적일 수가 없게 된다. 마치 샤르의 난해한 시 "소르 그 강"을 설명하고자 하는 수많은 견해들이 나왔지만 그 어떤 것도 결정적인 설명이 되지 못하는 애매한 시적 상황을 재현하여 주는 듯 하다.

세 번째 특징으로, 페탕끄는 흙이 있는 곳이라면 사람들이 오고가는 길에서도 시작할 수 있다는 것이다. 여름 오후 다른 마을로 이르는 길을 따라 쇠구슬을 굴리다 보면, 풍경은 조금씩 바뀌어 가고 지나가는 사람들과 인사를 나누기 위해서 경기가 중단되기도 하고, 달려가던 아이들이 쇠구슬을 건드려서 말썽이 나기도 한다. 우연하게 풍경들과 지나가는 사람들을 만나게 해 주는 '페탕끄'는 샤르가 초현실주의의 활동 때부터 줄곧 천착하여 온 '우연한 만남'이라는 주제를 상기시켜 준다.

　프로방스의 시인 샤르에게 있어서 귀향이란 단순하게 고향에 도착하는 것을 일컫지는 않는다. 샤르적인 귀향이란 도착이란 의미를 넘어서 고향에 조금씩 익숙해지는 과정 속에서 그 의미를 찾아보게 되고 그 귀향의 의미는 계속 갱신된다. 그래서 한번 고향을 떠났던 자에게 있어서 귀향이란 페탕끄의 쇠구슬처럼 고향으로 끊임없이 가까이 다가가나 결코 처음 떠나왔던 자리로 다다를 수 없는 안타까움과 그 안타까움만이 동반할 수 있는 전적인 희망의 과정 속에서 고향 마을의 의미가 되살아나고 있다. 『신새벽에 일어나는 사람들』에 들어 있는 한편의 시 "살아 있거라!"가 보여주듯이, 고향으로 돌아가는 것은 타향이 강요하였던 신산스러운 삶들을 뒤로하고 여생을 마감하는 일반화된 장소로 돌아가는 것이 아니라, 고향이 비밀스럽게 간직하고 있는 생명력의 정수리로 육박하여 들어가는 과정이라고 할 수 있다. 그렇지 않았다면 샤르가 그의 문청(文靑)시절에 고향으로 감히 돌아갈 생각을 하였을까? 시 "살아 있거라!"의 첫 구절은 시인의 고향이 여생을 마감하는 장소가 아니라 그에 반(反)하는 장소라는 것을 단적으로 보여주고 있다.

이 고장은 다만 영혼의 한 맹세이기에, 무덤을 거부하는 곳이다.
(PL, p.305)

　"무덤을 거부하는 곳"은 이 시의 마지막 구절 속에서 조건 없는 은총의 장소로 이어지고 있다.

나의 고장에서, 인간은 감사하는구나.

　고향에 익숙해진다는 것은 한편으로는 고향이 베풀 수 있는 만남의 여러 형태들에게 조건 없는 '감사'로 대응하고자 하는 시도이다. 페탕끄라는 경기가 어떤 조건도 필요치 않는 만남의 공간을 열어 주듯이 시인은 만남의 공간과 시간에 귀를 기울이고, 시인 자신의 표현을 빌리자면, "보이지 않는 오솔길들(Les sentiers invisibles)"을 사물 사이에서 혹은 인간 사이에서 열어주는 자이다. 샤르는 "입노즈의 장(Feuillets d' Hypnos)"이라는 작품 속에서 전쟁 당시 마을을 지키려고 싸워나갔던, 그러나 언제나 소박했던 마을 사람들과의 만남에 대하여 이야기하고 있다. 이 소박한 만남들이야말로 한 마을의 근원적인 존재 이유이며 또한 한 개인의 존재 이유라고 할 수 있을 것이다.

언제나 기쁜 마음으로 나는 포르칼리꿰라는 마을에 들려서 바르두엥 집에서 식사를 하고, 인쇄공인 마리우스 그리고 피뀌에르와 악수를 나눈다. 이 용감한 사람들로 만들어진 바위는 우정의 성체이다. 맑은 정신에 족쇄를 채우고 신의를 약화시키는 모든 것들은 이곳에서 추방될 것이니. 우리들은 진실로 근원 앞에서 혼례를 올렸다. (PL, p.179)

앞에서 언급하였듯이, 길 위에서 시작된 페탕끄는 경기를 하던 한 마을의 사람들을 어느덧 또 다른 마을로 이르게 하고 그곳에 거주하는 사람들을 만나게 하여 준다. 가로놓인 강과 포도밭을 지나 저녁의 푸르스름한 굴뚝 연기와 막 켜지기 시작한 불빛들을 신호처럼 보내고 있는 마을에 이른다는 것은 도시에서 느끼기 어려운 만남의 서정을 우리들에게 일깨워 주고 있다. 샤르는 섬들처럼 떨어져 있는 마을과 마을 사이에 열려있는 모든 만남의 "보이지 않는 오솔길들"을 "바로니 마을에서 춤을"이라는 시편에서 마치 춤을 추는 듯한 글쓰기로 축성(祝聖)하고 있다. 시를 인용하기 전에 참고적으로 언급하자면 '바로니'는 프로방스 북부에 위치해 있는 고장의 이름을 일컫는다.

올리브가지 빛 치마를 입은

> 그 고운님

말했었지 :

> 저의 깜직한 정숙함을 믿으시라구요.

> 그리고 그 이후

벌어 진 골짜기

> 불타오르는 언덕의 구비

혼례의 오솔길들

> 모두 그 고장으로 밀려들어 왔지

사랑의 다스릴 수 없는 시름이 강의 폐부로 스며드는 그 곳으로

> *(PL, p.429)*

   인용된 시 속에서 "올리브가지 빛 치마를 입은 / 그 고운님"이라는 표현은 샤르적인 여인상이 프로방스적인 자연의 요소들과 겹쳐지고 있는 한 예를 보여주고 있다. 자연과 겹쳐지는 여인만큼 욕망을 불러일으키는 대상이 어디 그리 많은가. 그것도 이 마을이 아닌 저 마을의 여인이라면… 인용된 시를 위하여 시인 스스로가 덧붙인 설명은 마을과 마을 사이의 만남이라는 우리의 주제를 다시 한번 프로방스 적인 삶의 실제를 통해서 음미할 수 있도록 허락하고 있다.

우베즈라는 골짜기에 있는 이 큰 마을(bourg)은 상인들에게 그 곳의 광장을, 그리고 보리수꽃의 연례 전시회, 혹은 축제일 동안에, 비어 있는 작은 길들을 장터로 내 주고 있다. 소규모의 무도회가 하류 쪽의 몰란이라는 부락에서 시작되는데, 시간이 지나게 되면 젊은이들과 아가씨들은 그 밤을 뷔스라는 또 다른 부락에서 맞이하곤 한다. *(PL, p.1255)*

20세기 프랑스 시인들 중 샤르만큼 고향 마을의 지명들을 작품의 제목으로, 혹은 작품 속에서 언급한 시인도 드물 것이다. 바꾸어 말하자면 지도책에 표시되어 지기 전에 고향 마을의 지명들은 시인에게 하나의 시적 울림이 되어 끝없이 시인의 정신을 흔들어 놓고 있는 것이다. 마을의 단순한 지명 속에서 시인은 그 마을에서 일어난, 그리고 일어날 수 있는 사람들의 만남들, 계절이 이어지면서 다시금 새로워지는 대지와 식물들의 밤과 낮을 불러오고 있다. 이 부름에 의하여 마을의 지명은 하나의 끝없는 울림을 허락하게 하는 시간과 공간의 지도책 속에 다시 기입되고 있다.

샤르가 간직하고 있던 오래된 사진첩에서 우리는 페탕끄 경기를 함께 구경하고 있는 샤르와 독일의 철학자 하이데거를 발견할 수가 있다. 샤르의 고향에 머물면서 페탕끄를 사랑하게 됐던 하이데거가 독일로 돌아가서 샤르에게 보낸 한 편지는 시인만이 간직할 수 있는 시간과 공간의 지도책에 대한 철학자의 따뜻한 시선을 느끼게 한다.

지명들의 단순한 열거라고요? 그럴 수도 있습니다. 허나 장소들에 고유한 지명들은 각각의 방식으로 그곳에 거주하는 존재와 존재의 작업과 몸짓들을 그 주위로 불러모으며, 또한 그 존재를 위한 시와 사유를 불러모읍니다―고유한 장소는 그러한 것들을 드러내게 하고 또한 독특한 빛깔을 부여합니다. (PL. p. 1248)

프로방스에 거주하면서 프로방스 마을의 지명들을 기꺼이 그의 시어로 차용하였던 샤르는 분명히 프로방스적인 시인이었다라고 말 할 수 있을 것이다. 그러나 프로방스를 방문하였던 독자들에게 혹은 아직 그곳이 미지의 어떤 고장으로 남아 있는 독자들에게 공간과 시간의 울림으로 채워진 지명들을 들려주었던 샤르는, 동시에 프로방스라는 한 지역을 넘어서는 서정의 보편성을 감득한 시인이라고 말할 수도 있다. 그래서 프로방스 고향지명들인 "즈네스티에르", "발랑드란느"는 지도책이 아닌 시인의 마음 속 길의 이정표가 된다.

생생한 겨울날의 미명 속에서, 그대 다시 추워진다고 느껴질 적에, 즈네스티에르, 발랑드란느, 아이들이었던 우리를 맞이하는 초등학교 교실에서 그리도 빨갛게 달아올랐던 난로처럼, 그 지명들은 우리들 굳어간 가슴의 우물 밖으로 의미의 벌꿀 무리들을 불러내니. (PL. p. 572)

프로방스 마을의
저녁노을

III. "마술이란 사물 속에 흩어져 있는 정신이다"

끝으로 우리는 샤르 작품 속에 나타난 식물세계를 살펴보고자 한다. 그 중에서도 특히 샤르의 식물세계가 어떠한 시적 변전으로 인해서 마을의 영상과 연계되고 있는지를 살펴보는 것이 그 주안점이다. 많은 샤르 연구가들은 시인이 마을에 거주하며 썼던 작품들 속에서 환기되는 식물세계의 거의 도감적인 다양함을 샤르 작품의 한 특징으로 보고 있다. 예를 들자면, 가장 빈번하게 등장하는 라벤더, 보리수나무, 올리브, 아몬드나무 등은 샤르가 전형적인 프로방스 지방의 시인이라는 것을 다시 한번 상기하게 해 준다. 프로방스 지방이 그의 시적 언어의 세계를 구축하는 데 있어서 중요한 바탕이 되고 있다는 연구가들의 합치된 의견은 사실 당연한 이야기라고 할 수 있겠다. 그 어떤 작가도 그가 거주하고 있는 세계와 동떨어진 언어 군을 계속 사용할 수 없는 것이다. 다만 친근한 고향에서 발견하게 되는 모든 일상적인 존재들에게 어떻게 그 일상성에 숨어 있는 새로운 만남을 언어를 통하여 제시하느냐가 독자가 발견하여야 할 시인의 상상력적인 몫이다. 독자는 식물세계가 불꽃을 환기시키는 언어들과 접목되는 영상 속에서 샤르가 가지고 있는 그러한 독특한 상상체계를 발견할 수가 있다. 낮이 어둠에 자리를 내어주는 일몰의 순간에 식물들은 일제히 하나의 램프처럼 불타오르기 시작한다. 시 "세 자매"에 나오는 구절 속에서 한가지 예를 찾아 볼 수 있다.

어깨 위에 있는 이 아이는
너의 행운이며 또한 너의 무거운 짐이다.
대지 위 거기서 난초는 타오르는데.

(……)

방긋이 열리는 어깨가 맹렬하다.
소리 없이 나타나는 그 화산
대지 거기서 올리브나무가 반짝인다
모든 것은 스치듯 사라져간다. (*PL, p.249*)

88년에 사망한 샤르의 묘소.
그 앞에 누가 라벤더 꽃나무를 심어 놓을 생각을 했을까.
영혼이 있다면, 그의 영혼이 더 없이 기뻐했을….

일몰의 순간에 하나의 마을을 사람들이 거주하는 마을로 허락하게 하는 것은 불을 밝히는 행위이다. 샤르적인 상상력은 식물 속에서 바로 이 불을 밝히는 행위를 재현하고 있으며, 불을 밝힌 식물들은 창문마다 램프를 밝힌 마을과 함께 시적인 밤을 맞이한다. 식물 속에서 불타오르는 램프의 상상력은 샤르의 선조들이 살았었고, 이제 그가 또한 거주하고 있는 프로방스의 마을이 맞이하고 있는 일몰 속에서 더욱 분명하게 나타난다. 그의 선조들의 이름을 일컫는 "쟈끄마르와 줄리아"라는 시 속에서 계속되는 회상의 단장들 중 하나는 이렇게 쓰여져 있다.

옛날, 대지의 길들이 석양빛과 겹쳐지는 때에, 풀들은 부드럽게 줄기를 올린 채 불을 밝히고 있었다. (PL, p. 257)

샤르의 독자는 식물에게 점화되는 불의 이미지가 도시에서 전기불을 밝히는 기계적인 행위와 전혀 다른 차원 속에서 이루어지고 있음을 쉽게 인식할 수 있다. G. 바슐라르는 이러한 차이의 생생한 의미를『초의 불꽃』제6장 "램프의 빛"에서 일깨워 주고 있다. "전등은, 기름으로 빛을 내는 저 살아 있는 램프의 몽상을 우리들에게 주는 일은 아무래도 하지 못할 것이다. 우리들은 통제를 받는 빛의 시대에 들어선 것이다. 우리들의 유일한 역할이라는 것은 다만 스위치를 켜는 일뿐이다. 우리들은 기계적인 동작의 기계적인 주체 이외의 아무 것도 아닌 것이다. 정당한 긍지를 가지고 점화한다는 동사의 주어가 되기 위한 그 행위를 이제는 도와줄 수가 없게 된 것이다. (……) 램프가 보다 인간적이었던 시대에는 보다 많은 드라마를 가지고 있었다. 낡은 램프에 불을 켜려고 하면서 사람들은 무엇인가 실수를 하지 않을까, 무엇인가 박자가 서투르게 되지는 않을까 하고, 늘 두려워하는 것이다. 오늘밤의 심지는 어제의 심지와는 전혀 다른 것이다."[4] 바슐라르의 글은 앞에서 인용된 샤르의 시구가 또 하나의 숨은 의미를 내포하고 있음을 제시하는 한 단서가 된다. 즉, 독자는 식물과 램프가 융합되는 마술적 상상력과 함께 샤르가 얼마나 도시적인 삶을 거부하는 마을의 참된 의미를 그의 시 세계 속에서 보존하고자 하였는지를 생각해 볼 수가 있는 것이다. 마을 어귀에서 마을을 바라보는 시인은 자연과 교류하는 인간의 불빛을 발견한다. 그 발견은 짤막한 문구 속에 압축되어 나타나고 있다 :

너의 램프 불빛은 장미이구나, 바람은 불타오른다. 저녁의 문턱은 깊어만 가는데. (PL, p.136)

샤르가 좀 더 나중에 쓴 시 "밤의 언덕 길"에서, 시인은 그의 꽃에게 전적으로 불을 환기시켜주고 있는 동사들을 건네주고 있다.

내가 다시 따뜻하게 하는 꽃, 그 꽃잎들을 나는 배가시킨다. 그리고 그 화관을 어둡게 한다. (PL 405)

밤이 찾아온 언덕에서 시인이 문득 마주친 꽃 한 송이는 마을의 거주민들이 겨울을 나기 위해서는 없어서는 안될 화로의 이미지와 연계되고 있는 듯하다. 밤의 추위 속에서 인간은 불을 쬐면서 불꽃이 또 다른 불꽃 속에서 솟아 나오는 것을 바라본다. 그리고 점차 사위어 가는 불꽃 또한 인간은 그의 운명처럼 바라보아야 한다. 이러한 자연과 인간의 삶이 융합하는 마술적 불의 상상력은 산과 들판 사이에서 저녁나절 불을 밝히고 있는 마을의 삶으로 독자들을 친밀하게 다가가게 한다. 그런데 불을 밝힌 마을은 마을에 거주하고 있는 자들을 위해서만 존재하는 것이 아니라 고향을 떠나 떠도는 자들을 위해서도 존재하고 있음을 샤르의 시는 보여주고 있다.

---

4) G. 바슐라르, 『초의 불꽃』, 민희식 옮김, 서울 : 삼성출판사, 153쪽.

새벽 두 시 삼십 분, 자정의 (분침같이) 비가 내리고,
사람들, 추운 덤불들은, 그들을 에워싼 진흙 속에서
지친 눈빛으로 초롱의 발자국을 좇는다
창유리의 초롱은 잊어버린 달이고 불꽃인데. (샤르의 개인 수첩에서 인용)

　　샤르의 이상적인 마을은 바깥에서 떠도는 자들을 거주자들이 잊지 않
고 맞이하는 만남의 공간을 지향하고 있다. 인간적인 삶의 바깥에 위치
하여 있는 식물세계가 인간적인 삶의 기틀이 되는 램프와 끊임없이 연
계되고 있는 샤르의 시적 상상력은 이미 마을의 이같은 친화적 공간을
설정하여 주고 있다고 해도 과언은 아닐 것이다. 『신새벽에 일어나는 사
람들』에 들어 있는 한편의 긴 대화체 시에는 샤르가 "해와 달의 방랑자
들" 이라고 명명한 무리들이 등장한다. 그 무리들은 여름밤에게 말을 걸
며, 프로방스 지방에서 만날 수 있는 독특한 바위산들이 그들의 입을 빌
어 노래하기도 하며, 올리브 나무들과 밀밭에서 솟아오르는 까마귀 떼들
이 그들의 형제가 된다. 이 시는 그러한 방랑자들과 마을에 거주하는 자
들의 대화로 단락이 이어지면서 마을의 친화적 공간의 의미를 다시 한
번 일깨워 주고 있다. 샤르
가 이탤릭체로 강조한 이 시
의 첫 부분은 다음과 같다.

프로방스 지방의 목동.

　　투명한 사람들 혹은 해와
달의 방랑자들은 우리들 시
절, 사람들이 쉽게 그들을 볼
수 있었던 숲과 마을로부터
거의 완벽하게 사라져 갔다.
바랑을 놓았다가 다시 취하
는 시간동안에, 상냥하고 섬

세한, 그들은 마을의 거주자와 시로 대화하였다. 거주자는, 감동된 상상력은, 그들에게 빵을, 술을, 소금과 날 양파를 주었었다. 비 내리면 밀짚 우의를 주었었고. *(PL 295)*

이제는 사라져 버린 이 방랑자들이 "시로 대화하고 있다"는 점을 미루어 보아, 샤르는 중세 시대부터 마을들을 편력하던 프로방스의 음유시인들인 트루바두르(Tourbadour)를 염두하고 이 시편을 썼음을 가정하여 볼 수도 있다. 그러한 방랑자들이 마을로부터 "거의 완벽하게" 사라져 버렸다는 샤르의 진술은 바꾸어 말하면, 인간과 자연 사이에 사람과 사람사이에 유지되어야 할 친화적 공간을 부여해 줄 수 있는 마을들이 이미 우리들 시대에서 사라져 버렸다는 의미이기도 하다.

우리에게 있어서 이 장소는 우리들의 빵보다도 가치가 있다. 왜냐하면 그 장소는 다른 것으로 대체 될 수 없는 것이기에. (PL p.456)

이찬규*

르네 샤르의 고향인 Fontaine de Vaucluse의 물레방아.
20세기 최고의 몽상가였던 G. 바슐라르는 언젠가 이렇게 말한 적이 있었다.
"내게 있어 가장 아름다운 장소는(⋯) 맑게 흐르는 물가, 수양버들의 짧은 그늘 속에 있다"라고.

---

*프랑스 브장송대학 현대문학 석사.
 프랑스 리용Ⅱ대학 문학예술 박사 성균관대학교 강사.

프로방스의 풍경과 사랑:
프레데릭 미스트랄(Frédéric Mistral)

　　프로방스 지방의 영원한 시인으로 기억되고 있는 미스트랄의 순수한 사랑에 대한 기억들은 대부분이 그의 서사적 서정시들 속에서 자연스런 원형의 모습으로 남아 있다. 특히 1851-1858년에 씌여진 『미레이유』

(Mireille)는 프로방스의 어느 초라한 농가에 찾아 든 청년 뱅쌍(Vincent)과 그 농가의 소녀 미레이유 (Mireille)와 이루어질 수 없는 비극적 사랑의 내용 을 전체적 줄거리로 다루 고 있다. 이들 두 연인의 사랑과 모험이 펼치는 배 경에는 라 크로(La Crau) 지역에서의 자연적 삶과 늪으로 덮인 까마르그 (Camargue)[1] 지역의 기독 교 전설에 얽힌 정신적

까마르그 지방의
석양과 늪지대

---

1) 프랑스 남부 프로방스 지방에 속하는 지역으로서 마르세이유 서쪽 방향으로 지중 해 연안을 끼고 론느(Rhône) 강의 삼각주에서 갈라지는 두 개의 강줄기 사이에 위 치한 늪과 초원 지대이다.

쌩뜨-마리-드-라-메르의-성당내부

삶이 조화를 이루며 나타난다. 그러나 프로방스의 전통적 생활 풍습에서 야기되는 가난과 계급 사회의 폐쇄적인 인습으로 인한 두 아버지의 불화는 두 연인의 사랑을 결국 비극의 종말로 이끌어 가고 만다. 여기서 시인 미스트랄은 소외되고 황폐한 농부들의 삶 이면에 생동감 넘치게 자라나는 다양한 풀과 나무, 그리고 새들을 노래하면서 프로방스 자연의 아름다움을 신성의 경지로 부상시키고 있다. 이처럼 자연의 풍성함과 조화를 이루는 강렬한 태양, 하얀 바위 색깔로부터 반사되는 투명하고 화려한 색의 이미지들은 꺄마르그 늪 지역의 황폐하고 검은 죽음의 색채에 대조를 보이며, 동시에 주인공 미레이유의 모험과 고귀한 사랑을 위한 죽음과 어울어지고 있다.

이어서 『미레이유』의 출판과 더불어 같은 연도에 쓰여지기 시작한 『꺌랑달』(Calendal)은 1866년의 봄이 끝나는 무렵에 완성되었으며 다음 해 '루마니어(Roumanille)' 출판사에서 출간되었다. 장편의 서사시로 구성된 이 작품의 첫 번째 일장은 '레 보 지방의 왕자들(Les princes des Beaux)'로 시작하고 있다. 서두에서 미스트랄은 비극적 사랑의 운명에 빠진 미레이유의 불행에 대하여 이야기한 다음 꺄시스(Cassis)의 청년 꺌랑달에 대하여 노래하고 있다. 이 청년은 단지 멸치잡이 어부에 불과하다. 그러나 그는 신의 은총과 자신의 의지로 에스떼렐(Estérelle)과 순수한 사랑에 젖어 기쁨을 얻고 제국을 정복하며 영화를 획득한다. 그는 바로 프로방스의 정신적 지주이자 동시에 상징이기도 하다. 작가는 그의 전설적인 고귀한 품행을 프로방스의 역사와 언어를 통하여 인본성의 표본 혹은 자연을 사랑하는 영웅으로 후세에 전하고 있다.

I. 까마르그의 원시성과 초월성 –『미레이유』(Mireille)를 중심으로.

먼저 사랑에 빠진 미레이유와 뱅쌍, 각자의 아버지 라몽(Ramon)과 앙브롸지(Ambroisie)는 두 연인의 결합을 반대한다. 이루어질 수 없는 사랑 때문에 실의에 빠진 미레이유는 그 사랑의 순결함을 지키기 위하여 모험을 결심하고 집을 떠나 신성화된 성녀들에게 스스로 사랑을 고백하려고 성인들의 묘지를 찾아 나선다. 라 크로(LaôCrau)[2] 지역을 가로질러 론느(Rhône) 강 주위를 방황하며 자연 풍경과 조화를 이루는 미레이유의 모습을 미스트랄은 다음과 같이 묘사하고 있다.

"머리카락은 이슬로 번뜩이고 있지만
산의 새벽 여명은
조금씩 평원 속으로 하강하고 있는 듯 보였다.
노래하는 도가머리 종달새들의 비상은
그녀를 반기고
동굴로 가득한 알삐여 언덕 꼭대기들은
마치 태양 빛으로 꿈틀거리는 듯하였다."
"Les cheveux luisants de rosée,
  L'Aurore, cependant, de la montagne
se voyait peu à peu dévaler dans la plaine ;
  Et des alouettes huppées
  La volée chanteuse la salue ;

---

2) 프로방스 지방의 아를르(Arles)를 포함한 꺄마르그(Camargue)의 동쪽 지역.

프로방스의 동굴

Et de l' Alpille caverneuse

Il semblait qu'au soleil se

mouvaient les sommets."[3]

한편 불행한 사랑으로 실의
에 젖은 미레이유가 외로운 순
례자가 되어 라 크로의 숲속을
배회하는 동안 아버지 라몽은
동네 사람들을 불러 모아 그녀
를 찾아 나선다. 반면에 그녀
는 꺄마르그의 늪지대를 가로
질러 성녀들의 교회에 도달한다. 여기서 작가 미스트랄은 미레이유가 고
통스런 모험을 겪어 가며 느꼈던 꺄마르그의 풍경을 노래하고 있다. 섬
광과 같이 유월이 쏟아 붓는 불빛 더위 속에서 미레이유는 달리고 또
달린다. 강렬한 태양빛 사이로 바람과 바람을 가로질러 그녀는 마침내
거대한 평원에 다다른다. 이 평원은 단순한 평지의 의미를 넘어서 인간
의 손길이 쉽사리 닿지 않는 야생적인 거대함을 상징하고 있으며 또한
인간의 시선으로는 닿을 수 없는 무한대의 초월적인 대초원(Savane)을
연상케 하기도 한다. 그 초원과 다른 이면으로 펼쳐지는 수많은 종류의
풀들의 저편에서는 바다가 나타난다.

"갯질경이, 쇠뜨기 풀,
수송 나물, 갯눈쟁이, 또다른 수송 나물 속들,
해변가의 침울함에 빠진 평원들,
　그곳에는 기쁨으로 가득한

3) Frédéric Mistral : 「Anthologie Poétique」, *Mireille*, Raphèle-lès-Arles, Culture
provençale et méridionale, 1980. P. 52.

하얀 말들과 검은 색의 황소
들이 거닐고 있다.
그들은 물보라에 흠뻑 젖어
자유로이 해풍을
따라다니고 있다."

"Des statices, desêprles,

Des salicornes, des arroches,
des soudes,

Amères prairies des plages
marines,

Où errent les taureaux noirs

Et les chevaux blancs: joyeux,

Ils peuvent là librement suivre

La brise de la mer tout imprégnée
d'embrun."[4]

까마르그의 초원에 이어지는 바다

이렇듯 시인은 까마르그의 대평원과 지중해 바다가 조화를 이루는 야
생의 늪지대를 묘사하며 동시에 프로방스의 강렬한 태양이 이글거리는
열기를 설명하고 있다. 햇빛이 뻗어 나가는 푸른 하늘의 궁륭은 심오하
고 화려하게 광활한 주변 지역의 늪지대를 뒤덮으며 밝아 오르고 있다.
머나먼 섬광 속으로 가끔씩 한 마리의 갈매기가 비상하고 가끔씩은 한
마리의 거대한 새가 그늘을 지운다. 주변 연못으로 이어지는 길다란 협
곡들 사이로 그 새들이 떠돌아다니는 장면은 마치 지상의 천국 혹은 성
경에서의 약속의 땅을 연상케 하고 있다.
　이와 같이 화려한 까마르그 지방의 풍경에 관한 묘사와 함께 미스트
랄은 『미레이유』의 전체 줄거리 속에 나타나는 비극적 사랑과 색채를 다

---

4) Op. Cit. P. 60.

음과 같이 부상시키고 있다. — 즉 그는 아름다운 프로방스의 풍경 이면에 얽힌 전설상의 역사적 내용을 밝히면서 성녀들과 주인공 미레이유의 어둡고 고통스런 인간의 내면적 세계를 은유적인 이중의 구도로 보여주고 있다. 이렇듯 미스트랄이 보여주는 시의 상징적 은유법은 무한한 초자연적 상상력의 힘을 보여주고 있으며, 프로방스 방언의 시어들에서 풍기는 강렬하고 부드러운 음조 사이에서 대두되는 이중적 리듬을 활용

까마르그의 야생마

한 다양한 이미지의 언어적 색채들을 보여주고 있다. 시인은 바로 이러한 언어의 리듬, 더불어 강렬한 인상을 던지는 주인공 미레이유의 고통스런 방황 까마르그 풍경의 완벽한 자연 세계의 아름다움에서 비롯하는 낙원의 이미지들을 조화시킴으로써 지옥과 천국, 하강과 상승, 초월과 현실 등의 대조적 시어들을 작품 전체를 통하여 보여주고 있다. 여기서 이미 시인이 표현하듯 하늘을 배회하는 한 마리의 새는 바로 "붉은 발이 달린 기사(un chevalier aux pieds rouges)"이거나 아니면 "세 개의 길다란 하얀 깃들로 이루어진 숭고한 깃털을 열정적으로 세우고 야만스럽게 바라보는 해오라기(un bihoreau qui regarde, farouche, et dresse fièrement sa noble aigrette, faite de trois longues plumes blanches...)"라는 상징상의 이중적 구도로서 원시적 자연 상태의 숭고함과 야만성을 동시에 나타내고

있다.

한편 시적 이중성과 은유의 상징적 대립 세계를 떠나 작품 내용에서 미레이유는 어둠과 고통의 시련에서 벗어나 천상 세계에 비유된 자연 세계의 완벽한 풍경을 발견하면서 환희 와 희망의 세상을 찾아 나아간다. 까마르그의 야만스런 열기 는 점점 더 활기를 띠며 불타오르기 시작한다. 청명한 하늘의 천정점 위로 떠오르는 태양의 섬광들과 붉은 빛들은 소나기 처럼 어마어마하게 쏟아지고 있다. 그것은 마치 배고픔으로 고통스러워하는 한 마리의 사자가 이글거리는 눈빛으로 아비 시니아 지방의 사막을 삼켜버릴 듯한 분위기다. 간간이 밤나 무들은 그늘을 길게 뻗어 휴식하기에 적절한 장소를 제공하 기도 한다. 번뜩이는 태양의 황금빛 섬광은 성난 벌떼들을 자 극하고 말벌떼들은 날카로운 칼날처럼 허공 속을 상승하고 하강하며 극심하게 전율을 일으키고 있다. 이와 같은 열기에 숨을 헐떡거리며 피로에 지친 사랑의 순례자 미레이유는 몸 을 가누기 위하여 조끼와 허리띠를 벗어 던지고 연속되는 시 련과 고통 속에서 이루어질 수 없는 사랑을 위한 아픔을 달래 고 있다. 맑은 우물 속에서 한 쌍의 파도가 울렁이듯 그녀의 가슴은 무더운 여름 어느 해변가에서 하얀 순결함을 드러내 는 초롱꽃들에 흡사하다. 그녀의 시선에 비춰지는 까마르그의 풍경은 점점 자신의 슬픔을 잊게 하고 마침내 그녀는 멀리서 빛을 발산하는 거대한 호수를 발견한다. 물에 용해되어가는 대지 주위로는 채송화 밭들이 넓게 펼쳐지며 부드럽게 어두 운 그림자를 드리우고 있다. 여기서 미레이유가 발견하는 풍 경은 바로 '약속의 땅'에 대한 성스러운 꿈으로 이어지고 있 다. 푸른 물길 너머로 멀리서 하나의 마을이 안개에 쌓여 나 타난다. 그 마을을 에워싸고 있는 강력한 성벽, 분수, 교회, 오

까마르그의 풍경

검은 빛의 쌩뜨-마들렌느

래된 지붕들, 햇빛에 교차하고 있는 늘어
선 종각들….

마침내 방황의 끝을 예고하는 환영의
희망에 젖은 미레이유는 넘쳐 나는 땀방
울들을 이마에서 닦아 내고 있다. 그녀는
기적을 바라보는 듯한 시선으로 그리고
마치 성모 마리아의 신성한 무덤을 발견
한 것처럼 달려가지만 그것은 환영과 같
이 사라지고 만다. 연속적인 방황으로 그
녀는 해변 가로 항해하는 배처럼 출렁거
리는 바다 속에서 커져 나가는 황금빛 교
회를 발견한다.

어둡고 고통스런 미레이유의 현실 세계
는 '쌩뜨 마리 드 라 메르(Saintes Maries
de la Mer)' [5]에 얽힌 성녀들의 종교적 전
설 내용들과 접맥을 이루며 초월적 세계
로 이어지고 있다. 성녀들은 그녀에게 자
신들의 이야기를 들려준다. 여기서 꺄마르그 지방에 얽힌 성녀들의 종교
적 전설[6]은 미레이유의 순수한 인간적 고통의 순례와 어울려 프로방스

---

5) 지중해 연안에 인접한 꺄마르그 지방의 해안 도시.
6) 성녀 마리(Saintes-Maries)들의 전설은 그 근원이 불투명하지만, 사람들은 몽 마주르
(Mont-majour)의 승려들이 신화적 이야기들과 신앙에 연관된 혈통을 통하여 감탄을
불러일으키면서 '쌩-작끄(Saints-Jacques)'의 수많은 순례자들을 순간적으로 유혹하
기 위하여 만들어 낸 이야기라고 생각하고 있다. 결과적으로 성모 마리아의 두 자
매 마리 살로메(Marie-Salomé)와 마리 야꼬베(Marie-Jacobé)는 팔레스타인 사람들에
게 쫓겨, 그들의 하녀 사라(Sara)처럼, 라자르 르 레쉬씨떼(Lazare-le-Ressuscité), 막시
멩(Maximin), 마르뜨(Marthe) 그리고 마리 마들렌느(Marie-Magdeleine)와 함께 지중
해를 건너 이곳 '쌩뜨 마리 드 라 메르'에 정박하였다고 전해진다. 전설에 따르면
그 성녀들은 마리 살로메의 아들, 작끄 르 마즈(Jacques-le-Majeur)의 머리와 '세 명

지방의 자연적 삶 속에서 탄생하는 새로
운 성녀 '미레이유'를 예고하고 있다. 작
품 『미레이유』의 마지막 종결 부분에서
미스트랄은 성녀 '마들렌느(Sainte-
Madeleine)'에 대하여 상기하고 있다. 동
굴 속에서 기도를 하고 있는 마들렌느의
무릎은 딱딱한 바위에 시들어 가고 있다.
황금빛 머리카락만을 옷 삼아 기도하는
그녀를 달빛은 창백한 빛으로 일깨우고
있다. 동굴 속에 있는 그녀를 관찰하기
위하여 나무들은 고개를 숙이고 침묵을
지키고 있다. 천사들은 두근거리는 심장
소리를 죽이고 틈 사이로 그녀를 몰래
감시하고 있다. 돌멩이 위로 눈물 한 방
울이 진주처럼 떨어져 내리면 천사들은
서둘러 그 눈물 방울을 받아 황금 잔 성
배에 담아 둔다. 나무 사이로 숨을 내쉬

는 바람은 삼 십 년 동안이나 마들렌느에게 신의 용서를 전해 주고 있
다. 이러한 마들렌느에 대한 느낌을 미스트랄은 다음과 같이 적고 있다.

"너의 울음으로 바위마저도
영원히 울고 있으리라,
너의 눈물은 눈보라와 같이

의 아기들'의 머리를 가져왔다. 세 명의 성녀들 중에서 마리 마들렌느는 셍뜨 봄
(Sainte-Baume) 지역으로 가기 위하여 급히 사라지고 그녀를 대신하여 에집트 여인
사라에 의하여 대체되었다. 찌간(Tziganes)들-짚시의 일종-은 사라를 그들의 여주인
으로 모셨다. 사라는 성녀들이 도착하기에 앞서 프로방스에서 살고 있었으며 죽을
때까지 그녀들을 위하여 희생하였다.

여성의 모든 사랑을 영원히
하얀 빛으로 보여주리라!"
"De tes pleurs la roche elle-même
Pleurera éternellement; et tes larmes,
Eternellement, sur tout amour de femme,
Comme un vent de neige, jetteront la blancheur!"[7]

　　과거에 대한 후회 때문에 마들렌느의 몸은 점점 쇠약해져 가지만 누구도 그녀를 위로할 수는 없었다. 셍-뻴롱(Saint-Pilon) 지역을 거닐고 다니는 작은 새들도 그녀를 축복하기 위하여 알을 품지 못하였으며, 그녀를 품에 안고 매일 일곱 번씩 골짜기의 허공 속으로 데려가 마음을 가라앉히게 했던 천사들마저도 평온을 가질 수는 없었다. 이렇게 작가는 '셍뜨마리 드 라 메르'의 전설에 연관된 성녀 마들렌느를 상기시키며 그녀의 순수한 초월적 사랑을 자연의 성녀 미레이유에게 연결짓고 있다. 즉, 프로방스의 자연 속에서 태어나 순수성을 잃지 않고 살아왔던 미레이유가 겪었던 이성적 사랑은 결국 전설로 남아 있는 성녀들의 희생과 사랑에 비교되어 더한층 승화된 성지로서의 까마르그에 대한 아름다움과 조화를 이루고 있다. 이처럼 초월적 사랑에서 발견할 수 있는 화려함과 순수함이 지상 세계의 아름다움으로 상징화된 까마르그의 풍경과 비교되고 있는 것이다. 작품의 결론 부분은 비극적 종말로 끝나고 있다. 미레이유는 성녀들의 순례지였던 교회로부터 희생의 숭고함에 대한 영감을 받아 죽음을 선택하고 그녀의 연인 뱅쌍은 실의와 좌절에 빠져 고통을 받는다. 여기서 시인이 상기하는 죽음의 이미지들은 연약한 "몇 마리의 나방 벌레가 전등불에서 불타는 것(… votre lampe quelque phalène s'allumer, …)"과 "뱃머리에 서서 자신을 기다리고 있는 성녀들(Les saintes, sur la proue, sont debout qui m'attendent …)"로 나타나고 있다.

---

7) Op. Cit. P. 66.

더욱이 원장 수녀의 만류에도 불구하고 그녀는 죽음을 맞이하기 위하여 언덕 위에 덮인 눈의 색깔보다도 더 하얀 면사포를 요구한다. 이것은 주인공이 간직한 이성적 사랑이

신성에 대한 순수한 사랑으로 연결되고 있음을 보여주고 있다. 그녀의 사랑은 순수함의 관점에서 도덕과 윤리에 묻어 있는 인간적 사랑을 벗어나 초월적인 신의 사랑으로 이어지고 있는 것이다.

마침내 벵쌍은 죽음을 결심한 그녀를 "프로방스의 진주(la perle de Provence)"라고 외치며 죽음을 만류한다. 여기서 시인 미스트랄은 이러한 외침을 통하여 프로방스의 상징적 의미를 미레이유에게 부여하고 있다. 그녀는 바로 의인화된 프로방스의 산물이다. 미레이유는 자신이 죽음을 결심한 동기를 다음과 같이 노래하고 있다.

"나의 가엾은 벵쌍이여, 당신은 눈 앞에 무엇을 보고 있습니까?
당신을 실망시키는 말 한마디 '죽음',
그것은 무엇입니까? 그것은 마지막을 알리는 종소리와 함께
사라져가는 안개입니다.
밤의 끝을 일깨우는 하나의 꿈에 불과합니다.

아니요, 저는 죽지 않습니다! 가벼운 발걸음으로
이미 저는 배 위로 올라가고 있습니다...
안녕, 안녕!… 이미 우리는 바다 위에서 위대하게 승리하고 있습니다!
화려하게 출렁이는 평원 '바다'는
천국의 길입니다.

왜냐하면 광활한 푸르름은 쓰라린 심연 주변에 있는
모든 것을 자극시키기 때문이지요.

아... 물결이 우리들에게 고개를 끄덕이듯이!
하늘에 있는 수많은 별들 중에서
두 개의 마음을 가진 친구들이 자유로이 서로 사랑할 수 있는
하나의 별을 나는 발견할 테니까요!...

O mon pauvre Vincent, mais qu'as tu devant les yeux?
  La mort, ce mot qui te trompe,
  Qu'est-ce? un brouillard qui se dissipe
  Avec les glas de la cloche,
Un songe qui éveille à la fin de la nuit !

  Non, je ne meurs pas ! D'un pied léger
  Je monte déjà sur la nacelle...
Adieu, adieu!... Déjà nous gagnons, le large, sur la mer !
  La mer, belle plaine agitée,
  Est l'avenue du Paradis,
  Car le bleu de l'étendue
Touche tout alentour au gouffre amer.

  Aïe!... comme l'eau nous dodeline !
  Parmi tant d'astres là-haut suspendus,
J'en trouverai bien un ou deux coeurs amis
  Puissent librement s'aimer!...[8]

---

8) Op. Cit. P. 70.

고통을 받고 허느적거리고 있던 미레
이유는 긴 한숨을 몰아쉬며 마치 잠을
청하기 위한 것처럼 고개를 아래쪽으로
떨구었다. 웃음띤 그녀의 얼굴 모습에서
그녀는 계속 말하고 있는 듯 했지만 그
녀 주변에 모여든 행자들은 이미 촛불을
들고 차례차례 앞으로 다가서고 있었으
며 그녀를 향하여 손가락을 가리키며 십
자가 모양을 그리고 있었다. 땅바닥에
주저앉은 그녀의 부모는 그들이 행하는
행동을 물끄러미 바라보고만 있을 뿐이
었다. 그녀의 얼굴이 창백해지고 있음에
도 불구하고 그들은 그녀의 얼굴에서 빛
이 나고 있다고 생각했다. 벵쌍은 그녀의 죽음을 확인하고 실의에 빠져들
고 주변 사람들은 오열하기 시작한다. 그는 실망하여 버드나무 가지의 교
수형 밧줄이 꼬여지듯이 자신의 주먹을 비틀었다. 그리고 소리를 지르며
그녀의 시신 위에 쓰러져 영원히 그녀와 함께 하기 위하여 하나의 무덤
속에 같이 묻히기를 원한다.

그녀의 죽음에 대한 슬픔을 작가는 다음과 같이 묘사하고 있다 — 하
나의 거대한 무리 속에서 만약에 한 마리의 송아지가 죽어서 쓰러졌다
면 늘어진 그 시체 주위로 구일 동안을 계속해서 황소들과 암소들은 참
혹하게도 그 불행한 송아지에게 눈물을 흘리며 다가올 것이며 그리고
늪과 파도, 바람은 그들의 고통스런 울음소리 때문에 구일 동안을 소리
를 지르리라는 것이다.

이처럼 작가는 순수한 이성적 사랑을 초월적 사랑과 희생으로 승화시
킴으로서 비극적 종말을 보여주고 있으며, 그리고 작품 『미레이유』의 내
용 이면에 숨겨진 자연 상태의 인본성을 토대로 하는 인간적 사랑의 문

제 제기에서부터 출발하여 전통적인 프로방스 사회에 흐르고 있는 신성에 얽힌 전설을 부각시키고 있다. 또한 여기서 미스트랄은 주인공의 비극적 죽음에 대한 환기의 주제를 넘어서서 생명과 사랑에 대한 자연계의 일상적 현상을 통하여 사랑의 숭고함을 노래함으로써 인본성에 바탕을 둔 생명의 존엄성과 자연 상태의 순수함에 대한 고귀함을 동시에 보여주고 있다.

II. 깔랑달의 영광과 사랑의 이미지
  －『Calendal』을 중심으로

프랑스 북쪽 지방의 삐꺄르(Picard), 독일, 부르고녀(Bourgogne) 등의 제후들이 뚜루즈(Toulouse)와 보께르(Beaucaire)를 침략하였을 무렵, 깔랑달은 악랄한 기사들에 대항하여 곳곳에서 마르세이유(Marseille) 사람들과 아비뇽(Avignon)의 후손들에게 열정을 불어넣었으며 수많은 역사적 흔적들을 통하여 프로방스인들에게 희망을 불어넣었다. 그는 젊음을 다바쳐 죽음에 굴복하지 않고 대항함으로서 선조들의 피를 더욱 뜨겁고 아름답게 살아나도록 만들었다. 그리고 미스트랄(Mistral)[9] 바람처럼 음유시인들에게 시적 영감을 불어넣으면서 또한 미라보(Mirabeau)[10]의 목소리

깔랑끄

----

9) 매년 봄 지중해에서 프로방스를 향해 불어오는 북서풍.
10) Mirabeau-Honor Gabriel Riqueti(1749-1791)—프랑스의 정치인이자 연설가.

를 울려 퍼지게 하였다. 작가에 따르면 비록 역사의 파도와 폭풍우가 민족을 뒤섞이게 하고 혼란에 빠지게 하였으며 국경을 제거하도록 하였지만 그러나 어머니의 땅 '자연'은 풍성한 영양분으로 영원히 그들의 자식들을 살찌우고 있다는 것이다. 즉 대지에서 자라나는 올리브 나무의 딱딱한 젖가슴은 영구히 맑은 기름을 사람들에게 제공하고 있다.

작품 『깔랑달』의 서두에서 미스트랄은 모태의 땅 프로방스의 역사적 순환 과정에서 나타나는 혼란에도 불구하고 이 고장을 지켜 나가는 정신적 지주 '깔랑달'의 역할에서 전통의 보전과 자연에 대한 예찬을 다음과 같이 노래하고 있다.

> 끊임없이 다시 태어나는 영혼이여,
> 활기차고 열정적인 환희의 영혼이여,
> 론 강의 물결 소리와 바람 속에서 너는 울고 있으리라 !
> 조화로 가득한 숲들과
> 태양 빛으로 가득한 깔랑끄의 정신이여,
> 경건한 이 고장의 영혼에 대하여
> 나는 너에게 호소하노라! 나의 프로방스 시구 속에서 다시 태어
> 나길!

베르연못

> Ame éternellement renais-
> sante,
>
> Ame joyeuse et fière et
> vive,
>
> Qui hennis dans le bruit du
> Rhône et de son vent !
>
> Ame des bois pleins d'
> harminies

Et des calanques pleines de soleil,

De la patrie âme pieuse,

Je t' appelle ! incarne-toi dans mes vers provençeaux !"

이어서 시인은 꺌랑달의 연인으로 등장하는 프로방스의 소녀 '에스떼렐'(Estérelle)의 아름다움을 찬양한다 두 줄로 딴 황금빛 머리카락은 금작화에 흡사하며 그녀의 이빨은 베르(Berre)[12] 연못의 소금 알맹이들처럼 맑게 빛나고 있다. 에메랄드 같은 그녀의 초록색 눈빛은 직선적이고 야생적이며 고고한 자태를 보이고 있다. 복숭아 털을 붙인 듯한 그녀의 피부는 황야의 태양 빛이 비추는 여름날의 과일처럼 반사되고 있었다. 그녀는 원피스의 하얀 주름들과 신비롭게 어울리는 황홀한 무릎을 보이고 있으며 그녀의 연인은 마치 어느 천사가 푸른색을 띠는 구름들에 둘러싸여 이야기 소리를 듣는 것처럼 땅바닥을 향하여 조용히 고개를 떨구고 있었다.

까시스의 바다

레 보(Les Beaux) 지방의 공주 '에스떼렐'은 자신의 이야기를 이어간다 — 프로방스 최초의 가문 후손들은 '에글렝(Aiglun)' 성으로 그녀에게 청혼을 하기 위하여 모여들지만 그들 중에서 '세베랑(Sévéran)'이란 백작이 선택되어 결혼식이 이뤄진다. 그렇지만 하나의 무서운 파문은 결혼식을 차가운 분위기로 몰고 간다. 신부는 공포에

11) Op. Cit. P. 80.
12) 지중해와 마르세이유에 연결된 거대한 연못. 주로 이 주변 지역은 유전 공업이 육성되었다.

사로잡혀 남편을 맞이하지만 밤중에 그녀는 산 속으로 도망쳐 버린다. 거기서 그녀는 깔랑달을 만나게 되고 그는 모든 사실을 알고 난 후 세베랑 백작에게 도전하기 위하여 달려가게 된다. 에스떼렐에게 비춰진 세베랑은 강압적인 동시에 야만적이며 남의 환심을 사기에 급급한 인물로 나타나고 있다. 반면에 깔랑달은 프로방스 지방을 가로질러 에스떼롱(Estéron) 계곡 속으로 자객들과 말괄량이 여자들과 함께 있는 세베랑을 찾아 나선다. 깔랑달은 그의 적이 되어 버린 세베랑에게 굴욕을 주기 위하여 자신의 삶과 모험들, 그리고 에스떼렐을 향한 그의 사랑을 보여주기 위하여 마음을 결정한다.

이렇게 작품의 서두에서 두 연인이 사랑을 맺게 된 동기를 이야기하고 3장에서는 지중해 해변가에 위치하는 까시스의 바다 풍경과 물고기들에 대하여 노래하고 있다 — 은빛 물고기 떼는 로마의 연안을 따라 앞을 향하여 길을 재촉한다. 그 물고기 떼는 헤라클레스의 기둥들을 넘어서기도 하고 고고한 바로쎌로나를 스쳐지나 가기도 하며 뽀르방드르(Portvendre)[13]와 마그론느 (Maguelonne)[14]를 자극하고 또는 마르띠그 (Martigue)[15]에서 도망쳐 프레쥐스(Fréjus)[16] 를 향하여 휘몰아치기도 한다. 물고기 떼는

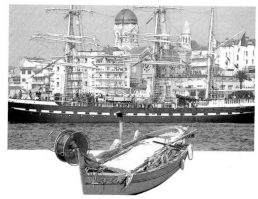

13) 피레네 오리앙딸(Pyrénées-Orientales) 지방에 속하는 무역과 어업 항구.
14) 몽뺄리에 남쪽에 위치한 지역으로서 지중해와 분리된 연못에 가까운 모래밭으로 뒤덮인 지역
15) 엑상 프로방스 남서 쪽 베르(Berre) 연못을 끼고 있는 마을.

모든 순례가 지속되는 동안 휘황찬란한 햇빛에 반사되는 야생적인 절벽들에서부터 고통의 심연들 속에 이르기까지 에메랄드 빛 초원을 사랑으로 누비고 있다. 더욱이 물고기들은 흥겨운 물거품이 반짝이며 좌초하는 열광적인 부딪힘 위로 신선함을 쏟아 내고 있다. 덮개에 싸인 배들의 밑바닥 신비로운 물결의 심연을 향하여 어부들은 마치 제국의 황제들처럼 뱃머리에서 팔꿈치를 고이고 자신들 밑에서 때로는 요동을 치며 때로는 침묵을 지키며 밤을 지새는 물고기들의 광란의 움직임들을 관찰하고 있다.

지중해의 풍경

지중해의 여름밤은 청명하다. 별들의 회오리가 바다 속 심연 속으로 점점 빠져들어감에 따라 거기서 보다 더 아름다운 별들의 회오리(물고기떼)가 물의 심연 속에서부터 다시 상승하고 있다. 점점 노를 향하여 다가서면서 현란한 광채를 띠고 끊임없이 변화하는 잔잔한 파도는 빛을 더해 가고 있다. 이것이 바로 미스트랄이 노래하는 지중해의 매력이다. 가끔씩 반사되어 퍼져 나가는 섬광의 발산은 물결의 흐름을 가르고 사람들을 황홀경

16) 행정 구역상 바르(Var)에 속하고 드라귀냥(Draguignan)에서 남쪽으로 지중해 연안의 마을.

에 빠지게 만든다. 성대고기(Trigle)들 때문에 놀란 어부들은 손에 잡고 있던 밧줄을 놓치기도 한다. 바다 표면의 거대한 물결 속에서는 다섯 혹은 여섯 개의 달이 빛나고 있는데 이것은 광채를 내는 물고기 무리들이다. 물안개 속에서 빛을 번뜩이는 파도 위로 춤을 추듯 멀리 항구에서 다가오는 불빛은 변화 무상하게 물결에 반사되고 있다. 이와 같은 매혹적인 바다의 풍경을 배경으로 시인은 '레 팡띠느(Les Fantines)'들과 '레 드락(Les Dracs)'[17]들이 뱀처럼 몸을 휘감으며 길게 늘어서는 프로방스 고유의 '파랑돌(Farandole)'[18] 춤을 추듯 산호(Médropole)들로부터 출현하고 있다고 적고 있다. 가끔씩 돛단배들을 뛰어넘는 날치들의 비상이 허공 속으로 솟구치며 그들은 가다랭이들을 피하기 위하여 새로이 날아오르며 마치 초등 학교 학생들이 던지는 자갈들과 흡사하듯 바다의 평원 위를 도약하며 집요하게 침묵을 일깨우고 있다. 갑자기 구슬프고 아련한 화음이 물결의 심연 속에서 나오기 시작한다. 청명하고 순수한 그 소리는 점점 커져 가며 배들을 매혹시키기도 하며 오르간 소리처럼 화음을 길게 늘어뜨리기도 한다. 그것은 바로 '뻬이스-오르그(Pèis-Orgue)' 혹은 '인어'라고 시인은 적고 있다. 이처럼 프로방스 특히 꺄시스 연안의 지중해는 그 풍경에 있어서 신성의 세계를 연상케 할뿐만 아니라 원시적 상태의 자연스런 바다의 생명력을 유지하고 있으며 물고기들의 보고이기도 하다.

작가는 『꺌랑달』 속에서 지중해의 아름다움을 부각시키기 위하여 원시적 순수성을 간직한 바다의 풍경에 새로운 전설적 신화의 이야기를 결합시키고 더 나아가 독자들을 시적 이미지의 전체적 깊이에 몰입하게 하는 요정 '에스떼렐(Estérelle)'을 상기시키고 있다. 꺌랑달은 자신의 선조와 프로방스의 역사적 사건들을 길게 이야기한 다음 지발(Gibal) 산 위에

---

17) 레 팡띠느와 레 드락은 지중해 연안 지역들에서 전설로 전해지는 동양에서의 '용(Dragon)'처럼 환영의 동물 혹은 괴물을 의미한다.
18) 남녀가 손에 손을 잡고 음악에 맞춰 원을 그리며 추는 프로방스 전통의 민속춤.

서 신비롭게 아름다운 어떤 여자를 보았다는 사실을 밝히고 있다. 그녀가 바로 요정 에스떼렐이다. 그녀는 먼저 그를 경멸하여 거절하지만 그는 그러한 경멸감들을 극복하기 위하여 단호히 산에서 내려온다. 여기서 작가 미스트랄은 프로방스에 관한 역사적 기록을 설명하고 에스떼렐 요정에 대하여 밝히고 있다—오랜 과거의 수많은 역사적 이야기들이 프로방스인들에게는 끊임없이 되살아나고 있다.

먼저 거칠고 야만스런 가죽옷을 입고 꺄바르(Cavares)와 리귀르(Ligures) 선조들은 바다의 해안들과 산 속의 동굴들을 드나들면서 메마른 땅들을 차지하기 위하여 싸워 왔다. 숲의 요정들은 혈거인 민족들의 삶을 황홀하게 만들면서 그들에게 수많은 충고를 해 왔다. 게다가 그리스의 범선들은 출렁이는 맑은 물 위를 건너 프로방스 사람들에게 가위와 톱을 사용하는 방법을 전해 주었다. 살렝(Salyen) 민족의 왕 난(Nan)은 그리스의 영광을 축복하기 위하여 젊은 프로띠스 드 포세(Protis de Phocée)에게 그의 딸을 선사한다. 도시 마르세이유(Marseille)가 생겨나고 사리에뜨(Sariette) 소나무는 올리브 나무와 도금양, 포도와 무화과나무들의 빈 공간 사이로 들어선다. 그리스 이오니아(Ionie) 지방의 용맹한 신들은 새로운 식민지 지역 속으로 고대의 엄격함을 유지하여 은총을 베풀기 위하여 다가온다. 아그드(Agde), 앙띠브(Antibes), 니스(Nice)[19] 등지에서는 하얀빛의 다이아나(Diane) 여신이 해변가에 나타난다. 또한 아폴

---

19) 지중해 연안의 항구 도시들.

론(Apollon)은 어두운 밤이 사라지자마자 북쪽을 향하여 다가온다. 또한 그는 도시의 건축자이자 법의 집정관들인 로마의 후손들이 언제, 어떻게 이곳으로 오게 되었는지를 전해 준다. 그들 로마의 후손들은 바로 카이우스 칼비누스(Caius Calvinus)와 카이우스 마리우스(Caius Marius)이다. 마리우스는 위대한 민주적 정복자로서 엑스(Aix)[20]에서 자신의 마차 밑으로 한 나라의 방어선을 짓밟고 그 왕들을 마차에

사슬로 묶는다. 로마의 황제 카이사르(César)는 마르세이유(Marseille)로 돌진하여 소중한 민족을 짓밟는다. 게다가 그는 세례를 통하여 사랑과 희망을 불어넣으면서 기독교를 전파시켰으며 죽은 자들에 대한 믿음을 언급하였다. 그는 분노하는 국가들에 대항하여 투쟁하는 탁월한 공격력을 프로방스 사람들에게 보여주었다.

　겨울날 혹독한 추위로 얼어붙은 '론(Rhône)' 강에서는 갑자기 얼음이 부서지는 소리를 내며 녹아 내린다. 로마인들에 의하여 세워진 돌다리들의 험난한 돌출 부위들에 부딪혀 얼음 덩어리들은 뒤죽박죽 섞인 채 소리를 내며 부서진다. 거대한 파도 사이에 존재하는 하나의 섬처럼 프로방스 본연의 윤곽이 나타난다. 그것은 마치 춤과 노래로 가득한 행복에 겨운 섬과 같았다. 지중해 바다에서부터 로와르(Loire) 강에 이르기까지, 씨트론 나무가 자라는 풍요로운 땅에서부터 모래가 가득한 평원에 이르

---

20) 엑상 프로방스(Aix-en-provence)

기까지 죽마를 탄 사람들은 소들을 지키며 사냥을 하러 가고 선조들로부터 전해진 자유롭고 강력한 수많은 도시들은 프로방스의 백작 레몽-베랑제(Raimond-Béranger) 혹은 레몽 드 뚜루즈(Raimond de Toulouse)의 보호 아래 만족스럽고 굳건하게 유지되어 왔다. 그리고 거기서 수많은 음유시인(Troubadour)들은 프로방스의 아름다움과 삶을 노래해 왔다. 칼은 조숙한 꽃들로 가득 찬 프로방스의 개화를 절단하였으며 창은 지중해의 빛나는 태양을 찔렀다. 그러나 영원히 열정적으로 살아 있는 남불의 언어(Langue d'Oc)는 어부들과 농부들에게 활기를 불어넣었으며 동시에 그들은 끊임없이 바다와 땅을 지켜 왔다. 오늘날 갈색의 프로방스인들은 노와 써레를 이용하며 삶을 지탱하고 있지만 그러나 자연은 그들의 궁전이며 별들은 그들의 왕관으로 존재하고 있다. 그들은 거울로서 파도를 소유하고 있으며 커튼으로서 소나무들을 소유하고 있다. 야만스런 미스트랄 바람이 바위 틈 사이로 휘몰아칠 때 사람들은 그늘 아래서 사랑의 언어 '프로방스어'를 불에 달군 포탄과 같이 지켜 왔다. 왜냐하면 그것이야말로 모국의 고장과 자유의 표본이기 때문이다.

이와 같이 프로방스의 역사적 배경과 언어를 이야기한 다음 시인은 주인공 깔랑달에게 비춰진 어느 아름다운 여인에 대하여 노래하고 있다. 깔랑달은 바위 아래서 웅크리고 앉아 있었다. 갑자기 그는 우연히 경사길을 향하여 고개를 치켜들면서 바위를 발판으로 하여 푸른 창공에서 광채에 휩싸여 서 있는 젊고 아름다운 어느 한 여인을 발견한다. 손으로 눈을 비비며 다시 그녀를 바라보지만 그녀는 곧 사라지고 만다. 특이한 섬광, 숱하게 생각에 잠기게 하는 경탄스러운 아름다움, 어두운 영혼의 섬광들 속으로 모습을 드러내고 있는 환영, 공경스러움으로 기운을 북돋우게 하는 시각 등은 스무 살 애송이의 단순한 눈길에 현실로 다가오고 있었다. 그는 그녀를 찾기 위하여 숨을 헐떡이며 가파른 지발(Le Gibal) 산을 기어오른다. 숲 속을 헤매며 기진맥진하여 소리를 지르지만 황야와 계곡 그리고 바다 외에는 다른 어떤 것도 발견하지 못한다. 작품『깔랑달』의 5장에서 주인공 깔랑달은 여신처럼 나타난 환영의 에스떼렐을 마침내 현실에서 만나게 되고 그녀에게 금관을 씌워 주려고 부자가 되길 원하여 고기를 잡으려고 그물을 만들지만 그러나 그녀는 그에게 마음에 비유하여 부의 무의미를 인식시켜 준다. 그녀의 현명함에 깔랑달은 그녀를 진정으로 사랑하게 된다. '다랑어들의 결합'이란 소제목 하에서 시인은 두 연인의 사랑을 물고기에 비유하여 은유적으로 찬양하고 있다—사랑은 황제이며 태양이다. 그것은 열정을 주고 결합을 시켜 주며 마음을 충만케 하고 탄생을 가져다준다. 사랑은 하나의 죽음을 대신하여 열 명의 새로운 삶을 세상에 마련케 한다. 그리고 그것은 생존자들 사이에서 전쟁이나 혹은 평화를 가져오기도 한다. 사랑은 지상의 신이다. 맹렬한 사랑의 작살은 바다 밑에서 열정에 젖은 괴물들을 흥분케 한다. 또한 암수의 다랑어들은 열정으로 불타 오르고 있다. 한편으로 그들은 부산스럽게 일렬로 늘어서고, 한편으로는 회오리를 치며 흩어지기도 한다. 그것은 투명한 평원 위로 하나의 푸른 무리를 보는 듯하다. 그 무리는 회오리를 치거나 아니면 한 덩어리로 모이기도 하면서 색깔을 바꿔 가며 태양 빛 아래서 물결치고 있다. 그들은 행복을 갈구하며 결합을 한다. 초록빛 자국의 섬광은 사랑으로 결합한 육체 위로 화려한 빛을 발산하고 있다. 파랑돌(Farandole) 춤에서와 같이 둥근 원들이 회오리를 치며 앞으로 다가서며 향연을 베풀고 있다. 이러한 본성적 사랑에 의한 연인들의 결합을 찬양한 다음 시인은 순수한 사랑을 위하여 부의 무력함을 노래하고 있다.

사랑의 행복감에 젖은 깔랑달은 까시스의 축제를 즐기고 있다. 바다에서 벌어진 수상 창 시합(Joute)에서 그는 승리한다. 한편 알페랑(Alphéran)이란 사람은 민중을 봉기시킨다. 도망치는 깔랑달에게 에스떼렐은 알리스깡(Aliscamps) 전투의 위대한 하나의 예를 상기시켜 준다—까롤링거(Carlovingiens) 시대에 아를르(Arles) 지방에서는 수많은 사라센인들과 기독교인들이 싸움을 벌인다. 여기서 작가는 피로 물든 론 강을 배경으로 벌어지는 전투에서 르 꽁뜨 도랑쥐(Le Comte d' Orange)와 꽁뜨 귀욤므(Comte Guillaume)에 관한 모험담을 열거하면서 중세에 일어난 역사적 사건을 겪은 프로방스인들의 선조들에 대하여 언급하고 있다.

이어서 7장에서 세베랑 백작은 꺌랑달과 에스떼렐 사이의 사랑을 알고 질투로 분노한다. 한편 꺌랑달은 세베랑에게 그가 행하는 방뚜(Ventoux)[21] 산의 낙엽송들에 대한 파괴를 비난하고 네스끄(Nesque)[22]로 자신이 내려온 이유를 이야기한다—방뚜 산의 나무들로 가득 찬 숲 속에서 생생하게 넘쳐흐르는 아침 미풍은 순수한 하나의 교향악처럼 전율을 일으키고 있다. 거기에 움집해 있는 계곡과 언덕의 모든 음향들은 숨결을 전해 온다. 커다란 가지들에 덮개를 씌우고 있는 가공스럽고 야만스런 나무 덤불 아래로 태양 빛마저도 스며들 수 없으며 거센 북풍에도 진동하지 않고 소리를 죽이고 있는 헝클어진 낙엽송들은 거대한 침묵 속에서 자라나고 있다. 어떤 낙엽송들은 곰팡이와 이끼 때문에 하얗게 변해 있고 땅바닥에는 낙엽들이 떨어져 가지들을 뒤덮고 있다. 수많은 고통을 견디고 살아온 방뚜 산의 늙고 고독한 웅장한 나무들 사이에서는 전쟁이 벌어지고 있다. 산의 꼭대기 바위에서는 수천 년에 걸쳐 잠든 침묵을 일깨우며 난무하는 도끼들이 엄청난 충격들을 나무들에 가하고 있다. 거친 쇳덩이가 나무들에 꽂히고 늙은 나무들은 쪼개지기 시작한다. 거기서 나온 나방들의 독소인 테레빈 액은 황금 물방울 같은 눈물처럼 땅으로 떨어져 내리고 있다. 갑자기 나무는 삐걱거리는 소리를 낸다. 고통스런 헐

방뚜산의 숲과 언덕

21) 보끄뤼즈(Vaucluse)에 속하는 프로방스 대표적인 산.
22) 방뚜 산 근처의 마을

떡거림은 나무의 꼭대기에서부터 뿌리에 이르기까지 이어지고 가지에서 가지로 괴로움을 탄식하고 있다. 계곡 깊숙한 곳에 숨어 있던 나무마저도 자신의 권위를 지키던 자리에서 머리를 떨구며 쓰러진다. 더 깊은 계곡으로 다가갈수록 엄청난 충격으로 우레와 같은 소리를 내는 나무들은 무덤이 되어 버린다.

한편 숲의 파괴에 대하여 분노한 에스떼렐은 깔랑달에게 숲의 소중함을 이야기한다―산 능선의 골격을 화려하게 뒤덮고 있는 옷을 잔인하게 망가뜨려 가는 인간들의 어리석음을 비난한다. 그러한 사람들에 견주어 개미는 쓰러져 가는 나무를 보호하기 위하여 인간 보다 이로운 선행의 작업을 하고 있음을 말한다. 분개한 그녀는 모독의 세대를 살아가는 자들은 광활한 우주 속에 있는 모든 존재물을 자신의 것으로 착각하고 있다고 이야기한다. 사람들은 평원에서 수확물을 얻고 작은 언덕에서는 밤과 올리브 열매를 얻는다. 그렇지만 산의 오만한 능선들은 인간의 소유물이 아닌 신의 소유물임을 그녀는 강조하고 있다. 어떤 사람들은 곤충과 벌레와 같이 불명예스러움과 흉측함으로 하찮은 이익을 위하여 끊임없이 나무들을 자르고 있으며 그것은 그들에게 생존을 위한 의무가 되어 버렸다. 그러나 사랑과 공포, 모든 것들은 그들을 타락하게 만든다. 왜냐하면 인간의 가슴은 거대한 대기를 간직하고 평온한 행복을 영구히 유지시킬 만큼 충분히 넓지 않기 때문이다.

산꼭대기의 나무들은 사방에서 불어오는 사철 바람에도 불구하고 성실함과 엄격함, 침묵을 지키며 자신들의 머리를 숭고하게 유지시키고 있다. 나무들은 철새들 보다 더 민감하게 시간의 흐름을 지키며 사람들과 반대로 풍만한 노화를 보다 강하고 보다 아름답게 만들어 간다. 그들은 북풍을 목에 가득히 담아 오르간처럼 노래하는 성대한 피리가 되며 오랜 세월 동안을 풍만하고 아름답게 신선함과 그늘을 쏟아 내고 있다. 곧 그들은 대지의 어두운 모발이자 동시에 수원지와 샘들의 대부이다. 이처럼 장구하게 나무의 소중함을 이야기한 다음 에스떼렐은 그들의 삶을

프로방스 평원

지켜 나가야만 한다고 강조하고 있다. 왜냐하면 그들은 사랑의 아들이며 떼어놓을 수 없는 유아이기 때문이며, 동시에 기쁨이며 우주적 모태에서 탄생한 위대한 영광이기 때문이다. 또다른 이유는 커다란 암탉이 날개로 알을 품으려고 울 듯이 나무들은 즐겁게 사람들을 뒤덮으려고 하기 때문이다. 만약에 사람들이 자연의 언어를 듣고 있었다면 그리고 자연의 비위를 맞추려고 하였다면 무자비하게 그것을 파괴하기보다는 두 개의 우유 줄기가 메마르지 않고 나무들의 젖가슴에서 솟아날 것이고 꿀은 사람들의 양식이 되기 위하여 나무 덤불들 속에서 넘쳐흐를 것이다. 여기서 에스떼렐이 보여주는 자연에 대한 찬양, 특히 나무의 소중함에 대하여 인간들에게 알려주는 그 깨우침은 우주의 원동력이 되는 자연에 대한 사랑을 의미하고 있을 뿐만 아니라 생명의 원천적인 힘의 중요성을 의미하고 있다.

한편 꺌랑달은 셍뜨-봄(Sainte-Baume)의 숲 속으로 순례를 떠난다. 그의 동료들은 프랑스 전역을 모험하며 떠돌아다니고 곳곳에서 전투를 벌인다. 싸움의 중재인으로 나선 어부 꺌랑달은 전투자들을 설득하기 위하여 귀품있는 연설을 펼친다. 그의 말을 들은 노동자들은 후회와 한탄의 눈물을 흘리며 전쟁터에서 서로 화합한다. 이러한 꺌랑달의 행위에 감동한 에스떼렐은 그를 향한 사랑의 느낌을 전한다. 꺄시스, 방돌(Bandole),

깐느(Cannes)의 황금빛 바다를 웃게 하고 장미꽃을 피우게 하는 빛에 비
유되고, 꽃송이들이 펼쳐진 올리브 나무 밭을 뒤덮고 있는 섬광에 비유
되며, 그리고 공중에 떠도는 종달새들에게 노래를 하게 하고 푸른 무화
과들을 울게 하는 광명에 비유된 아름다운 그 금빛의 얼굴을 에스떼렐
은 애타게 기다리고 있다. 또한 바위 위에서 빛을 발산하며 누워 있는
그녀는 하얗고 둥근 신성과 같은 팔을 괴고 꿈에 젖은 채 게들의 무리처
럼 왕의 배들이 라씨동(Lacydon)으로부터 나타났던 수평선 물 위를 멀리
서 바라보고 있다. 그녀는 마침내 깔랑달을 향한 사랑의 강렬한 느낌을
토로한다. 오랫동안 지속된 휴식의 연속, 그리고 그녀가 끊임없이 바라
보는 그 거대한 대지, 바다의 광경은 마치 일종의 사원처럼 그녀를 짓누
르고 있다. 그녀는 자신의 젊은 시절이 무엇과 흡사한지를 그에게 물어
본다. 그녀는 스스로 그 물음에 대답하여 자신은 모래의 소용돌이 속에
서 사라져 가는 개울물과 닮았다고 말한다. 그래서 고독이 자신의 내면
과 외면을 갉아먹고 있다고 한탄하며 깔랑달의 대답만을 기다린다. 심란
하게 뒤흔들리며 향기를 내뿜는 히드나무들 속에서 나비들은 쌍쌍이 짝

을 맞춰 춤을 추고 있는데 그녀를 에워싸고 있는 모든 행복은 자신을 괴롭히고 있다고 말하며 시간은 사랑에 달려 있다고 강조하고 있다.

깔랑달은 말없이 머물러 있다. 허물을 벗는 뱀, 싹이 돋고 있는 밀, 오월에 비에 젖은 목장, 그리고 포도 덩굴의 시큼한 가지 등이 체험하는 이러한 모든 것을 그는 핏속에 느끼고 또 느끼고 있었다. 자신을 애타게 찾고 있는 그녀에게 고마워하며 신의 보호 아래 있는 어린 새처럼 그는 황량하고 외로운 바다에서 피곤에 젖은 날개가 힘이 빠져가는 것을 느끼며 그 날개에 자신을 싣고 지나가는 산들바람에 자신을 맡겨 두고 있음을 그녀에게 전한다. 마침내 그녀가 잡은 깔랑달의 손에서는 이색적인 기쁨이 전해진다. 기나긴 항해에서 그랬듯이 폭풍우가 지나가고 파도가 평온함을 되찾을 때마다 깔랑달은 사랑의 도취 속에서 이미 마음의 심란함을 느끼고 있었다. 결국 에스떼렐은 그의 동료들이 일으킨 사건과 공포스러운 살인의 원인들 그리고 폭풍우가 끝나고 평온함이 다가옴을 파악하고 그 즉시 깔랑달에게 그를 밝혀 주는 별을 향하여 길을 떠날 것을 권유한다. 그녀는 자신의 별은 결코 화려하게 빛나지도 않으며 그리고 깔랑달의 영광은 사랑을 허용치 않음을 강조한다. 그녀에게 사랑은 단지 고통이자 심란함일 뿐이며 하나의 잠든 미약일 뿐이다. 사랑은 여성을 위하여 존재하고 여성은 값비싸게 그 사랑에 대가를 치른다. 왜냐하면 깔랑달과 자신은 스쳐 지나가는 사람이 시험삼아 먹어 보는 바구니 속의 과일에 불과하기 때문이다. 그 통행인은 젊고 청순한 그들을 완전히 깨물어 버리고 여전히 푸른 채 꺾여진 그 과일을 길거리에 버리고 말 것이라는 것이다. 그녀는 불행한 여인들에게 사랑을 맡겨 두고 수직으로 깎여진 산을 타고 오르기를 그에게 충고한다. 계곡의 밑바닥에서 이미 피었을 지도 모르는 끌레마띠뜨(참으아리속) 꽃, 그에게 족쇄를 채우고 있는 그 꽃에서 도망치라고 말한다. 이처럼 사랑에 반항하는 그녀는 깔랑달을 흥분시킨다. 동시에 눈물에 젖은 그의 눈동자는 그의 영혼에 천국을 열어 준다. 더 이상 사랑이 커지지 않도록 당장에 그가 떠날

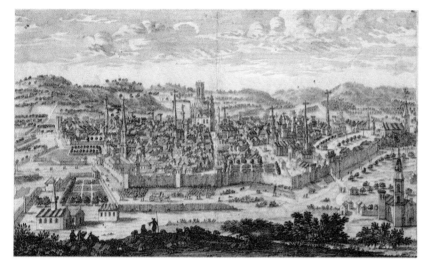

것을 충고한다. 옆에서 그를 전복할 자가 누구이든지 개의치 말고 또한 그 대가가 얼마나 클지를 생각지 말고 기사로서든지 아니면 사도로서든지 떠나기를 강조한다. 꺌랑달의 보다 큰 사랑이 고귀한 한 나라를 품에 안고 정당하고 위대한 아름다운 이야기를 남기며 자연의 제왕인 소중한 인본성을 지키고 신의 창조자이자 동시에 거울인 그 자연을 보존할 것을 충고해 준다. 그래서 그녀는 멀리 언덕에서 꺌랑달의 깃발이 펄럭이는 것을 바라볼 수 있다면 너무나 행복할 것이라고 말한다.

꺌랑달은 왕자처럼 엑스(Aix)에서 접대를 받는다. 성례 침례가 이어지고 꺌랑달은 순수한 사랑의 화려한 과정을 이야기한다. 세베랑 백작은 꺌랑달의 품행을 더럽히고 그를 꼬임에 빠지도록 하기 위하여 자신의 성으로 초대한다. 10장의 서두에서 시인은 꺌랑달과 에스떼렐 사이의 순수한 사랑을 노래한다. 꺌랑달이 마셨던 눈물은 더 이상의 신주로서가 아닌 감로주로서 자신 스스로가 그 눈물에 도취되고 있다. 그의 눈길이 스치는 대지의 곳곳마다 화려함으로 빛나고 잇다. 그의 발길이 모험을 거듭하는 동안 모든 것은 화합을 이루고 형언할 수 없는 꽃을 피운다. 또한 보다 광활한 하늘을 발견하고 자연의 대조물들로부터 조화와 아름다움을 발견한다. 마침내 그는 왜 바람이 소리치고 탄식하는지를 알고 있으며 파도치는 바다가 어떻게 혼란을 일으키고 힘없이 물러가기도 하며 애처롭도록 인간의 자만심을 죽이게 하는지를 알고 있다고 말한다. 그리고 그는 자신의 육체를 제외한 모든 것은 그녀에게 속해 있다고 말한다. 그녀 또한 진정으로 갈구하는 자가 바로 그라는 사실을 밝힌다. 그렇지만 하나의 올가미가 그녀를 사로잡고 있다. 왜냐하면 그녀는 세베랑이란 사기꾼의 부인이기 때문이다. 주변의 모든 사람들은 이미 그 사실을 알고 있었다. 그러나 아랑곳하지 않고 꺌랑달은 인연에 대하여 언급한다. 신이 원한다면 그들은 결합할 수도 있지만 그러나 만약에 꺌랑달은 자신의 정복자가 무화과 나무 위로 오르지 못하도록 오그라진다면, 즉 사랑의 결실을 거부한다면, 그녀가 느끼는 기쁨은 하늘처럼 심오하고 위대하며 평온하기 때문이라고 말하고 있다. 사랑에 반대하여 선택하는 무력한 죽음은 그들의 열매를 파괴시키며 갠지스강의 진주에 비유된 그녀는 향락에 빠진 사기꾼에 의하여 농락 당할 수 있다고 그는 말한다. 꺌랑달이 숭고하게 생각하는 것은 그 진주 안에서 머무는 동안 그는 화신하는 천사가 된다는 것이다. 그에게 감각적 사랑은 스쳐 지나가는 현기증처럼 하찮은 먹이에 불과하다. 마음 속에서 그는 천상의 여인이 누리는 내면적 아름다움을 갈구하고 있다. 그 내면으로부터 그의 시선은 도취되고 기쁨으로 돌입하지만 단지 승리의 깃발을 남길 수 있는 환상은 존재하지 않는다. 그에게서 영혼의 경이와 기쁨은 진정한 천국인 것이다. 그것은 사랑이 정화하는 불길이며 사랑이 불태우는 깃발이다. 두 사람이 마음 속에서 하나로 결합하는 것이야말로 조화로운 교향악이며 행복이며 감미로운 고통인 것이다.

　　이어서 에글렝(Aiglun)의 성채에서 세베랑 백작은 꺌랑달에게 호화 방탕한 향연을 베풀어준다. 방탕한 자들의 왈츠가 이어지고 '벌떼의 춤 '이라 불리는 음탕한 춤 마당이 벌어진다. 음탕한 여자는 꺌랑달에게 태양의 나라에서는 사람들이 어떻게 춤추는지를 보여주려고 한다. 그것은 마치 열광적인 벌의 움직임과 흡사하다. 벌이 윙윙거리는 소리에 흡사한 음악은 흥을 돋구고 있다. 태연하게 침묵을 지키고 있는 꺌랑달에게 이 상야릇한 표정을 짓는 그 여자는 긴 자태로 크다란 검은 눈동자에서 비 쳐지는 나른함을 쏟고 있다. 사방을 활기차게 뛰어다니는 그녀는 급격하 게 신체를 요동치며 머리를 돌리고 공포감을 불러일으키며 서서히 사라 진다. 갑자기 귓가에 윙윙거리는 소리를 내는 꿀벌을 피하려고 그녀는 열광적으로 다시 나타난다. 그녀는 억지로 그 벌을 떼어놓고 금장식 끈 으로 수놓아진 모자와 하얀 카탈로니아산 두건을 내던진다. 그녀의 꼬인 머리카락 장식끈은 그녀가 뛰어다니는 동안 고리 모양으로 휘날리고 있 다. 그녀는 아름다운 자태로 뜀박질하는 동안 자신의 옷 속으로 벌레가 슬그머니 비집고 들어가는 것을 느낀다. 미친 듯한 공포심으로 전율을 일으키며 특이한 행동으로 그 벌레를 떼어놓는다. 서양 자두와 같은 아 름다운 그녀의 어깨는 조화롭고 흐릿하게 따스한 빛을 띄우며 탐욕스런 눈길들을 끌어당기고 있다.

한편으로 그녀는 용맹스런 청년 꺌랑달에게 무례하게도 불만스런 표정을 지으며 애원하듯 그를 바 라본다. 새로이 춤을 추는 벌레의 소곤거림은 그녀의 발길을 흥겹게 만든다. 갑작스레 광신자처럼 그 녀는 손을 그의 어깨 위에 올려놓 으며 폭풍우가 몰아치듯 옷의 끈 을 풀고 다시 춤을 추려고 할 때 놀라움과 외침이 쏟아졌다. 그녀 의 관능적 미모는 젊은 꺌랑달의 눈썹을 깜박이게 했다. 그것은 더 이상의 판토마임이 아니었다. 음

프로방스의 무도회

란한 그녀는 그의 무감각함으로부터 감사의 표현을 이끌어 내고 싶어 흥분해 있었다. 전율을 일으키듯 번뜩이는 눈빛으로 이빨을 깨무는 소리를 내며 비통해 하며 그녀는 자신의 아름다움을 과시하기 위해 전념하고 있었다.

마지막 장 '화려함'에서 세베랑 백작은 에스떼렐을 따라가기 위하여 길을 떠난다. 한편 꺌랑달은 보(Beaux) 지방의 공주 에스떼렐을 지키기 위해 지발(Gibal)을 향하여 서둘러 떠난다. 그는 소나무 숲에 불을 지르고 비참하게도 자연을 파괴시키는 세베랑 백작에 대항하여 공포스런 자리를 지켜나간다. 꺄시스 사람들과 함께 그는 그 불길을 진압하기 위하여 숲 속으로 뛰어든다. 마침내 꺌랑달은 프로방스인으로서의 명예를 되찾고 사랑에서 승리한다.

결론에서 시인은 영원한 사랑의 결합을 노래하며 두 연인의 사랑에 대한 승리를 찬양하고 있다. 창백한 모습의 에스떼렐은 꺌랑달의 어깨와 팔에 기대어 더 이상 운명에 따라 도망치지 않고 자신의 인생을 그에게 연결 지으려고 한다. 지발산의 나무들, 소나무와 떡갈나무, 도금양, 노간주나무, 지는 태양, 침묵의 대지, 황홀한 바다 등등. 그들은 영원한 결합의 증거로서 모든 프로방스의 자연 산물들을 다시 화합으로 맞이한다. 자신의 존재에 절대적 스승으로서 꺌랑달에게 '보' 지방의 옛 왕자들이 사용하던 단검을 건네준다. 그리고 선조들의 당부에 따라서 그녀는 '뜻대로'라고 외치며 만약에 그의 연인이 사랑을 떠나 영원한 승리자가 되기를 거부한다면 그 단검을 자신의 가슴에 꽂기를 원한다. 신은 이 세상에 위대한 사랑을 그토록 어렵게 수용하도록 만들었다. 그래서 신의 뜻을 벗어나 사랑을 위하여 장애물을 거부하며 또한 극복하려고 하는 너무나 열정적인 영혼들이 있음에 대하여 그녀는 신에게 용서를 구한다. 더욱이 그녀는 용맹한 자들에게 장애물 같은 안개가 없는 진정한 사랑의 섬광을 가져다주길 신에게 당부한다. 열기에 젖은 깔랑달은 마치 오솔길 속으로 호랑이가 다가오는 것을 바라보는 용맹한 사자와 같이 흥분의 도가니에 빠져 있었다. 그는 민첩하게 그녀의 손을 조이며 단검을 들고 그녀에게 입맞춤을 하

'칼을 든 승리자의 모습'을 재현한 연극

며 절벽의 난간을 향하여 용감하게 앞으로 나아간다.

여기서 미스트랄은 '영광의 빛'이란 주제 하에서 마지막으로 두 연인의 사랑의 승리를 찬양하고 이야기를 끝맺고 있다. 그들은 극심한 불행으로 긴 여정의 막을 내린다. 새벽의 푸른 창공은 섬광들로 넘쳐 나고 파도의 아들 깔랑달과 수많은 산꼭대기들의 순수한 대기에 코를 벌렁이는 에스떼렐, 하나의 아치 모양으로 그들을 뒤덮고 있는 다이아몬드, 진주, 황금의 번뜩임 아래로 대추들의 산방화서처럼 늘어뜨린 머리카락의 그녀, 그 두 연인은 산의 정상에서 손에 손을 잡고 영광으로 찬란한 태양 속에서 승리자들이 되어 모습을 드러내고 있다.

IV. 결 론

 미스트랄의 영원한 고향 프로방스는 자연의 숭고한 교향악이며 그 속에서 숨쉬는 인간들의 사랑으로 가득 차 있다. 작품 『미레이유』에서는 까마르그를 배경으로 원시적 형태의 자연 조건 속에서 살아 가는 인간의 가장 본성적 모습을 천국에 비교하며 노래하고 있을 뿐만 아니라 때묻지 않은 인간 정신의 숭고함은 이 지방의 전설적 혹은 종교적 자태로 머물고 있는 초월적 세계의 영혼들과 일치하고 있음을 보여주고 있다.

 가장 완벽한 천상 세계와 교감할 수 있는 불완전한 인간들의 조건은 우주가 만들어진 이후부터 주어진 그대로의 순수함을 간직하는 것이다. 즉 자연의 원시성은 그 속에서 살아가는 인간의 영혼과 정신의 영원한 안식처이며 신성의 찬란함과 아름다움에 연결되어 있다. 인류의 틀 속에서 잃어버린 부모의 윤리성과 도덕성은 결국 자식의 사랑을 저버리게 하고 사회와의 타협을 거부하는 자연의 순례자를 극단적 비극으로 이끌어 간다. 또한 그 틀에 물들지 않고 야생적이며 순수한 자연의 본성을

간직하고 있는 소녀 미레이유는 바로 인간의 성녀이며 천사이며 '약속의 땅' 프로방스의 공주이며 가장 아름다운 영혼의 소유자이다. 이어서 『깔랑달』에서도 또한 자연의 화신으로 등장하는 프로방스 전설의 여신이자 동시에 선조의 전통을 지켜 나가는 에스떼렐과 지중

프로방스의 가을 색채

해의 어부 깔랑달 사이의 사랑 이야기를 중심 주제로 미스트랄은 프로방스의 역사와 전통 그리고 자연에 대한 사랑을 밝히고 있다.

시인은 역사의 다양한 사건들을 통하여 프로방스를 지켜 왔던 선조들의 우월한 정신을 보여주고, 그리스 로마인들로부터 영향을 받아 온 문명과 정신의 깊이를 소개하면서, 더 나아가 중세를 거쳐 조상 대대로 지켜 온 프로방스 자연의 소중함과 아름다움, 특히 신비로운 전설을 간직한 지중해의 풍경과 수많은 종류의 물고기들의 풍부함을 노래하고 있다. 시인에 따르면 모태로서의 대지는 끊임없이 인간들에게 우유를 제공하고 그 산물은 인간을 살찌우며 인간의 미래를 가능케 하며 정신을 풍요롭게 한다는 것이다. 그렇게 소중한 자연을 지켜 나가는 것이야말로 인간의 생명을 지키는 것이며 삶을 풍요롭게 만들려는 인간의 의무이다. 자연은 사랑을 꽃피우고 영원히 삶의 존엄성을 유지시키며 후손에게 가장 가치 있는 유산이 된다. 바로 이 자연 속에 묻어 나는 인간들의 사랑과 순수한 자연적 정신세계의 숭고함이 보여주는 미스트랄의 프로방스는 인류가 가장 인간답게 삶을 살아갈 수 있는 표본적인 요소들을 제공하고 있다.

정광흠*

---

* 프로방스 I (엑스-마르세이유) 대학교 불문학박사.
  현재 성균관대학교 불문학과 강사.

피난과 치료, 지오노의 상상의 프로방스

태양의 이중성

프로방스는 태양이다. 프로방스는 율리시스가 비밀스럽게 꿈꾸었을 항해의 종착지인 지중해의 정오, 빛과 색상의 이타크인지 모른다. 피아트 룩스! 빛과 색상은 언어로 변형되어 상징을, 형태를, 하나의 현실을 낳는다. 이 현실은 짜라투스트라가 외치는 '진정한 삶의 부재'에 대항해서 밤의 시인이 한 걸음, 한 걸음 내딛는 검은 사닥다리의 끝에 위치한 (불)가능의 세계이다. 진정한 삶의 기원(起源)과 프로방스. 노란 미모사와 붉은 데이지의 대결의 장(場), '영원의 꽃'과 천리향의 향기는 이 공간을 가득 채우며 맑은 금속성의 소리로 인간의 잠든 눈을 진동시킨다. 인간의 귀는 온갖 색상을 머금은 화가의 팔레트로 변한다. 시각과 청각의 일치. 보들레르가 말하는 상징의 숲에서의 교감은 시인의 단순한 몽상만은 아니다. 그렇다. 프로방스는 태양이다. 그런데 태양과 죽음은 똑바로 쳐다볼 수 없다고 하지 않는가. 릴케의 『말테의 수기』의 구절처럼 삶이라는 과실의 중심부에는 죽음의 핵이 위치한다. 프로방스를 수놓은 라벤더의 보라빛은 태양의 이러한 비밀을 세상의 시작부터 알고 있었는지 모른다. 파란 죽음과 붉은 에로스. 이 두 요소의 추출물인 보라빛. 삶-죽음의 태양. 사틴의 고운 피부로 감싸진 대기, 그 무지개 빛의 대기를 물방울처럼 짤랑거리며 발산하는 향기들, 어느 누가 이 아름다움의 이면에 알카리성의 석회질 토양, 부패와 죽음이 있음을 상상하겠는가. 암흑의 바다에서 솟아오른 셍뜨-빅뚜아르 산. 물의 풍요로 양육된 사막

미모사

라벤더

같은 죽음의 산. 쟝 지오노(1895-1970)의 예술의 출발은 무력감과 죄의식이 서식하는 암울한 의식이 아닌 죽음과 삶, 카오스와 창조, 이 이중성이 서로 포옹하는 지상의 모습, 우주의 자연스런 비극인지 모른다.

트로이 전쟁은 일어났는가? 프로방스는 존재하는가? 지도상에 실재하는 프로방스와 상상의 프로방스의 포개짐. 어쩌면 인간의 상상력만이 존재할지 모른다. 이렇듯 지오노의 미학적 감수성은 창조적 현실을 겨냥하는 낭만주의의 연장선상에 위치한다. 합리주의와 진보에 입각한 건조한 현대는 마술적 힘, 상징의 세계를 파괴한다. 의식하는 인간의 비참함. 불안과 심연의 공포는 이러한 의식의 자양분이다. 현대가 단언하는 것처럼 '보이지 않는 세계'의 지배는 이미 오래 전에 막을 내렸고 '구원의 기술로서 마법은 부재'하며, '세계의 비상징화'는 숙명적으로 계속될 것인가? 동키호테의 상상력은 단순한 환영에 불과했으며, 칠흑의 세계를 예술로 밝힌 오르페우스의 육체는 결정적으로 해체된 것인가? 사막의 현대와 나체의 인간. 예술은 이처럼 허약한 인간 조건의 인식에서 출발한다. 고독, 불행과 추방 의식은 희망을 포기할 수 없는 시인이 탈주선을 찾기 위해 간직하는 비장의 칼이다.

지오노는 삶의 문학가이다. 인간과 그의

근원적 원천과의 단절, 그 급진적 결별을 그는 수락하지 않는다. '마음의 방주'의 건축, 어떻게 매력(魅力)을 잃은 현대에 다시 상징을 부여할 것인가? 아도르노가 말하는 새로운 '출현'을 위한 글쓰기. 상상의 프로방스. 예술은 재생산이 아니다. 주관적 자율에 의해 탄생된 작품은 산문적 현실의 재현과 대립되는 자신의 세계를 겨냥한다. 내부의 빛에 근거한 문학의 현실은 일상의 현실에 선행한다. 예술은 생산이다. 모방, 동일화, 반발의 차원이 아닌 현실의 모색, 즉 메타포를 통한 사물과 인간, 자연과 문화, 주관적 세계와 사회 사이의 새로운 창조적 관계 설정은 지오노가 끊임없이 탐색했던 일관된 주제이다. 그의 첫 작품 『오딧세이의 탄생』(1938)에서 서양 문학의 원천인 호메로스를 등장시키고, 서사적 영웅 율리시스를 언어로 한 세상을 탄생시키는 시인으로 묘사하고 있는 점은 그가 앞으로 전개할 문학 활동 방향이 어떤 것인가를 명백하게 시사한다. 그의 자화상이라 할 수 있는 『노아』(1948)의 주제는 창조행위, 즉 외계의 단순한 수용이 아닌 생산 차원의 글쓰기에 대한 성찰이고, 마지막 작품인 『쉬즈의 붓꽃』(1970)에서도 꿈, 환상, 계획으로 가득 채워진 고독의 세계, 즉 예술과 현실의 관계를 사숙하는 인간의 내면 세계를 그린다. 이렇듯 지오노의 문학적 야심은 자신이 발견한 메타포로 논리와 과학의 공간, 속(俗)의 세계를 고양하고, 변형시키는 데 있다. 초기의 문학 활동에서 그는 서정적, 우주적 정렬의 이미지들을 나열하여 시간과 공간의 성화(聖化)를 꾀하며 원초적 행위의 재부활을 끊임없이 시도한다. 스페인의 정서를 만들어 냈던 동키호테처럼 지오니즘은 새로운 기호로 리라를 켜는 오르페우스를 준비한다.

새로운 기호를 위하여

제1차 세계대전 참전 병사 지오노가 목격하고 인식하는 인간의 처참함과 전쟁의 부조리. 그는 철저한 평화주의자로 변신한다. 조국이라는 제

장 지오노

한된 영토의 허구에, 이념이라는 추상적 허울에 희생되기에는 인간의 생명이 너무도 소중하지 않는가. 나타나엘을 통해 재생산만을 강조하는 사회제도로서의 가족을 버릴 것을 외치던 지드처럼 그는 젊은이들에게 허위의 사유, 문명이 포장한 온갖 이데올로기들의 유혹, 그 부조리한 죽음으로부터 자신을 방어할 것을 호소한다. 불복종과 탈영. 르네상스이래 세계를 주도한 유럽 문화는 인간의 종말을, 인간 폭력의 끝(유태인의 대량학살, Shoah)을 준비하고 있지 않는가. 벌거벗은 어린아이의 눈에 투사된 독가스, 인간성의 영원한 죽음. 흑색 인간들. 그들은 타인이 인간임을 거부한다. 헤겔의 철저한 오류. 역사는, 문명은 이처럼 가장 효과적인 야만성을 위해 전진한 것이다.

소설가에게 사명이라는 것이 있는가? 지오노는 문화와 지리로 고정된 공간과 시간을 거부한다. 인간의 절망을 수용하고, 그에 저항하기 위한 피난처로서의 문학을 위해서는 전복적 상상력이 필요하다. 그는 개념적 철학, 기독교와 과학의 탄생 이전, 소크라테스 이전의 자연으로 돌아간다. 이 자연은 영원과 무한의 시공간 속에 있는 것이 아니라 원천의 공간과 시간, 삶과 죽음을 동시에 안은 순환성을 말하며, 우리의 목전에 있는 현재, 즉 '지금', '여기' 속에 있다. 기독교의 초월적 세계관이 지배하는 서양의 집단적 상상력에는 자연은 하나의 창조물이고, 정복의 대상이자 인간에게 봉사하고 효용을 주는 사물로서 존재한다. 과학은 이러한 자연을 또 다시 난도질한다. 시간과 공간의 고유한 의미가 제거된 자연은 명확하게 치수를 잴 수 있는 분석의 대상일 뿐이다. 이렇듯 동질화(同質化)된 시간과 공간은 메타포가 부재한 속(俗)의 현실을 낳는다. 이 현실이 바로 인간의 야만성의 영역이다.

지오노가 명명적 기능과 시작하는 힘을 가진 원천의 자연(natura)으로 향하는 것은 바로 이러한 이유이다. 최초의 인간, 최초의 감각, 원천의 자연이 부여하는 메타포를 포착해서 미로의 암흑에서 광대한 빛이 통과할 균열점을 찾는 『세상의 노래』의 앙또니오처럼 그의 문학은 인간의 구원을 설계하는 재탄생의 미학이다. 『언덕』(1928), 『그루풀』(1930), 『보뮈뉴의 사람』(1929), 『양떼』(1931), 『세상의 노래 』(1934), 『나의 기쁨은 언제까지고』(1935), 『산 속의 전투』(1937) 『별뱀』(1937), 『푸른 눈의 쟝』(1937), 『고원의 마노스크』(1986) 등의 이미지들, 예를 들면 어두움, 빛, 침묵, 카오스, 하늘, 흐르는 강물, 수액의 상승, 봄철의 태양, 물의 고갈, 살인적 더위, 검은 태양, 죽음의 땅, 온도, 계절, 대홍수 등은 단순하고 우연한 이미지들이 아니라 집단적 무의식에 반향을 일으키는 절대적, 초시간적, 즉 우주적 이미지들이다. 신, 목신, 성인(聖人), 치료자, 마술사, 입문적 여행자, 방주을 건설하는 노아, 현인, 예언자, 시인, 문명창조 영웅 등과 같은 지오노의 영웅들은 창조적 상황과 창조 작업에 있어서 가장 이상적인 원형이며, 작가가 꿈꾸는 신성적 세계를 실행하는 구체적인 인물들이다.

위기의 인간을 위한 예술, 즉 열린 우주와 집단적 공간을 묘사한 그의 순수한 글쓰기는 시적(詩的) 오류일까? 지오노는 지드의 스캔들도, 프루스트의 스노비즘도, 초현실주의자들의 엉뚱함도, 사르트르의 실존적 오만도 소유하지 않았고, 또 그것을 경멸했다. 파리의 지식인들 대 프로방스의 지오노. 많은 비평가들은 그의 작품을 자연에의 회귀와 숭배, 원시적 본능의 실현이라는 찬탄 아닌 찬탄을 한다. 그는 루쏘식의 감성적 황금시대로서 자연을 갈망하는 서정주의자도 아니고, 쏘로로 대표되는 19세기의 미국 초월주의자처럼 자연에 감금된 작가도 아니다. 도시와 시골의 대립, 인간의 단순함과 착한 심성의 표현으로 그의 작품을 정의하는 것은 어불성설이다. 마노스크 고원에서 지오노가 외치는 '불복종' 과 '탈영' 에의 권유, 단절의 인간, 고정축에서 떨어져 나간 존재를 위한 우주적 삶의 제안, 신성적 자연으로서의 인간의 재부활, 이러한 근본적 치유의 문학은 이념적으로 이해될 수 있는 참여를 이상으로 삼고 있었던 파리의 지식인에게는 용납될 수 없었고, 이러한 환경은 그를 비시 정권의 협력자, 친독일분자로 몰아 넣었다. 그는 감옥 생활을 해야 했고, 작품 활동의 금지를 선고받았다. 이러한 사실은 그의 출신 배경과 무관하지 않다. 프랑스와 같은 사회, 즉 지식인이나 예술가를 배출하는 사회 계급이 거의 고정된 곳에서 지오노의 경우는 매우 예외적이다. 그는 이탈리아 북부의 피에몽 출신 이민의 아들이었다. 늦게 결혼한 구두 수선공인 아버지와 세탁소 종업원인 어머니를 둔 그는 경제적 사정 때문에 학교를 일찍 떠날 수밖에 없었다. 그가 이민이자 독학자였다는 사실은 시사하는 바가 크다. 그가 부르주아 계급에 속하지 않았다는 것은 위에서 지적한 것처럼 많은 불이익을 가져왔지만, 다른 한편으로는 그에게는 계승하고 재생산해야 하는 문화 유산이 없었으며, 특히 기호화되고 지적인 언어에서 자유로움을 의미한다. 지오노가 프랑스 문학에서 거의 찾아보기 힘든 실험, 즉 기존의 언어에 대항한 반체제적 문체, 자신의 목소리를 가질 수 있었던 것은 이러한 사회적 환경과 무관하지 않을 것이다.

밤의 세계로 : 카오스와 창조

최초에 밤이 있었다. 현실과의 새로운 관계 설정을 위한 지오노의 문학적 노력은 밤의 이미지의 전개로 구체화된다. 이러한 원형적 모티프는 대부분의 그의 작품들, 이를테면 『세상의 노래』, 『나의 기쁨은 언제까지고』, 『산 속의 싸움』 등을 구성하는 가장 기본적인 요소이다. 유기적 특성을 지닌 생명체이기도 하고 때로는 중립적 실체로 나타나는 암흑은 소설의 핵심 인물이면서 사건, 이야기의 틀이다. 끊임없이 변화하는 밤의 형태의 추적은 등장 인물의 성격과 여러 에피소드에 선행하는 그의 소설의 시작이자 종착점이기도 하다. 칠흑의 어둠 앞에서 인간이 느끼는 감정이란 자신의 빈약함이나 소멸감뿐일 것이다. 거의 접근이 불가능한 영역, 이러한 밤의 실체로 인해 인간은 새로운 차원의 공간과 만나게 되고, 문화와 자연의 분리 이전의 단일성, 즉 원천적 의식이 존재하는 최초의 상태로 접근하게 된다. 지오노가 말하는 것처럼 그의 작품이 '재탄생의 시학'을 겨냥하는 것이라면, 재탄생의 선결 조건은 망각에서 벗어나 뮤즈의 어머니인 기억(Mémosounê)과 만나는 것이다. 물론 이때의 기억은 연대기적 사건이나 유년 시절의 트로마, 혹은 추억의 재생산을 의미하지 않는다. 기억은 진정한 현실과의 교감을 가능하게 할 상상력과 지각을 의미한다. 이 교감은 새로운 시작이다. 다시 말하면 밤의 이미지는 시간, 자연, 미, 삶과의 새로운 관계 설정, 즉 새로운 시작을 위한 최초의 메타포이다.『세상의 노래』의 첫 구절을 인용해 본다.

> **밤. 강**은 어깨로 치듯이 **숲**을 가로지르며 흐르고 있었다. **앙토니오**는 **섬** 의 정상까지 나아갔다.(…) 그는 **떡갈나무**를 만졌다. 그의 손은 나무의 떨림을 들었다. (Ⅱ, 189)

우주가 그렇듯이 '밤'으로부터 소설이 시작한다. 요한복음 서설이 상기될 정도로 독자는 밤의 뒤에 그를 명명하는 자가 있지않나 하는 인상을 갖는다. 소설가는 신의 언어를 소유한 사람인가? 이런 느낌은 연이어 나오는 '물', '강', '숲', '영웅(앙또니오)', '섬', 또 섬의 정상에 솟은 '나무'와 조응하는 영웅의 행위에서 더욱 강화된다. 이러한 원형적 이미지들의 나열은 지오노의 창조적 상상력이 기원신화를 겨냥하고 있음을 알 수 있다. 작가가 가지고 있는 창조(cosmos)의 개념이 공간의 개량을 뜻한다고 한다면, 아직 무형인 암흑에서 조금씩 형태를 갖는 현실의 출현, 투명한 공간을 가질 때까지는 긴 과정을 요한다. 갈등 없는 창조는 존재하지 않는다. 위에서 열거한 이미지들의 이중성은 바로 이 점을 강조한다. 밤에 이어 등장하는 원천적 물과 숲은 삶과 죽음을 동시에 내포

떡갈나무

한다. 숲의 이미지는 문명의 도래를 의미하지만, 반면에 단테의 『신곡』에서 '어두운 숲'(selva obscura)이 암시하는 것처럼 어쩌면 빛을 다시 찾을 수 없는 세상의 운명을 나타내기도 한다. 이러한 애매성으로 인해 밤의 이미지는 더욱 효과를 갖는다. 암흑을 빛에 선행하는 무시간, 아직 분리되지 않은 어떤 실체로 해석한다면, 이 소설의 공간은 존재와 비존재, 부재와 참석, 상승과 추락, 긴장과 매혹 등을 동시에 갖는 갈등의 장소이다.

진정한 창조를 위한 지오노의 시적 포석은 이 소설의 중심 인물인 앙또니오가 태양의 영웅이자 새로운 현실을 여는 시어의 소유자로 묘사되고 있다는 사실로 더욱 명확하게 된다. 최초의 강과 숲, 그리고 빛이 사라지는 늦가을과 암흑의 겨울을 관통해야 하는 그의 입문적 여행의 성패는 그가 지닌 빛의 농도와 카오스 속에 아무렇게나 놓여 있는 사물을 정리할 시의 힘에 달려 있다. 앙또니오의 '황금빛 살결'과 그의 정신적 아들이자 분신이기도 한 드니의 '빨간' 머리카락에서 우리는 지오노의 의도를 충분히 읽을 수 있다. 추방의 나라, 해빙기가 오지 않을지도 모르는 정체된 겨울에 감금된 쌍둥이를 구출하기 위한 앙또니오의 여행의 목적은 젊은 소경인 클라라의 등장으로 더욱 분명하게 드러난다. 세상을 보지 못하는 클라라는 또 다른 밤을 상징한다. 그가 느끼는 사랑은 하나의 현실을 번역하고 창조함으로써만 구체화될 수 있다. 바로 이 점에서 사랑과 시가 동일화된다.

그녀가 보는 현실은 허울뿐인 추상의 세계다. 외관의 모습, 암흑에서 벗어나기 위해서는 일상의 언어가 아닌 새로운 가치를 갖는 기호, 즉 세상을 노래하고, 변형하고, 창조하는 시어를 발명해야 한다. 시어로 생성된 세계와의 융합만이 클라라의 구원의 길이다.

칠흑의 밤 속에 놓인 눈먼 클라라와 현대의 인간. 지오노의 언어가 비추는 세상의 모습. 이처럼 밤은 부가적, 장식적 기능을 수행하는 것이 아니라 빛이 곧 언어라는 지오노의 시적 창조관이 집약된 메타포이다. 우주 발생 신화를 환기시키는 그의 소설은 산문적 현실의 시공간, 즉 단면적 공간과 직선의 시간과의 단절과 해체 후에 초역사적 공간과 다시 회귀가 가능한 시간의 새로운 현실의 도래를 뜻한다. 앞서 지적한 앙또니오와 섬의 정상에 우뚝 솟은 나무와의 만남은 시사하는 바가 크다. 섬은 이 소설의 출발점이자 도착점이다. 빛과 시어를 찾기 위해 먼 여행을 떠나는 앙또니오의 열망은 어서 빨리 밤과 겨울을 관통해서 클라라와 함께 그 곳에 돌아와 새 세상을 여는 것이다. 휴식, 젊음, 신선함과 재시작의 장소인 섬은 창조의 중심축이다. 그 섬의 한 중앙, 하늘을 향해 솟은 나무는 중심의 중심, 우주의 배꼽 기능을 수행한다. 이 예를 보듯이 우리는 소설의 공간이 다른 공간과 질적으로 차별되고 모든 변모가 가능한 성적(聖的) 공간임을 알 수 있다. 엘리아데가 강조하듯이 "하나의 '중심'이란 속(俗)의, 기하학적 공간이 아닌, 성(聖)의 공간에 속하는 이상적 지점을 의미한다. 이 안에서 하늘 혹은 지옥과의 의사교환이 실현될 수 있다. 달리 말하면, 중심은 다른 공간과 단절된 비논리적 장소, 즉 감각의 세계가 초월될 수 있는 지점이다." 우주의 나무, 세상의 중심과 공명하는 앙또니오의 모습에서 우리는 지오노가 의도하는 바를 쉽게 짐작할 수 있다. 그를 초월적인 힘을 지닌 신화적 영웅으로 변모시킴으로써 미로와 심연, 추락과 무질서를 극복하고 앞으로 올 코스모스를 예고하고 있다.

카오스와 코스모스의 이원성, 이 작품 전체에 걸친 주저와 불안의 분위기는 이에 기인한다. 끊임없는 동요와 공포는 지금 갓 태어나고 있는 삶의 징후가 언제라도 영원히 퇴행해 버릴지도 모른다는 위기감에서 비롯된다. 하지만 태양(봄)을 향해 조금씩 전진하는 사물들의 모습, 암흑에 대항하는 영웅의 노래와 사랑에서 안도감을 느낀다. 『세상의 노래』에서 부재의 존재, 소멸과 출현의 대칭적인 효과는 여러 가지 상반되는 테마의 묘사로 더욱 강화된다. 전쟁-승리, 병-치료, 에로스-사랑, 맹인-시인, 북쪽-남쪽 등의 대립은 세상의 변모 과정과 서로 긴밀히 연결되어 있다. 물론 이것은 작가가 의도적으로 밤의 성격과 소설의 줄거리를 밀착시켜 카오스의 정렬 과정을 복선적 구성으로 전개하고 있음을 뜻한다. 어떤 점에서 이 소설의 위기는 밤의 직접적 영향력 아래 있고, 더 나아가서 저자가 발전시키는 모든 테마들은 밤과 인과 관계로 맺어져 있다. 3장으로 구성된 『세상의 노래』가 각 장마다 얼굴이 다른 밤, 이를테면 중립적인 실체로서의 밤, 괴물로 변한 퇴행의 밤, 세상을 양육하는 밤을 내세우는 것은 우연이 아니다. 어떻게 이 무형의 유동체에서 기준점을 찾아내고 방향을 설정한 것인가?

코스모스는 조화를 뜻하고, 조화는 아직 형태가 없는 이 무한하고 동질적인 공간에 지적, 감각적 혼을 부여한다는 것을 의미한다. 플라톤이 말하는 것처럼 창조자는 카오스를 코스모스로 정돈하는 조직자이다. 지오노의 미학의 원칙도 무질서 속에 물질을 실질적 존재로 변형시키는 언어의 배열이라는 점에서 이와 일치한다. 칠흑의 밤. 앙또니오는 이 죽음의 공간을 반드시 통과해야 하고, 또 그와의 싸움에서 승리를 거두어야 한다. '검은 안개', '비', '짙은 그늘', '붉은 소', '먼지', '진흙', '피', '병자' 등으로 묘사된 지하의 나라인 르베이야르는 호메로스, 단테, 롱사르 등의 작품들의 공간과 비교될 정도로 공포와 긴장을 자아낸다. 창조란 서로 대립하는 두 요소의 만남으로 시작하고, 갈등의 과정을 거친 후 서로 화합하여 조화를 이루는 과정이다. 그러므로 혼선, 무, 심연, 피를 환기시키는 암흑의 밤은 나중에 올 질서와 조화를 위해서는 없어서는 안 될 기본 재료이다. 추락, 공포, 검은 태양, 악몽 후에 도래한 새로운 세 상을 양육하는 밤이다. 이 밤은 새로운 현실의 원천이자 정지된 시간과 응결된 공간을 거부하는 살아 숨 쉬는 생명체이다.

이렇듯 밤의 이미지를 통한 지오노의 시적 의지는 속(俗)의 시공간이 내재한 모순을 해결하 려고 하는 시도이다. 인간이 시 간의 공포, 고독에서 탈출하기 위해서는 초월적, 추상적 본질에 대한 탐색이 아니라 시적 상상력 과 지각으로 공간의 순환에 의한 창조의 과정에 참여해야 한다. 역사적 시간의 경험은 일시적이 고, 지리적으로 주어진 공간의 미메시스는 진정한 삶의 신비를 담을 수 없다. 그러므로 밤의 이 미지는 지오노가 늘 찾고자 하는 진정한 현실, 완전한 참여로 접 근하는 인간의 원천적 모습, 이 를테면 보이지 않으나 실제로 존 재하는 그의 근원과의 비밀스런 관계를 나타내는 메타포이다.

프로방스의 산양

최초의 소리 : 목신(牧神, Pan)

　상상의 세계에서 상징(언어)의 세계로의 전환이 소설가의 구체적인 창작 과정이라고 한다면 도대체 상징은 어떤 힘을 갖는 것일까? 이 문제는 지오노 초기 작품에서 줄곧 다루어진 핵심 중의 하나이다. 앞서 지적한 앙또니오는 최초의 시인 오르페우스처럼 클라라의 구원을 위해 지하의 세계(Hadès)로 내려가는데, 이 죽음에 대항하는 여행을 동반하는 것은 그의 예술이다. 그가 칠흑의 밤에서 별을 명명하고 미세하지만 곧 우주를 가득 채울 에테르의 리듬을 따라 노래를 부르는 '황금의 입'으로 그려진 것은 우연이 아니다. 이러한 묘사에서 우리는 지오노가 이상적으로 생각하는 작가(시인)상을 인식하게 된다. 카오스 속에 엉켜있는 사물들을 해체하고 분리해서 새로운 현실의 출현을 시도하는 앙또니오의 모습에서 우리는 시인의 사명이 무엇인가를 쉽게 알 수 있다. 원천의 회귀와 재탄생.『언덕』에서 물의 고갈로 파국에 빠진 공동체를 구출하기 위한 쟈네의 궁극적인 해결책은 사물의 보이지 않는 이면에 숨어 있는 실체를 보여 마을 사람을 각성시키는 그의 언어의 힘이다. 물론 이때의 언어란 이미 존재하는 현실을 지칭하고 또 그것을 해석하는 유추의 기능을 갖는 언어가 아니라 현실의 기관(器官)으로서의 언어이다. 어쩌면 쟈네의 죽음과 바꾼 시어를 통해 지금까지 사람의 시선이나 정신이 감지하지 못했던 현실이 가시적 대상으로 변형되어 나타난다.

　　(…) 말에 의해 탄생한 하나의 세계. 쟈네의 언어들은 마을, 언덕, 강, 나무, 짐승을 들어올렸다. 그의 언어들은 걸어다니면서 세상의 먼지를 들어올렸다. 언어들은 마치 회전하는 바퀴처럼 춤을 추었다. (I, 209)

　산문적 현실은 곡면 거울일 뿐이다. 원천의 속도와 이동성을 갖는 언어만이 실재의 세계를 드러나게 한다. 『보뮈뉴에서 온 사람』에서 알벵이 메타포가 부재한 평원의 세계에 감금된 앙젤을 위해 꿈꾸는 곳은 말과 이미지와 노래로 만들어진 무한한 영토이고, 『나의 기쁨 언제까지고』에서도 보비는 메시아적 언어로 죽음의 공간인 그레몬느 고원에 충만과 생명을 다시 불러온다. 지오노에게 있어서 시적 경험이란 이미 화석화된 일상을 깨는 것, 즉 주체와 대상, 언어와 행위 사이에 놓여 있는 거리를 제거하는 것이다. 메타포의 힘은 바로 여기에서 발생한다. 그러므로 모든 것은 시인의 언어로 발생한다. 시어가 여타의 언어와 구별되는 것은 그것이 생산적인 효력을 가지고 있다는 점이다.

이 말은 행위를 대체하고 뛰어넘는다. 『별뱀』(1937)에서 이러한 구술적, 마법적 말의 위력이 극명하게 드러난다. '저자'이자 '이미지를 분만하는 자'로 묘사된 르 사르드의 말은 자연의 질서에 즉각적인 반향을 유발한다. 시어의 명명성. 르 사르드의 부름의 행위는 초월적 효과로서 세상의 현상, 규칙, 구성 요소를 출현하게 하고 구체적 실체로 존재하게 한다. 이러한 사실은 지적이고 공식화되지 않은 언어 즉 직관적, 정의적 (情意的, affectif) 언어의 힘을 암시한다. 『별뱀』은 단순히 읽기 위해서 쓰여진 시가 아니라 온 세상을 동력적으로 움직이게 하는 구전(口傳)시와 같은 온전함과 총체성을 함유한 언어의 장이다. 이 언어만이 본래 상태의 현실을 나타나게 하기 때문이다. 그러므로 글쓰기는 문화와 자연이 분리되기 전의 시공간, 즉 주관적 세계와 객관적 세계가 아직 존재하지 않는 영토를 구축하는 것을 뜻한다. 우리가 그의 소설에서 무미한 심리 묘사, 연대기적 사건 전개 또는 언어적 유희로서의 문장 구성 등을 찾아볼 수 없는 것은 그의 관심이 이러한 최초의 메타포에 집중되어 있기 때문이다. 그 자신도 시의 힘을 '시작의 힘'이라고 말하듯이 지오노가 찾고자 하는 언어는 신의 말에 가까운 최초의 말, 응축된 메타포이다. 귀스도르프는 최초의 말이 '은총의 말, 존재의 부르짖음, 존재를 부르는 것'이고 '삶을 포함하고 삶을 가능하게 하는 본질'임을 지적한다. 그러므로 지오노가 찾고자 하는 메타포는 아리스토텔레스가 제안하는 한 언어에서 다른 언어로, 한 대상에서 다른 대상으로의 이전(移轉)의 기능을 갖는 시어가 아니라 세상과 인간에 대한 이중의 사고나 이중의 시선이 불가능한 개념을 창조하고 말, 사물, 행위가 일치하는 동어반복적 시어, 즉 모든 메타포들의 원형적 역할을 하는 메타포이다. 바슐라르의 지적처럼 유추나 비유가 아닌 이러한 시적 이미지는 '말하는 존재의 원천'이고, '언어의 새로운 존재'가 되는 것이다. 또한 이러한 특질의 시적 이미지는 '존재와 표현의 생성'을 뜻하고 결국 이러한 '표현은 존재를 창조'한다.

지오노가 원천의 자연에서 느끼는 것은 이러한 마술적, 창조적 에너지이다. 우주의 모든 요소는 그에게는 상징의 기능을 갖는 언어이다. 그의 창조적 상상력이 하늘, 흐르는 강물, 수액의 상승, 봄철의 태양, 부는 바람 등을 닮으려고 하는 것은 이 이미지들이 확고한 자율성을 갖는 강력한 형상들이기 때문이다. 사실주의적 시각은 이러한 형상들을 그저 인지되어 일차적인 표현의 가치밖에 없는 외관적 모습, 또는 지적 호기심을 불러일으키는 대상 정도로 취급한다. 하지만 저자에게는 모든 암시와 점점 퍼져나가는 메아리처럼 확산되는 영감을 갖게 하는 시적 언어 그 자체이다. 그의 글이 서정적 가치를 갖는 자연을 묘사하는 것은 자연의 미를 찬양하는 것이 아니라 새로운 공간적 인상을 표현하기 위해서이다. 예를 들면 우주의 단편(斷片)인 바람은 우리의 정신과 육체를 투시하는 이미지와 모든 형태를 실어 나르는, 이를테면 시인을 생성하는 창조적인 말의 힘이다.

> 바람은 말하고 있었다. 바람은 뿌연 우유액 같았다. 이 액체는 형태들, 이미지들, 섬광들, 빛들, 불꽃들로 가득 채워져 있었다. 이들은 한 치의 땅도 밝히지 않지만 인간의 내부를 빛나게 하였다. 바람은 개울 속의 자갈들처럼 언어를 싣고 다녔다. (Ⅱ, 189)

시인은 우주의 언어인 바람의 호흡을 기다려야 하는 작은 나뭇잎인가? 결국 그가 찾는 이상적 세계는 '온도', '계절', '소리', '색깔', '어두움', '빛', '침묵' 등이 공존하는 물질적인 세계이다. 글을 쓴다는 것은 원천의 자연이 함유한 상징의 언어에 동화되고 그것과 교감해서 마침내 그 속에 융해되는 물질주의자가 되는 것을 의미한다. 창조적 자아의 의무는 협소하고 밀폐된 산문의 공간에서 벗어나 우주의 자아가 생산하는 메타포를 듣고 느끼는 시적 청각과 그에 대한 충실한 반복이다. 자신의 내부의 귀와 눈먼 시각을 되찾아 정신과 물질로 분리되기 이전의 살아 숨쉬는 메타포를 만나야 한다. 이러한 자연의 시적 존재 양상을 지오노는 목신(牧神, Pan)이라 부른다.

　　그에게 있는 목신의 숨결은 시와 언어로 넘쳐흐른다. "당신과 이미 약속을 했잖아요. 저는 당신의 가장 미묘한 본질을 표현하겠어요." (I, 762)

　목신의 숨결은 언어의 뿌리이자 언어의 경로이다. 목신에 맹세하는 지오노의 모습에서 우리는 인간의 진솔한 절박성과 세상이 갖는 신성의 만남을 본다. 창작의 세계는 이러한 우주의 목소리가 도착한 자아의 표현이다. 『언덕』, 『보뮈뉴에서 온 사람』, 『그루풀』(1930), 『별뱀』, 『고원의 마노스크』 등 작품들의 모체는 목신이다. 목신은 세상의 본질이며 시적 경험이다. 목신은 어떤 경우에도 전원적, 목가적 시가 아닌 자아의 창작성을 유발하고 상징하는 그의 소설의 모태가 되는 이미지이다. 시인의 말과 세상의 노래는 언제까지나 파괴되지 않고 소멸되지 않을 움직이는 리듬을 나타내는 목신에서 비롯된다. 그러므로 목신은 작품과 현실이 융해되어 하나의 육신이 되었음을 나타내는 이미지다. 원천의 공간과 시간, 삶과 죽음의 순환성은 영원과 무한의 시공간 속에 있는 것이 아니라 우리의 목전에 있는 현재, 즉 '지금', '여기' 속에 있다. 이런 점에서 목신은 사물들이 실질적으로 존재하는 모습이고, 그 안에서 추락했던 자연은 원래의 질서를 되찾아 인간과의 결합으로 재창조를 잉태한, 이를테면 다시 모든 것의 모체가 된다. 지오노가 상형문자같은 신성한 기호이자 시어인 목신을 포착해서 자신의 문학 공간에 고정하고자 하는 것은 바로 이 때문이다. 이 현실이야말로 구체적이고 지속적인 현실, 즉 문학의 도착점이다.

목신이라는 원초적 메타포는 자연, 인간, 작품을 하나가 되게 하는 효력을 가지면서, 수사학적 언어가 낳는 세상의 이미지, 허위의 단일성을 극복하고 가장 원천적인 언어의 토대를 드러나게 한다. 사물과 언어의 분리 이전의 이러한 메타포는 그 자체로서 충분하다. '말은 말한다'라는 하이데거의 지적처럼 진정한 언어는 전이, 재현이 불가능한 자신만의 세계를 표시할 뿐이다. 왜냐하면 그것은 '우주', '꿈', '시'를 함유한 진정한 상징의 세계이기 때문이다. 바로 이것이 인간의 구원을 위한 지오노의 미학이 상상력과 지각을 통해 원천의 자연에서 발견할 것이다.

창조의 영웅들

지오노의 초기 작품에서 우리가 만나는 신화적 인물들은 앞서 지적한 원천적 자연의 개념과 밀접한 관계를 갖는다. 이 영웅들은 신이 구획한 구속적 삶에 대항하고, 그 과정에서 자유를 찾음으로써 자신의 운명을 실현하는 그리스 신화의 비극적 영웅들이 아니며, 또한 세상과 타인들에게 어느 것도 증명할 필요성을 느끼지 못하고 오로지 자신의 견딜 수 없는 고독 속에서 존재의 밑바닥에 닿으려고 시도하는 낭만주의적, 부정적 영웅들은 더욱더 아니다. 지오노의 영웅은 마치 꿈속의 현실처럼 견고한 형체가 파괴되고 모든 사물들이 움직이며 변모하는 공간을 여는, 이를테면 자연에 자신의 주관적 세계를 첨가하는 영웅이다. 그러므로 평면적 현실의 피할 수 없는 실추에 저항하는 이러한 신화적 인물은 세상과 인간을 잇는 근원적 상징성의 부활을 추구하는 지오노의 구원적 미학의 첨병이다.

　예를 들면 『산 속의 전투』에서, 저자가 성경에서 말하는 최후의 날 (Apocalypse)을 연상시키는 대홍수라는 원형적 사건을 도입하고, 그 결과로 위기에 빠진 지상의 해방을 위해 초월적 영웅인 셍 쟝을 등장하게 하는 것은 인간에게 새로운 지평선을 보이기 위한 그의 문학적 노력에 부응하는 것이다. 『그루풀』에서 저자의 의도는 순진할 정도로 극명하게 나타난다. 거의 동물에 가까운 야생성을 지닌 빵뙬르의 인간화 과정은 문자 그대로 새로운 세상의 도래를 의미한다. 이런 점에서 그는 지오노 소설에 자주 등장하는 문명창조의 영웅들의 모델인데, 빵뙬르가 맞은 부인인 아르쉴르가 집을 정리하고, 인간화, 여성화시키는 장면이나, 조금씩 문명화된 그가 밭을 일구고 보리를 수확하며, 소설의 끝에서 아르쉴르가 임신한다는 이야기의 전개에서 우리는 이러한 영웅들의 특질이 무엇인지 쉽게 알 수 있다.

　그러므로 문명 창조의 영웅은 추락의 세상에서 어떻게 잃어버린 완전함, 조화, 질서를 되찾을 것인가라는 지오노의 근본적인 테마에 없어서는 안될 요소이다. 원천에 이르러서 재출발을 계획하는 것은 구원을 기다리는 인간에 대한 문학적 대답이고, 이러한 구상 하에서 그의 소설의 출발이 많은 경우 세상의 갑작스러운 파국을 나타내는 이미지의 출현으로 시작하는 것이다. 또한 이러한 대격변을 예고하는 물의 고갈, 살인적 더위, 대홍수, 검은 태양, 죽음의 땅, 전염병 등이 단순하고 우연한 이미지들이 아니라 인간의 집단적 무의식에 반향을 일으키는 절대적이고 초시간적인 즉 우주적 이미지들이라는 사실은 앞서 여러 번 지적한 것처럼 근원적 메타포를 찾고자 하는 지오노의 의도에 비추어 볼 때 너무나 당연한 것이다. 이러한 재난의 이미지의 설정에서 우리는 철저한 무신론자였던 저자가 비밀스럽게 기독교의 세계관을 자신의 소설 전개 도식으로 차용하고 있음을 알 수 있다. 창조, 죽음(추락), 문명창조의 영웅 등장, 위기 극복, 재시작으로 전개되는 이러한 도식은 또한, 작품의 시간은 되돌아 갈 수 있는 시간, 즉 우주의 순환적 운동에의 참가라는 저자의 생각과 일치하기도 한다. 카오스와 빛, 불행과 행복, 죽음과 삶 사이를 왕래하는 지오노의 영웅들이 파국을 극복하고 새롭게 분출할 세상의 주재자들임은 그들이 가지고 있는 속성에서 쉽게 이해될 수 있다. 신, 목신, 성인, 치료자, 마술사, 입문적 여행자, 방주를 건설하는 노아, 현인, 예언자 등의 모습을 지닌 그의 영웅들의 특질에서 알 수 있듯이 그들은 질서와 균형을 꾀하는 주관자들이다.

『내 기쁨 언제까지고』의 보비는 죽음의 공간에서 새로운 존재를 알리는 지오노 소설의 전형적인 문명 창조의 영웅이다. 그가 내세우는 '기쁨'은 그레몬느 고원에서 인간이 느끼는 '무한한 공허, 무한한 고독, 소름끼치는 잔인성'에 대치된다. 따라서 그의 역할은 고원의 주민들을 존재에 접근하게 하는, 즉 그들의 진정한 운명을 찾게 하는 언어의 발견이다. 왜냐하면 이러한 언어를 통해서만 세상에 내재한 진리를 찾을 수 있기 때문이다. 그와 마을이라는 공동체 사람들과의 대화는 사물의 본질을 부각시키는 시적 공식을 찾아내는 시도이다. 보비의 말은 그들이 보지 못하는 우주의 현실을 나타나게 한다.

> 나는 당근꽃의 오리온 성좌의 주인이야. 내가 말하지 않으면 어느 누구도 저 별을 보지 못해. 그런데 내가 이런 식으로 별을 표현하면 모든 사람이 그것을 볼 수 있거든. 내가 침묵으로 일관하면 오리온은 내 것일 뿐이고, 그것을 지칭하면 모든 사람의 소유물이 돼. (Ⅱ, 557)

하늘(오리온 성좌)과 지상의 현실(당근꽃)의 결합을 통해서 무감각과 망각에 대항하는 보비의 노력은 목신의 경우와 마찬가지로 인간의 곁에 있는 생명체나 사물들이 자의적으로 던져진 불투명한 존재들이 아닌 그들만의 존재 방식, 구조를 지니고 또 인간과의 교감을 원하는 실체들임을 알리는 데 있다. 산문적 시간이 지워버리고 퇴락시킨 이러한 직관을 되찾는 것, 즉 죽음을 유발하는 숨막히는 카오스적 분위기에서 새로운 시야를 열어주는 것이 그의 열망이다. 이것이 보비의 메시아적 꿈이자 그레몬느 고원의 구원을 위한 기획이다. 형이상학적 설명이 아닌 구체적인 방향성과 기준점을 주는 그의 우화적인 어법에 의해 마을 사람들은 '하늘에 꽃핀 나뭇가지들'로 변모한 자신들을 인식하기 시작하고 지금까지 보지 못했던 현실을 보고, 듣고, 이해한다. 죠르당은 인간과 세상의 존재 사이를 잇고 그 내밀한 관계를 표현하는 보비의 말을 체험하고 느낀다.

하늘의 성좌들

이제 성스러운 당근꽃(오리온 성좌)이 나와 점점 더 가까워지는 것 같아. 만일 보비가 계속 그런 식으로 말한다면 오랫동안 이 현실이 지속될 것 같아. (Ⅱ, 439)

죠르당의 증언에서 알 수 있듯이 보비는 지상과 하늘의 거리를 제거하는 공간의 영웅이자 우주의 화합과 단일성을 꿈꾸는 별(오리온)의 영웅이다. 이 소설에서 계속해서 나타나는 '바퀴'와 '원형'의 이미지들과 입체성이 없이 추위로 얼어붙은 침묵과 죽음의 공간에서 공작처럼 춤을 추는 그의 모습이 암시하듯이, 보비는 끊임없이 변화하는 우주현상을 상징하기도 한다. 그러므로 앞서 우리가 내세운 파국의 이미지들은, 죽음 속에 탄생을, 탄생 속에 죽음을 함유하게 하는, 끊임없이 변화하는 우주 현상을 반영하는 지오노의 창조적 상상력의 구현이다. 그의 미학은 지속과 무관한 불변성을 믿지 않는다. 비소멸성, 정체성, 동질성은 순환적 시간(영원한 회귀)과 상반되는 재시작이 없는 끝으로만 향하는 직선적 시간의 개념이다. 따라서 그의 종말론적 드라마는 변화와 유동성에 근거하고 있다. 인간은 원형의 우주의 창조적 모태가 부여하는 신성으로 둘러싸여 있다. 하늘과 땅, 겨울과 봄, 낮과 밤, 고통과 환희, 피의 고동과 죽음의 유혹 등은 이러한 순환의 공간이 생산해 내는 요소들이다.

이러한 맥락에서 오지리스 또는 오르페우스처럼 온몸이 찢기며 죽어가는 보비를 이해해야 한다. 죽음은 새로운 존재를 부른다. 시어로서 추락한 세계를 구원하려는 문명 창조의 영웅인 보비의 윤리적 노력은 어떤 의미에서는 이러한 우주적 죽음으로 완성된다. 동결된 지상을 여행했던 그가 이번에는 하늘의 의지대로 성화의 세계로 사라진다. 우주의 불(번개)이 은하수의 아들인 보비-오리온을 천상의 구덩이로 불러들인다. 하지만 불에 의한 죽음처럼 삶의 의지를 나타내는 것은 없다.

> 죽은 보비. 고원에 놓인 시신. 벌레들이 그의 몸을 파고 들어와 조금씩 갉아먹는다. 그런데 바로 이 순간에 보비는 완전한 지식을 얻고 우주적 차원으로 승화된다. 새들이 그의 몸을 쪼아 갈기갈기 찢는다. 온도가 상승된다. 보비의 살은 찢겨나간다. 고원의 저쪽에서 늑대들이 소리지른다. 보비의 시신은 새들로 덮여 있다. (I, 1375)

새들이 쪼아대는 보비는 죽음으로부터 다시 소생할 것인가? 이러한 우주적 몽상은 단순한 환각만은 아니다. 우주의 나무와 교감하는 앙또니오처럼 그도 죽음으로서 우주와의 충만한 진동을 느끼고 싶었는지 모른다. 그리고 이 진동은 그레몬느 고원까지 반향해서 이를 수신하는 인간과 세계 사이에 밀도 높은 창조적 공간을 열게 한 것인지 모른다. 보비는 이제 단순한 인간이 아닌 우주적 차원이 추가된 초인간적 구조를 지닌 열린 존재이다. 그의 시신은 마치 마술융단처럼 새로운 삶을 만들어내는 세포 조직인 것이다. 변모는 언제나 물질과 삶의 혼합을 통해야 하고, 죽음과 삶의 상호 침투는 진정한 변형의 조건이다.

보비의 시신에서 흐르는 액체는 사리에뜨와 백리향의 뿌리, 뽑혀진 금작화의 아직 죽지 않은 뿌리를 촉촉하게 적신다. 농도 짙은 수액이 작은 가지로 오르기 시작한다. 새로운 이파리와 꽃의 준비. 뿌리는 생기를 찾는다. 봄이 오면 이 뿌리는 대지를 파고들어 강하고 짙은 녹색의 줄기를 탄생시킬 것이다. (Ⅱ, 1358)

액체화된 보비의 육신은 자양분으로 가득찬 대지의 혈장으로 변형되어 새로운 시작을 알린다. 우리는 이러한 보비의 모습에서 윤리적, 시적, 우주적 차원을 함께 지니는 지오노의 문명 창조의 영웅들의 공통된 성격을 또 다시 관찰하게 된다. 문학이 찾고자 하는 것은 죽음과 삶을 포함하면서 생성을 계속하는 우주의 현상처럼 산문적 현실의 이중성을 극복하고 끊임없이 갱신되는 현실이다.

치료와 고독

위기의 시간. 문학은 어쩌면 붉은 피로 물들어진 간호의 천인지 모른다. 1930-1940년대의 유럽. 전쟁과 인간의 몰락. 지오노의 자아가 그리는 문학의 현실은 르네상스이래 세계를 주도한 유럽 문화의 종말을 가져올 인간 폭력의 끝에 대항한 피난과 치료의 공간이었다. 다시 태어날 수는 없을까? 원천의 자연이 부여하는 메타포를 포착해서 미로의 암흑에서 광대한 빛이 통과할 균열점을 찾는 앙또니오로 대표되는 그의 초기 작품들은 이처럼 인간의 구원을 설계한 재탄생의 미학이었다.

위안. 위대한 실패는 최고의 성공이 아닐까. 위험에 처한 인간을 위한 열린 우주와 집단적 공간을 묘사한 그의 순수한 글쓰기는 시적 오류였는지 모르고 또 그만큼 그의 실망은 컸을 것이다. 전후에 그의 글쓰기의 방향은 급격하게 바뀐다. 지오노는 새로운 탈주선을 찾는다. 윤리의 한계와 개인의 치유. 지오노 작품이 새롭게 이르고자 하는 세계는 인간의 허무와 내적 공허의 세계다.『권태로운 왕』(1948)에서 부조리의 영웅인 랑그루아가 살인과 자살을 통해 찾고자 하는 것은 무와 절대의 세계이다. 공포와 연민을 넘어서 늘 생성하는 욕망에 충실함으로써 자아는 탄생하는 것인가. 숙명 앞의 인간의 나약함은 현기증과 도취로 극복되는 것인가. 오, 아름다운 콜레라여!『지붕 위의 기병』의 프로방스의 의사, 이 은둔 의사는 수많은 죽음을 부르는 전염병 앞에서 치료대신 콜레라의 아름다움만을 찬양한다. 부패의 미와 광란적 지혜. 콜레라는 한 작가의 상상력이 포착하려는 이미지들의 원천이고 그것의 팽창을 의미하는가? '페스트는 연극이다'라는 아르또의 공식처럼 콜레라는 글쓰기를 나타내고, 지금 생성하는 문학을 의미하며 더 나아가서 문학 자체인가? 지오노는 니체를 닮는다. 과거와 미래의 부재. 뿌리와 정상의 부정. 이성이나 윤리는 환각일 뿐이고 단지 미학(초인)만이 '진리'에서 인간을 해방시키는 것이다. 시뮬라크르. 심연 위에서 춤추는 곡예사처럼 죽음에 대한 무의식적 매혹만이 카오스적 현실을 극복하는 것일까? 문학의 고독.

그런데 우리에게 미나리아재비의 황금빛, 들판을 온통 채운 데이지의 붉음에서 추방인의 의식을 잠시 잃고 축복의 현기증을 느끼는 지오노가 생각나는 것은 무엇 때문인가? 온몸에 내리붓는 투명한 빛의 공간에서 삶의 검은 그림자를 극복하기 위해 살과 뼈를 관통하는 상징어를 찾는 지오노. 단테가 말하는 지옥의 수많은 원을 하나 하나 뛰어 넘어 삶의 언어를 향해 하늘의 사막인 칠흑의 밤을 그의 오르페우스는 횡단하지 않는가. 세상의 치유를 위해. 어린 쟝의 말이 우리의 귓가에 아직도 울린다. "아빠, 만일 촛불이 꺼지면 어떻게 상처를 밝히죠?"

유재홍*

---

*프로방스대학에서 문학박사학위 받음.
 현재 전남대학교 강사.

창조의 세계

프로방스 영화(LE CINEMA OCCITAN)[1]

"서로 다른 차이점들을 풍요롭게 하자" — 뽈 발레리(Paul Valéry)

"중세 남부 프랑스인들의 민족성은, 오늘날 폴란드인의 민족성이 러시아인의 민족성과 다르듯, 북부 프랑스인들의 민족성과 더 이상 흡사하지 않았다."—엥겔스(F. Engels -《프랑크푸르트 의회에서 폴란드에 관한 토론 중에서》)

중앙 집권 국가에서 모든 지방 연구들은 프랑스 국가처럼 비합법성의 죄의식을 통하여 나타났다. 민속, 관광 연구(영화는 적어도 문학에 있어서 만큼 관광 산업의 개발과 발전에서 참조할 수 있는 많은 것들을 갖추고 있다)는 지방문화 연구자들에게 종종 많은 알리바이를 제공해 주었다. 이와 같이, 군사력과 경제 시장들이 그렇듯 정치 국가가 존재하기 위해서는 지식적 관점들의 통합이 필수적이었던 것처럼, 우리는 하나의 총체적인 분석을 제시하지 않고 남불[2]의 영화에 접근하고 있는 다양한 연구를 발견할 수 있다. 남불에서 탄생한 사고와 그 사고의 실제 적용 방법들에 관하여 우리들은 여전히 세분화된 연구를 할 수밖에 없다.

역주: 1) 작가가 의도하는 원래 제목은 "프랑스 남부 영화"를 의미한다. 여기서 표기된 "Occitan"은 역사적으로 프랑스 남부 지방의 언어와 문화권을 나타내는 "랑그 독"(Langue d' Oc)에서 나오는 "Oc" 지방을 뜻한다. 이 지방은 프랑스 전체를 통하여 크게 양분되는 북부 지방의 언어와 문화권을 의미하는 "랑그 도이"(Langue d' Oïl)에 대립된다. 역자는 저자의 허락 하에 책의 전체 내용과 이 글의 내용에 있어서 가장 중심적인 프로방스의 영화를 강조하기 위하여 제목을 「프로방스 영화」로 한다.
2) 프랑스 남부 지방.

즉 우리는 남불 지역에 포함되어 있거나 혹은 거기서 나타나고 있는 사람들(선택된 남불 사람들)의 중재를 통하여, 혹은 남북 지역 영화상의 모든 활동을 맥락을 가지고 접근하려 한다.

첫째, 영화 제작 방법의 중앙 집중화 문제를 통하여 영화의 경제성에 대하여 분석한다. 둘째, 남불 영화의 미학적 측면들을 두 가지로 구분한다―1) 영상 세계로부터 나타나는 것, 2) 사실주의에 의하여 강조된 열망으로부터 나타나는 것.

I. 프랑스 남부 지역에서의 영화 제작 방법에 관한 역사

1. 성공적 출발

1895년 뤼미에르(Lumières) 형제는 라 씨오타(La Ciotat)[3]에서 최초의 영화 영사 방영을 시작하였다. 그들의 영화 중에서 몇 가지 '거리의 장면'은 마르세이유(Marseille)의 생동감 넘치는 최초 모습들을 녹화하였다―즉 "증권 거래소 출구의 깐느 비에르(Canebière)[4]", "벨셍쓰 거리와 깐느비에르(Cours Belsunce et Canebière)", "샨지(Chanzy)[5]에서 배에 오르기", "옛 항구(Vieux Port)와 졸리에뜨(Joliette)[6] 등등". 당시의 신문들은 이러한 무성 영화들이 인기를 끄는 대성황을 상세히 기재하고 있다.

1896년 엑상프로방스에서 뤼미에르 형제는 빅또르 위고(Victor Hugo) 거리에 새로운 영화 상연 장소를 마련한다. 1900년에는 마르세이유에서 루이 뤼넬(Louis Lunel)의 "누보 떼아트르"(Nouveau Théâtre)[7]가 노아이어

---

3) 지중해 연안의 프로방스 도시.
4) 마르세이유의 옛 항구(Vieux Port)로 통하는 시내 중심거리.
5) 마르세이유의 지역명.
6) Op., cit.
7) 오늘날 비유하면 영화관 이름을 의미한다.

(Noailles) 거리 14번지에 들어선다. 상연은 노름장, 놀이판, 투시화 장소 등의 가운데서 펼쳐진다. "누보 떼아트르"의 라이벌은 박물관 거리 (Boulevard du Musée)에 자리잡은 "판떼지 페에리끄"(Fantaisies Féeriques)[8]이다. 이미 메리에스(Méliès)[9]의 영화(요정 영화)는 뤼미에르 형제의 유물론적 사실주의를 완성시키는 지점에 도달하고 있다.

서민들의 많은 작은 공간(방)이 지속적으로 증가한다. 필름 감기는 십 분 동안 지속되고 1회 상연은 두 시간 동안 지속된다. 필름 틀의 되감기 를 위한 막간은 여러 번에 걸쳐 반복되며 그 막간 공간은 프로방스 사 람들이 널리 애호하는 서민 사교장이 되어 버린다.

1914-1918년 사이의 전쟁 기간 동안에 마르세이유 지방은 몇몇 빠리 영화처럼 자연적인 무대 배경을 제공한다 – 프이야드(Feuillade)[10]는 1915 년에 마르세이유에서 그의 유명한 《드라큐라》 중의 한 에피소드를 촬영 하고, 뿍딸(Pouctal)[11]은 1917년에 그 곳에서 《몽떼-크리스토(Monte-Cristo)》를 촬영한다.

---

8) Op., cit.
9) Georges Méliès(1861-1938)는 프랑스 영화 감독, 시나리오 작가, 화가, 아마추어 마 술사이다. 그는 'Robert-Houdin' 라는 극장을 이끌어 왔다. 일찍부터 시적인 것만큼 지혜롭고 풍부한 창조적 천재성을 가지고 진정한 예술로서의 영화를 만들었다. 또 한 그는 1896-1913년에 걸쳐 약 500여편의 영화를 촬영하였다. 세 가지의 일반적인 주제(요정, 과학적 허구성, 역사)들에서 영감을 받아 영화를 제작하였다. 그는 영화 연출의 창시자이자, 동시에 최초의 영화 스튜디오의 건설자이며, 기발한 특수 효과 의 발명가이다.
10) Louis Feuillade(1874-1925)는 프랑스 영화 감독으로서 20년에 걸쳐 800편 이상의 영화를 제작한 탁월한 활동을 하였다. 그는 '예술 영화'와 화려한 인기 배우들이 그에게 단순성, 현실, 초현실주의자들의 매력을 끌게 했던 초자연적 시 등의 의미 를 부여하기 위하여 바로 그에게 강요했던 기법과 수단의 영화를 극복하였다. 그 는 앙또완느(Antoine)로부터 영감을 받은 초자연주의 학파에 속하면서 Musidora와 같은 코미디언들과 연출가들을 형성하였다.
11) 프랑스 영화 감독.

2. 프로방스 : 1-2차 대전 중의 프랑스 할리우드

1916년부터 'Phocéa-Filmes'와 'Lauréa-Filmes' 같은 '적십자'(Croix-Rouge)의 스튜디오(Studio)들이 마르세이유에 자리잡는다. 촬영 스튜디오, 무대장치, 기재(도구), 현상소 등이 배치되었다. 많은 배우들과 기술자들이 지방 영화의 가장 중요한 시설을 활성화한다. 《바다 밑에서의 죽음(La mort du sous marin)》과 같은 인기 있는 시리즈와 《아름다운 프로방스(La Provence pittoresque)》와 같은 다큐멘터리 시리즈는 'Phocéa-filmes'와 뽈 바르라티에(Paul Barlatier)에 의하여 운영된 스튜디오들을 성공적으로 유지시켰다. 내부적 어려움과 음성 영화의 출발은 '적십자' 스튜디오를 사라지게 하였다.

마르쎌 빠뇰(Marcel Pagnol)[12]은 오래 전부터 프로방스 영화의 상징이다. 프랑스의 영화, 즉 프랑스의 할리우드는 빠뇰적인 표현력과 의지력을 의미한다. 빠뇰 스튜디오는 1933년에 '적십자' 스튜디오를 계승하였다. 1935년에 빠뇰은 그의 제작회사에서 배역활동을 시행할 때, 그의 회사는 "Les Auteurs Associés - 작가동맹", "Les Filmes Pagnol - 빠뇰 영화"라는 명칭을 갖는다. 그 장소는 마르세이유의 'Impasse des Peupliers'[13]와 'Avenue du Prado'[14]로 정해졌다. 평방 1000㎡에 걸친 현상소와 무대 장

---

12) 1895-1974. 프로방스의 Aubagne 출신 드라마 작가이다. 드라마 작가로 데뷔 이후 영어 교사 경력을 포기하고 '아방-갸르드'(Avant-garde)에 참여한다. 거기서 그를 성공하게 만든 풍습 희극의 자연주의를 선택한다. 그는 멜로드라마적 방법으로 마르세이유의 민속을 소개하는 작품들을 영화로 제작하여 인기를 얻자 지속적으로 프로방스의 전통과 문화를 배경으로 하는 영화를 제작하기에 이른다. 초기 작품으로는 《Marius》, 《Fanny》, 《César》 등이 있고, 이후 프로방스의 대표적인 소설가 지오노(Jean Giono)의 몇가지 작품들 - 《Regain》, 《La Femme du boulanger》, 《Angèle》 - 을 영화로 제작한다. 그리고 《Le Château de ma mère》, 《La Gloire de mon père》, 《Le Temps des secrets》 등이 있다.

13) 거리 이름.

14) Op., Cit.

치와 더불어 빠뇰은 독자적으로 프로
방스에서 영화를 발전시킬 수 있었다.
빠뇰 스튜디오 덕택에 Henri Verneuil,
Gilles Grangier, Andr Hugon 등의 감
독들은 처음으로 연습에 참여하게 되
었다. 독일 점령 기간에 빠뇰은 동맹
작업을 거절하면서 행정적인 많은 문
제에 부딪치게 된다. 빠뇰은 결정적으
로 40년대 말에 문을 폐쇄하기 위하
여 빠리 사람 고몽(Gaumont)에게 자
신의 업무들을 넘겨준다.

　　명성을 가진 유명 인사 Paul Ricard
는 1952년에 'Sainte-Marthe' 스튜디오
와 'Porti-Film'을 창시하면서 빠뇰의
뒤를 잇는다. 그러나 그의 모험은 위
대한 제작의 흔적을 남기지 못한 채
몇 년 후 종말을 맞는다.

3. 중앙 집중화와 지방의 경제적 빈곤

　　60년대 말, 지방에서 하나의 영화에
대한 일관된 제작 공정 전체를 모으려는 가능성은 더 이상 실제로 존재
하지 않는다. 이 무렵부터 지방 영화는 가장자리에 서게 되었으며 하나의
'투쟁 영화'로서 산발적으로 발전한다. 반대로 빠리의 제작 회사들은 프
로방스에서 촬영 횟수를 늘려 간다. 기후, 일조 시간, 물자 보급의 저렴한
비용 등은 촬영 작업을 위한 매력을 끈다. 니스(Nice)에 있는 빅토린느
(Victorine) 스튜디오들은 바로 이 프로방스 지역의 좋은 한 예이다. 그 곳

에서 영화가들은 빠리를 재현할 뿐만 아니라 프로방스 자체는 제외하고 (혹은 드물게) 세상의 모든 나라를 재현한다.

60년대에 수립된 경제적 조건은 실제로 여전히 오늘날까지 이어진다. 제작 수단의 중앙 집중화는 프로방스(프랑스 국가의 모든 지역처럼)의 필름 현상소들을 빼앗아 버렸다. 영화의 산업화에 대한 열정을 통하여 파리의 현상소 산업은 남불의 모든 활동 범위 존재의 '투쟁적' 영화를 빼앗아 가면서 '아마추어 영화들'이 발전하지 못하도록 만들었다. 이러한 현상소는 마찬가지로 가끔 부정적인 영화의 상영을 금지하게 하지 않았는가! 다른 측면에서 보면 촬영 기재는 그 사용 범위에 있어서 이 당시부터 완전히 파리로 국한되었다. 지방에서 영화 활동을 위하여 보다 더 극적인 것은 바로 영화의 아주 엄격한 동업자 체계가 기술자들에게 전문 직업 증서를 소유하도록 강요한다는 것이다. 조직체를 파리로 국한함으로써, 영화가가 되기를 갈망하는 많은 프로방스 사람들은 수도로 '올라가지' 않을 수 없었다. 하나의 경력을 갖고자 많은 사람들은 결정적으로 마지못해 파리에 정착해야만 했다. 반면에 다른 어떤 사람들은 영화가의 직업에 종사하기 위하여 가끔씩 그들의 지방으로 '다시 내려가야만' 했다. '영화 국립 연구소'(CNC) 또한 마찬가지로 중앙 집중화와 지방에서의 제작 수단의 빈곤화에 문제를 해결하는 데 하나의 큰 역할을 하고 있다. 파리에 기반을 둔 '영화 국립 연구소'는 지방적 차이를 고려하지 않고 정부 보조금을 나누어준다. 그리고 그것은 파리의 제작자들에게만 혜택을 주고 있다. 오늘날까지도 빠뇰(Pagnol)의 열망과는 상당한 거리가 있다.

'분배-방송'의 수준에서 보면 50-60년대의 마르세이유에는 37개의 영화관이 있었다. 그렇지만 1970년에는 21개에 불과하다. 다수의 영화관은 40-50년대 영화관의 괴상한 무대 장치와 가족적인 '거대한 미사'의 종말을 선포하였다. 1976년에 "La Cascade"는 문을 닫는다. 마르세이유 쌩루(Saint-Loup) 지역의 이 유명한 영화관은 이민자들(이태리, 포르투갈,

북아프리카 등지의 사람들)의 젊은 10대 대중에게 5프랑에 두 개의 영화 (무술 영화와 서부 영화)를 상영해 주었다. 너무 혼란스럽다고 판단한 도시 지역의 아이들은 곳곳의 다른 남불의 큰 도시와 같이 마르세이유 중심부의 영화관을 갈망하지 않게 되었다(마르세이유의 교외와 대등한 것으로서). 80년대 말부터 '도시 지역의 젊은 사람들'은 종종 슈퍼마켓 들로 가득 차 있는 상업 지역 가운데로, 즉 도시 주변에 있는 복잡한 거 대한 건물들 속으로 모여들었다.

70년대에 지방 텔레비전 회사는 프로방스에서의 제작 기술 수단들을 재생하게 하는 하나의 전파 매개체일 것이라고 믿었다. 새로운 비디오 기술 또한 그들의 민주화의 시기에 이러한 수단이 지방 영화가들에게 자유로이 사용될 수 있을 것이라고 생각하게 할 수 있었다. 텔레비전과 비디오 회사는 그들의 약속을 지키지 않았다. 중앙 집중화는 국가 프로 그램을 재발신하는 '안테나'처럼 지방 텔레비전 회사를 설립하면서 증 대하였다. 지방에서 연출된 프로그램은 방송의 극히 사소한 한 부분이 다. 매우 일찍 전문적인 비디오와 16mm 영화 기계는 비슷한 가격이 되 어 버렸다. 파리(기업의 소재지는 대체로 파리 지역에 밀집하고 있다)에 서 제도적이고 산업적인 조종 장치의 재결합은 지방의 작은 시청각 회 사에 의존하고 있다. 더욱 나쁜 것은 조종 장치들이 지방의 전후 관계에 의하여 강요된 것이 아니라 프랑스 지방들의 이미지 형성을 겨냥하여 국가적 정책에 의하여 강요되었다는 것이다.

오늘날 지방에 관한 유럽의 전망을 고려해 보면 제도적인 창의성은 지방의 시청각 '산업'을 발전시키기 위하여 증가하고 있다. 선거에 대한 생각에 강하게 얽매여 이러한 창의성은 매우 특이하게 부유한 지방에서 구체적인 결과를 가지고 있다. 인구가 많은 지역이지만 경제적으로는 제 3세계에 가까운 프로방스는 그러한 창의성의 혜택을 입지 못하고 있다. 프로방스의 땅은 타지방의 제작 회사들에게 빌려주기 위한 촬영 장소로 만 머물고 있다. 다른 한편으로 그러한 제도는 문화적 식민지화로 유추

될 수 있는 돈벌이 장사로 특성화되었다. 시청은 거대한 국가적 제작이나 혹은 미국 제작 촬영에 혜택을 주기 위하여 원주인인 시민들에게 시내를 폐쇄하는 것을 망설이지 않는다. 마르세이유, 엑상프로방스, 아비뇽, 니쓰 등은 여러 번에 걸쳐 교통이 혼잡해지며 공해를 가중시키는 중요한 촬영 장소가 되어 버렸다. 공해 문제에 있어서 가장 역설적인 사실은 주민들이 자신의 도시에서 주인의 역할을 하지 못하는 소외 현상이다. 대체로 이러한 촬영은 그들의 자재, 기술, 배우들로 이루어지고 있다. 드물게 그리고 단지 종속된 기능만을 위하여 지방 사람들이 참여한다(단역, 선전용 인물로).

남불에서의 영화는 20년대와 30년대에 스튜디오 영화의 선두에 서 있었던 이후로 오늘날에는 모든 면에 있어서 결핍되어 있다 - 즉 제도 장치, 재정적 뒷받침, 자재 등. 그렇지만 이러한 수단의 결핍은, 지방에서 실행에 옮기려는 영화가들의 산발적인 시도의 측면에서, 지방 연대성들의 망[네트워크]을 강화하고 있다.

II. 남불에서의 영화 미학

모든 영화학(기술)에서와 같이 남불에서의 영화는 영상적 측면과 사실주의적 측면 사이에서 흔들리고 있다. 남불의 독창성은 영화에서 남불 - 프로방스적 영상 세계의 지배권을 갖지 않고 정치적 투쟁의 무기에서처럼 - 신사실주의에 도달했다는 것이다.

1. 영상의 미학

1) 마르세이유 장르

50년대까지 남불에서 연출된 영화들은 큰 스튜디오를 통하여 제작에 대한 산업화적 시도에 의하여 나타났다. 이미 20년대에는 하나의 마르세이유 장르에 대하여 언급할 수 있었다. 마르세이유 장르는 하나의 음성 영화(목소리로 대사를 읽는)이다. 이 장르는 발성영화와 함께 탄생하였다. 1929년 빠뇰의 《마리옹(Marion)》과 1932년 Alibert와 Scotto의 《태양의 지방에서(Au pays du Soleil)》는 그 전형이다. 그들의 영감 – 가끔 그들의 각색 근원 – 은 지방 연극, 자작 가수의 공연, 그리고 특히 지방 소(小) 가극으로부터 유래한다. 주제 상에 있어서는 아무 것도 그 영화를 멜로드라마와 구분하지 못한다. 반면에 마르세이유와 프로방스적 대사 부분에 어울리는 어떤 명랑한 분위기로부터 구분할 수는 있다. 결과적으로 가장 본질적인 것은 악센트에 있다. 파리의 제작물 또한 마르세이유 장르에서 영화를 촬영하였다. 지방에서 촬영하든지 아니면 (마르세이유, 뚤롱, 코르시카 등의) 노래하는 듯한 악센트를 가진 배우를 선택하는 것으로 충분했다. 그렇지만 당시의 상황처럼 '연인 역할을 맡은 배우들'은 파리의 '날카로운' 악센트를 보류해 두었다. 단지 제2역할의 악당 역을 맡은 대중만이 악센트가 있는 말을 사용하였다. 사실성을 염두에 두어 많은 영화는 이야기 전개에 있어서 프로방스에서 얼마 동안을 보내려고 왔던 북부 지방 사람에게 일치하는 하나의 주역 전형을 보여주고 있다. 부르조아적 이국주의와 잠재적 식민지주의는 명백히 마르세이유 장르의 부차적 대본이다. 이러한 영화 중에서 가장 잘 알려진 것을 언급해 보면, René Pujol의 《농담꾼들의 왕(Le roi des galéjeurs)》, 《깐느비에르의 일막(Un de la Canebière)》과 André Hugon의 《무어 사람들의 모렝(Maurin

des Maures)》이 있다.

2) 영화상의 영상적 발단 - 마르세이유 항구

마르세이유 장르와 균등하게 하나의 지방 상상 세계를 창조하는데 기여했던 최초의 영화는 다음과 같다 - 1921년에 제작된 Louis Delluc의 《열기(Fièvre)》, 1923년 Jean Epstein의 《성실한 마음(Coeur fidèle)》, 1927년에 제작된 Alberto Calvacanti의 《정박소에서(En rade)》와 《시간들 외에는 아무것도(Rien que les heures)》.

《열기(Fièvre)》는 마르세이유 옛 - 항구(Vieux-Port)의 어두컴컴한 옛 거리에서 선원들의 캬바레 풍경으로 시작하고 있다. L. Delluc의 시나리오 글쓰기는 거기서 완전히 재발견되고 있으며 그리고 사회적 형태의 사실주의로부터 이상적 담론의 요소를 만들어내고 있다. 마르세이유는 서민적이고 불안하게 만든다. 마르세이유를 향한 꿈은 동양, 알콜, 창녀에 대한 꿈이다. 영화 《Fièvre》는 마르세이유를 '악의 꽃'의 수도로 만들고 있다.

1921, Fièvre

Epstein의 《Coeur fidèle》은 Delluc의 영화처럼 마르세이유 서민층 사회의 사회학적 유형에 기반을 두고 있다. Epstein은 거기서 주변의 몇가지 열기들(장터의 오락장, 조선장)을 첨가하고 있다. Delluc처럼 Epstein은 영화의 문장가이다. 그리고 그에게 있어서 마르세이유는 꿈에서, 겉모습들 이면에 잠재하는 진리에서 하나의 심오한 '영감 - 동경'을 야기시키고 있다. 《Coeur fidèle》의 영화 소재는 다양한 열망의 시간적 봉합들처

럼 느린 움직임, 이중 인화, 장면의 연결
등을 증대시키고 있다. 마르세이유 주변
장소와 전형적인 마르세이유 사람들은
꿈과 같은 그리고 서민적인 한 세상의
모습이다. 왜냐하면 여기서 꿈은 돈이
없는 선원들의 알콜 중독적 정신 착란과
뒤섞이기 때문이며 그리고 꿈은 선박장
창녀들의 초라한 원피스의 변색한 색깔
을 간직하고 있기 때문이다.

　Calvacanti의 《En rade》와 《Rien que
les heures》는 Delluc과 Epstein의 영화들
보다 더 내면적인 세계를 주제로 하고
있다. 이태리와 소련 연방의 신-사실주
의에 의하여 발전된 기술들을 적용하기
를 기대하면서 Calvacanti는 다시 한번
더 마르세이유 사람들의 비참함을 명확
하게 드러내고 있다. 그는 지중해와 대
양과 직접 관계가 있는 마르세이유 사람
들의 꿈 속에서 단지 구제만을 생각하고
있다.

　마르세이유 갱단의 행위의 다양한 사
건에 근거하는 형태는 상기 영화의 상연
도구이다. 공감하는 그들의 시선은 꿈과
향수처럼 정신적 형태들 저변에서 영화
형태를 실험하기 위하여 마르세이유 신
화를 이용하는 영화가, 즉 사회 바깥의
영화가의 시선으로 머문다.

1927, En rade

1923, Coeur fidèle

3) 빠뇰 – 인정받은 영화 제작자

우리는 프로방스에 전개된 영화의 경제성 분석을 통하여 빠뇰의 본질적인 위치를 이미 알아보았다. 할리우드적 형태의 그의 '산업적' 열망들은 (그가 영감을 주었던) 마르세이유의 장르 그리고 이태리와 남불의 신-사실주의(이어서 이 문제에 대하여 상기할 것이다) 사이에 자신의 영화를 위치시켜 놓았다. 마르세이유 중심부에 스튜디오들의 건설과 '자연적' 무대 배경(외부적으로나 혹은 내부적으로)을 위한 매력은 단번에 빠뇰 영화에 있어서 하나의 어떤 모순을 보여주고 있다. 어떤 관념적 애매모호성을 입증해 주는 이러한 미학적 애매 모호성은 이후 수 십 년 동안 남불 영화가들에게 빠뇰의 유산을 포기하도록 만들었다.

빠뇰적인 영상 세계는 남불의 일상적인 삶으로부터 탄생하였다. 그것은 다른 측면에서 강한 변화 없이는 전화될 수 없다. 그러나 빠뇰은 매력의 카드를 전적으로 활용하면서 꾸준히 원래의 상태로 머물러 있기를 원하였다. 특히 당시에 불어를 별로 사용하지 않았던 등장 인물들에게 불어를 강요하면서 빠뇰은 남불 사람들이 이상야릇하게 불어를 발음하는 것으로 보여주었다. 결국 프랑스 언어를 '통하여' 아니면 불어식 발음으로 표현된 다른 언어들(이태리 방언들, 남불 언어)이 문제가 되었다.

프로방스의 사회적 스펙터클에 대한 그리스-로마의 유산은 빠뇰적 상연으로부터 일상인의 비극 이면에서 재현되었다. 그 유산은 새로운 사회학적 유형에 의하여 재현되었다. 새로운 사회학적 유형은 빠뇰 스튜디오의 수많은 영화들이 따왔던 장 지오노(Jean Giono)의 시학의 영향 하에서, 갱들의 모습을 가진 프로방스 사람들을 일상인에서 경험한 인간적 비극의 모습으로 나아가게 하고 있다. 빠뇰적 영화 촬영 장치는 하나의 '촬영된 연극'(규정을 내리기에 애매 모호한)이 아니라 '마르세이유 장르'가 활용하였던 것과 같은 음성영화(실제 목소리로 대사를 낭독하는 영화)이다. 여기서 실행되는 대사들이 문제가 된다. 이러한 점에서 실제

목소리의 무성 영화가 발성 영화 원칙에 따른다면 지방 말투에서 근거하는 악센트와 표현으로부터 나타난 특성은 이전에 이미 녹음되었던 모든 것과는 구분된다. 빠뇰적인 영화에 대하여 지방주의의 또 다른 구분을 들어보면, 즉 그것은 파리의 스튜디오가 시도하기를 거부하는 기술적 작업의 비용으로 프로방스 지역과 거리를 촬영하는데 빠뇰이 얽매인다는 것이다. 《안젤》－1934, (지오노의 원작 "Un de Beaumugnes")──은 데 시카(De Sica)와 로셀리니(Rossellini)에 의하여 이태리 신사실주의 영화의 선구적 작품으로 간주되었다. 하나의 카메라가 인위적 수단 없이 마르세이유의 거리와 사실적인 농가를 영화로 포착하려고 트럭에 숨겨져 실렸다. 현실성과 그 수단을 고려하려는 민속학적 염려보다도 오히려 빠뇰은 그가 프로방스를 알고 있었다는 것을 화면에서 재검토하기를 간절히 바랐다. 그의 보수적 도덕주의와 프로방스에 대한 실질적 견해는 말의 예절을 재현하게 하였으며 그리고 생활 참상 묘사 주의자들의 황당 무계한 공상들이 아닌 프로방스의 몇몇 장소들 그 자체를 재현하게 하였다.

4) 고장(Lo Païs)과 거기에 생소한 남불적인 영상계의 영화화

영화에 있어서 남불의 영상 세계는 모든 사실에도 불구하고 빈약하게 머물러 있었다. 특히 그것은 영화학적 형태들을 영속적으로 더럽히지는 않았다. 70년대의 투쟁영화는 당시에 유행했던 영화 기술적 형태를 통하여 남불적인 영상계를 각색함으로써 이처럼 지속적으로 결핍된 상태로 남아 있게 되었다.

이러한 현상을 보여주는 상징

Lo Païs

적 영화는 1930년에 연출된 Gérard Guérin의 《고장》(Lo Païs[15])이다. 이 영화는 파리로 '올라온' 어느 남불 젊은이의 모험을 상세히 이야기하고 있다. 그 젊은이는 현대의 거대한 도시 속에서 사라진 괴상한 피에로(어릿광대)의 특징을 갖추고 있다(프로방스적 전원극들의 '황홀함'과 거리가 멀지 않다). 마르세이유 장르와 빠뇰의 영화에 의하여 만들어진 공감대에 기반을 두어, 이 영화는 기록 영화 방식으로 촬영된 70년대의 파리 속으로 이미 신화가 되어 버린 모습들을 다시 빠트리고 있다. 남불 영화 영상계의 상호 영상의 성격에 작용하면서 이 영화는 파리의 남불적 요소들에 대하여 언급하는 것보다도 오히려 수도(파리)의 몇 가지 측면들을 더 잘 보여주고 있다. 이 영화는 당시에 투쟁의 성격으로 가득 차 있는 남불적인 영향을 싫어하였으며 주제를 재고하려는 필연성을 보여주었다.

90년대에 Robert Guédiguian은 프로방스 영상계에 대한 모험을 시도하였다. 사실주의적 가설 하에서 – 상연의 치장에 있어서처럼 상연에 있어서 아주 일찍이 잘못 설정되어 –, 그의 작품들은 현대적 프로방스의 이미지로 가득하게 등장 인물을 위치시키기 위하여 영화에서 두 번째 남불 영상계의 등장 인물(갱들과 20년대 청록색 '바'의 선원들로부터 이어지는 등장 인물)을 실현시키고 있다. 이와 같이 빠뇰이나 혹은 지오노의 '마리우스(Marius)와 쩨자르(César)'에 근접하는(악센트와 몸짓에 있어서) 몇 가지 요소들과 유사한 등장 인물들은 실업, 젊은이들의 과격함, 오염 앞에서의 자연 보존 등에 관하여 반성하는 입장에 서 있다. 빠뇰의 부계 전통적 공동체주의는 그 과정에 있어서 호의적 공산주의 형태로 탈바꿈하였다. 빠뇰과 같이 Guédiguian은 전적으로 음성 영화와 녹음된 대사의 음향 영화에 가담한다. 경치가 아름다운 장면들과 형식적인 표현에 따른 대사는 예전의 인기 있는 성과를 통하여 그럭저럭 재현되었다.

Guédiguian 영화의 형태 재현들(지속적으로 그 등장 인물을 재순환 시키는 코미디 또한 상기해 볼 수 있을 것이다) 측면에서 보면 남불 영상

---

15) 이 단어는 프로방스어로서 불어로는 "Le Pays"를 뜻한다.

계의 몇 가지 미화 작업의 시도가 존재하고 있다. 완전히 신화적 방법에서 보면 남불 영상계는 마르세이유 '북부 지역'(파리 교외의 원형적 표본과 대등한)에서 살고 있는 이주민의 아들인 북아프리카 젊은이의 등장인물로부터 명백히 풍부하게 미화되었다. 유행하는 음악을 통하여 탄생한 그 등장 인물은 조금 조금씩 영화에서 발견되었다. Gérard Pires의 《택시》(Taxi)와 랩 그룹 I.A.M의 《연인처럼》(Comme un aimant)과 같은 영화가 그것을 증명하고 있다.

남불 영상계의 등장 인물의 역설은 그들에게 독창적인 하나의 영상계 속에서 더 이상 표현되지 않고 오히려 '식민지의' 영상계, 빌려 온(차용) 영상계 속에서 표현된다는 것이다. 마르세이유 교외의 젊은이들은 미국식 액션 영화에 근거하는 영화적 영상계 속에서 자라나고 있다. Guédiguian 영화의 젊은이들은 거의 전 세계 곳곳에 일치하는 신문 잡지의 담론의 상상계 속에서 자라난다. 남불 영상계는 여전히 등장 인물을 만들어 낼 수 있지만 그러나 그 등장 인물은 그들에게 생소한 영화적 기능의 한 형태에 사로잡혀 있다. 그래서 신사실주의적 미학으로의 회귀가 왜 순환하는지를 이해할 수 있을 것이다. 즉 겉모습의 모방(상상적 혹은 현실적) 이상으로 영화는 세상에 먼저 존재하는 하나의 어떤 전후 연결성으로부터 유래하고 있다. 현실의 수단은 등장 인물과 언어뿐만 아니라 시간, 공간, 이야기 등이 개입되는 세상에 대한 시각(혹은 영사)을 발전시키기 위하여 다른 수단에 의하여 구상된 영상계의 지방색 요소의 증가를 뛰어넘게 해준다.

2. 남불의 신사실주의

선구자 르놔르(Renoir)

남불 영화에서 신사실주의는 수없이 많이 반복되고, 제동이 걸리고, 금지되고 결국에는 가장 자리로 밀려나 버린 연구 안이다. 그러나 영화

1934, Toni

에서 신-사실주의적 관심도들이 나타났던 곳곳마다 그것은 단지 일시적이었음을 우리들은 알고 있다. 바로 이러한 미학은 하나의 문체론상의 연구안이 되기에 앞서 하나의 사회적 투쟁의 무기인 것이다.

지방에 대한 지배가 시장 계획에 얽매인 중산 계급의 정치적 계획안이 되면서 남불 투쟁 영화의 출현과 모든 국적의 사회 비평가들의 업적 사이에서 수많은 결론을 접한다는 것은 타당한 일이다. Jean Renoir의 《토니》(Toni)라는 영화가 바로 그 정확한 예이다.

빠놀에 의하여 제작된 《토니》(1934)는 남불의 영화학적 발견에 있어 하나의 선구적 영화이다. 이 영화는 이민 노동자들의 사회를 배경으로 하고 있다. 토니는 이태리 출신의 한 노동자이고, 알베르(Albert)는 벨기에 출신의 노동자 감독이며, 조제파(Josépha)는 스페인 출신의 포도 재배자의 딸이다. 프로방스는 이주의 땅, 하급 프로레타리아의 농장지로서 영상과 음향에서 나타나고 있다. 즉 빠놀의 아름다운 풍경에 어울리는 대사를 갖춘 영화를 포기하면서, Renoir는 거의 '민족 음향의' 논리 속에서 그 등장 인물들의 일상적 대사를 녹음하고 있다.

이 영화는 처음에 빠놀 풍의 비극적 멜로드라마로 출발하고 있으며 마르띠그(Martigues)[16]에서 펼쳐진다(배우들은 대부분 빠놀의 단체에 속해 있다). 한 이태리 사람이 정당한 이유라기보다 오히려 외국인을 싫어하는 기질적 상황 때문에 비난당하고 그리고 마침내 살해된다. Renoir가 이러한 다양한 사실로부터 만들어 내는 서술─이것은 그의 본의가 아니

16) 마르세이유 옆의 마을.

R.A.C. Distribution présente

La Marseillaise

UN FILM DE JEAN RENOIR

다. 왜냐하면 그는 라틴계 출신(영화 첫머리의 자막에서 선포하였듯이)
의 '인종의 융합'에 대한 자신의 이론을 간접적으로 찬양하기를 원했기
때문이다ー속에서 '신사실주의적' 측면은 바로 도덕주의의 부재이며, 모
든 연기를 위한 이야기의 돌입이다. 바로 거기에는 죄인들도 없고 창살
도 없지만, 자연과 문화의 현실성과 싸우고 있는 인간만이 있을 뿐이다.
여기서 '라틴계'(Renoir의 용어를 재고해 보면) 세상에 대한 하나의 시
각이 문제가 된다. 이 시각은 등장 인물과 언어를 넘어서서 영화상의 이
야기를 망치고 있다. 그러나 세상에 대한 이러한 시각은 영화에 있어서
여러 방면에 사용되는 원칙과 비교하여 보면 무엇보다 더 많은 효력을
보여준다.

　Renoir는 남불 영화를 이용한 노동자 사회의 묘사를 통하여 하나의
사실주의적 염려를 보여 주었다. 프랑스 공산당에 의하여 제작된 영화로
서 《인생은 우리 것》(La Vie est à nous) 속에서 Renoir는 노동자의 지방

La Marseillaise

출신 성분을 명확하게 구분하고 있다. 만약에 마르세이유 사람들이 악센트를 가졌다면, 그들은 더 많은 노동자의 색채를 가지고 있으며, 그리고 만약에 그들이 노동자라면, 그들은 더 많은 마르세이유 사람의 기질을 갖추고 있다.

《라 마르세이에즈(프랑스 국가)》(La Marseillaise) 속에서 Renoir는 남불 영화의 성격을 가진 기반에 대한 또 다른 전복 요소와 맞부딪쳐 싸운다. 즉 이것은 역사에 대한 재고를 의미한다. 과거에 대한 기억은 현재의 재발견을 위하여 근본적인 요소이다. Renoir는 바로 이 영화를 통하여 프랑스 대혁명의 새로운 역사(당시에)를 부여하고 있다. 여기서 지방도 수도(파리)만큼 혁명을 일으킬 수 있다는 사실을 보여준다[17]. 한층 더 나아가 Renoir는, 기초적인 혁명을 일으키는 민중처럼 그의 배우를 재현시키면서, 그들이 마르세이유 소(小)가극(영화에서 마르세이유 장르)의 불투명한 연기자가 되기를 바라는 사실에 착안하여 연출하고 있다. 위대한 역사는 그들에게서 용해되고 있다.

Paul Carpita의 《부두에서의 약속》(Le Rendez-vous des quais)과 Rouquier의 《파레비끄》(Farrebique)를 통하여 보면, 지방의 사실성에 대하여 정당하게 인정하지 않고서는 왜 프랑스의 신사실주의가 존재할 수 없는가를 알 수 있을 것이다.

2차 대전이 끝나는 무렵, 구 소련 사람들 이후 이태리 영화가들이

---

17) 여기서 프랑스 대혁명은 지방에서 특히 마르세이유에서부터 봉기하여 빠리로 나아간다는 사실을 강조한다.

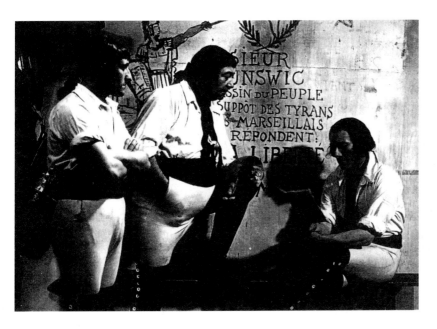

신-사실주의를 향하여 나아가는 동안, 프랑스 영화는 '프랑스적 성격' 속에서 스튜디오를 만들었다. 그리고 남불 영화는 르뇨르적 초기 작업을 확대시키지 못하는 듯 하였다. 결과적으로 오랫동안 엄폐되었던 어떤 영화는 신-사실주의가 프랑스 영화 속에서 존재할 필요가 있었다는 것을 보여주고 있으며, 그리고 그것이 남불 지역에서 표현되었다는 것을 보여주고 있다. 남불 영화는 현실의 재발견을 주장하기 위하여 제대로 설정되었지만 그러나 당시의 검열은 그 영화의 출현을 가로막았으며 이러한 미학의 보급을 가로막았다.

  뽈 꺄르뻬타(Paul Carpita)는 부두 노동자와 레지스땅의 아들이다. 1945년에 독일 군으로부터의 해방의 소용돌이 속에서 17.5mm로 《빛을 향하여》(Vers la lumière)라는 단편 작품을 연출한다. 1950년에 부두 노동자들과 공산당은 인도차이나 전쟁에 반대하여 투쟁을 벌인다. 마르세이유의 부두 노동자들은 군사 물자를 배에 싣는 것을 가로막는다. 생활 참상 묘사주의적 논리 속에서 당시에 존재하지 않는 프랑스 공산당은 이미 여러 나라에서 승리를 거두고 있었던 노동자층의 위대함을 오히려 찬양하고 있다. 1950년의 파업은 잠재적인 이러한 상승 작용의 증거이다. 1955년에 Carpita는 생활 참상 묘사주의가 개입되지 않지만 그러나 촬영의 난해성들을 거부하지 않고 그 파업의 흔적을 기록하고 있다. 그는 직업증(일을 할 수 자격증)이 없으며, 부두에서 촬영할 허가를 얻지도 못하였다. 빠놀은 기호 논리학 측면에서 도움을 주기 위한 자세가 되어 있다. 《인간들의 봄》(Le Printemps des hommes)이란 제목 하에서 그 영화는 경찰이 개입하기에 앞서 얼마 동안 이용되었다. 초등학교 선생인 그는 수업 시간에 자신의 학생들 앞에서 체포되었다. 교육부 장관은 그를 마르세이유 바깥으로 전속시킨다.

영화 속에서 촬영된 사람들과 관객이나 혹은 장소를 이용하여 속임수를 쓰지 않으려는 의지는 《부두에서의 약속》(Rendez-vous des quais)의 신-사실주의를 만들어내고 있다. Carpita는 영화 직업의 전문가(Godard가 언급하듯이)들이 촬영 동안에 그에게 충고하기 위하여 왔다고 이야기하고 있다. 그 전문가들은 당시에 명성을 얻은(발성 영화의 기간에 걸쳐) 영화 상의 언어에 있어서 그가 문장 구성의 실수를 범하면서 잘못을 저지르지 않기를 원했다. Carpita는 사람들이 남불의 표현 때문에 비난받았던 그의 부모에 대하여 그가 기억하고 있었다는 것, 그리고 사람들이 표준 프랑스어로 말하기를 강요했다는 사실을 이야기하고 그러한 사실을 견디어 내고 있다. 그는 프로방스에 어울리는 요소를 알 수 있는 방법이 있었다고 생각했다. 그에 따르면 남불의 독창성은 기후와 역사에 연결되어 있었으며 그리고 결국에는 획일적인 표준화에 명백히 반대되고 있었다.

1947년에 Carpita가 자신의 단편 작품을 촬영했을 때, Georges Rouquier는 남불 기록 영화의 불법적 수단을 이용한 작품 《파레비끄》(Farrebique)를 만들었다. 평범한 일상적 삶에 기반을 둔 Rouquier의 주제는 검열의 파문을 야기하지는 않았다. 그는 아마도 남불의 Flaherty[18]였다. Roquier는 그를 보다 더 잘 보여주기 위하여, 말하자면 그의 수단을 보다 더 잘 나타내기 위하여 현실의 연출, 즉 현실의 재구성을 망설이지 않았다. 그의 관점은 그가 촬영한 지방 사람들에게서 떠나지 않았다. 그는 그들의 위치에 다가섰고 사건에 대해 그들의 관점을 적용시켰다. 1950년에 그는 《대지의 소금》(Le Sel de la Terre)을 통하여 자신의 스타일을 표명하였으며, 그리고 Carpita 보다 더 모험적으로 60 – 70년대의 투쟁적인 남불 영화의 기초를 구축하려고 나섰던, 그의 이면에 있었던 다른 작가들을 이끌어왔다.

3. 70년대 남불의 투쟁 영화

1) 주요 맥락

70년대 좌파주의의 정치적 투쟁은 지방의 요구에 따라 종종 빛을 발하게 되었다. 파리로 중앙 집중화된 기술주의적 힘에 대한 항의는 남불주의의 회복과 지방 문화의 재발견을 가능케 하였다. '사투리(Patois)' 는 디스크에 기록되었다 그리고 그것은 남불의 젊은이들 주변에서 새로운 가치로 부각되었다. 그들 젊은이들은 북쪽으로부터 와서 현대성에 유감없이 적용되기 위하여 남불 문화의 열등성을 개발했던 그들의 조상에 반대하여 이처럼 나아갈 수 있었다. 1968년에 현대 사회 의사소통(커뮤니케이션)의 우월성과 도처에서 인정되지 않고 있는 스펙터클의 우월성을 가진 남불 지방의 초기 시대는 편견 없이 당시의 일치성과 근원을

---

18) Robert Flaherty, 아일랜드 출신의 미국 영화 감독. 그는 카나다 북쪽 지방의 탐험 가이며 광물학자, 제도사이다. 그는 큰 모피 회사에 의하여 기록 영화의 창시자가 되도록 그리고 이 장르를 예술 작품의 경지로 승화시키도록 요구를 받았다. 그는 최초의 인간의 삶을 꾸준히 지켜온 세상의 몇몇 지역에서 가장 초라하고 가장 일상적인 모습을 갖춘 삶에 대한 관찰자이다. 인간과 자연의 부수적인 특성을 위하여 받쳐진 그의 작품은 신비적 범신론자의 부드러움과 동정심을 간직하고 있다.

재발견할 수 있었다.

2) 문제성

남불 영화의 초창기는 Félibre 가족의 보수주의에 의하여 비난 받았다. 지방의 명사들과 그들의 서민적 고객들로 구성된 몇몇 남불 사회의 권위를 파괴시키는 것은 프랑스의 중앙 집중적 국가에 반대하는 싸움만큼이나 남불주의 운동의 목적이었다. 이러한 내부적이면서 반향을 불러일으키는 문제성의 측면에서 보면, 바로 이 운동에 근거하는 세 가지 커다란 수단은 명백하게 영화에서 몇몇 결과(즉 먼저 문화와 역사)을 갖추고 있었다. 그 결과를 위하여 잊어버린 가치를 되찾는 것이 문제가 되었다. 동시에 특수한 하나의 영상 세계를 소생시킬 필요가 있었다. 남불의 언어는 많은 부분에 있어서 남불적 르네상스의 주요 도구였다. 이러한 운동을 통하여 빌려 온 두 번째 수단은 현재와 현재의 재발견이었다. 남불 땅의 활용에 대하여 사회적으로 명확한 사실은 그 운동의 하나의 중심 목적이었다. 마지막 수단은 모든 다른 수단을 포함하고 있었던 수단으로서 투쟁의 수단이었다. 남불주의적 이데올로기의 선전은 당시의 좌익주의의 여러 가지 흐름에 대한 선전과 종종 뒤섞여 버렸다.

3) 신사실주의적 미학

투쟁 영화는 가끔 전체적으로 형식주의를 무시한 조직화를 통하여 집단적으로 종종 구상되었다. 사용된 매체는 16mm에서부터 비디오로 나아갔고 영화의 지속 기간은 아주 다양하였다. 이러한 영화에 대하여 천박성을 이야기하기도 하였다. 결과적으로 이 영화는 산업 영화와 고정된 전문가들의 영화와는 대조적으로 구상되었던 의미 속에서 아마추어주의가 존재하고 있다. 68년 5월의 영향권 속에서 이러한 영화가들은 다음과 같은 그들의 슬로건을 만들어 내었다. 즉 "카메라를 챙겨서 거리로 내려가시오". 지역에 대한 재발견은 대물렌즈와 마이크에 달려 있다. 영화를 통하여 하나의 다른 현실성을 출현케 하려는 의도는 이전 수 십 년 동안에 걸친 이태리와 구 소련의 신사실주의자들의 실행 방법을 부활시켰다.

북쪽 지방 형태의 부르조아적 모델로서 주요 영화 특성과의 미학적 단절은 모든 영화의 의도 속에 존재하고 있다. 심리학적 개인주의, 가족에 대한 부정, 인간적 관계들의 유물론 등은 결과적으로 투쟁 영화를 통하여 문제가 제기 되었다. 그렇지만 단절의 의도는 특히 촬영 방법의 연구에 관하여 그리고 정치적 원인 및 보다 폭넓은 문화적 원인에 대한 영화의 종속에 관하여 효과를 주게 되었다. 의도성은 실행방법을 극복하고 있다. 그리고 일반적으로 '남불 영화가들'이라고 스스로 자칭하는 자들과 좌파주의의 관념론 속에서 남불의 자발적인 경험을 요구하는 자들을 구분하고 있다. '씨네 오크(Ciné Occ)'와 같은 하나의 단체는 권력이 분산될 수 있는 하나의 '자주관리형' 사회를 구성하는데 이르기 위하여 구체적 현실로부터 출발하려는 유물론적 영화에 영향을 미치고 있다. Cavagnac의 《라포레 병사》(Le Soldat Laforêt), Moline의 《뤼베롱 70》(Lubéron 70), Haudiquet의 《이동 목축》(Transhumance) 등은, 결코 완전히 발견되지 않았던 하나의 남불 미학을 전적으로 추구하면서, 단절의 의도와 신사실주의 의도 사이에서의 불균형으로부터 나타났다. Bloch, Haudiquet, Lévy 등의 《Gardarèm lo Larzac》(1974), Beauviala와 Rosenberg의 《개방 농장에서의 작업》(Opérations fermes ouvertes)은 우리들이 이미 언급했던 사회적 확증에 대한 이러한 의지의 표현들이다. 남불 르네상스에 있어서 본질적인 것으로 선포된 역사적 재탐독은 1971년에 René Allio의 《칼빈파 신교도들》(Les Camisards)에 의하여 조명되었다. - 1965년에 이미 Stellio Lorenzi는 같은 생각으로 《카타리파 신봉자들》(Les Cathares)[19]을 연출하였다.

70년대 말부터 '개화'를 가능케 하였던 사회적 비판의 궁극적 목적을

---

19) 중세 가톨릭의 이단 중의 하나인 카타리파는 풍속의 극단적인 순화를 주장하여 '완전주의자'로 불린다.

가지고, 영화에서 남불주의적 영향력은 시청각의 전문적 생산 체계에 점점 더 통합된 개인 작품 속으로 확산시키기 위한 집단적 표현으로서 용해되었다. 지방 텔레비전과 그것의 잘못된 약속 조항은 영화가 의식의 약화 속에서 하나의 커다란 역할을 하였다.

집단 촬영, 신사실주의, 투쟁 영화의 열성적 권유 등의 경험을 통하여 현재 일반적인 종합 평가는 남불 영화에 대한 하나의 미학의 구체적 부재를 보여주고 있다. 이러한 영상적 미학은 명백히 신사실주의적 물결에 선행되었으며, 필름(혹은 비디오)에 관한 구체적 물질화를 발견하지 못하고 오늘날 수많은 영화가의 의도를 항상 사로잡고 있다. 프랑스 영화의 미학은 60년대에 묘사되었던 만큼 이러한 '프랑스의 품질 수준'으로 돌아오게 된 프랑스 영화의 미학은 새로이 도시 지역 아랍인들과 축구 애호가들이 참여하는 생동감 있는 몇몇 등장 인물들의 역할 속에서만이 남불적 개성을 지탱시킬 수 있다. 남불적 사고의 힘과 지속력은 아마도 억압에 신음하고 조직성을 상실한 조건으로부터 유지되고 있다. 남불 영화는 일종의 완벽한 영화다. 즉 잠재적인 남불 영화는 의식을 해치지 않는 하나의 영상 세계를 살찌게 한다. 그리고 그것은 여전히 영상(이미지)으로서 굳어지지 않은 하나의 현실성으로부터 부상되고 있다. 어떻든 남불 영화는 모든 대중의 머리 속에 존재하고 있다. 결국 세계 곳곳에서 국가적 수준의 상영은 소수 제작자와 정책 결정권자의 손에 달려 있는 반면에 남불 영화는 여전히 남불 사람들의 서민적 무의식에 포함되어 있다.

앙또완느 꼬뿔라(Antoine Coppola)*

옮긴이 역주: 정광흠**

* 프랑스 프로방스 I 대학교(Université de Provence -Aix Marseille I) 영화과 교수
**프로방스 I 대학교 불문학 박사
  현재 성균관대학교 불어불문학과 강사

참고목록(남불에 관한 영화)

1933 Marcel Pagnol 《조프롸》(Joffroy)

1934 Marcel Pagnol 《앙젤》(Angèle), Jean Renoir 《토니》(Toni)

1935 Marcel Pagnol 《메를뤼스》(Merlusse)

1937 Marcel Pagnol 《회생》(Regain)

1938 Jean Renoir 《라 마르세이예즈》(La Marseillaise)

1947 Georges Rouquier 《파레비끄》(Farrebique)

1949 Jean Gerhet 《따뷔스》(Tabusse)

1950 Jean Gerhet 《의인들의 죄》(Le Crime des justices), Georges Rouquier
《대지의 소금》(Le Sel de la terre)

1952 Paul Carpita 《부두에서의 약속》(Le Rendez-vous des quais)

1953 Robert Menegoz 《나의 자네뜨와 내 친구들》(Ma Jeannette et mes
copains)

1961 Mario Ruspoli 《대지의 이방인들》(Les Inconnus de la terre)

1963 J. B. Bellsolell 《그들은 조레스를 죽였다》(Ils ont tué Jaurès)

1964 Jean Fléchet 《라 사르탄》(La Sartan)

1965 Stellio Lorenzi 《카타리파 신봉자들》(Les Cathares)

1966 Jean Eustache 《산타크로스 할아버지는 푸른 눈을 가졌다》(Le Père
Noël a les yeux bleus)

1968 Jean Eustache 《뻬삭의 예의바른 처녀》(La Rosière de Pessac)

1969 J. Eustache, J. M. Barjol 《돼지》(Le Cochon)

1970 Guy Cavagnac 《라포레 병사》(Le Soldat Lafort), Henry Moline 《뤼
베롱》(Luberon), Philippe Haudiquet《뤼베롱에서의 이동 목축》, Philippe
Haudiquet《사나스》(Sanas)

1971 René Allio 《칼빈파 신교도들》(Les Camisards)

1972 J. P. Beauviala, Suzanne Rosenberg 《개방 농장들에서의 작업》
(Opeerations fermes ouvertes)

1973 Gérard Guérin 《로 파이스》(Lo Païs), François de Chavannes 《바나
렐 지방》(Le Pays des Banarels), Pierre Pommier 《로 라르작》(Lo
Larzac)

1974 Dominique Bloch, Philippe Haudiquet, Isabelle Lévy 《갸르다렘 로
라르작》(Gardarèm lo Larzac)

프로방스 미술*

　음유시인들(트루바두-Troubadour)의 고장 프로방스 지방은 프랑스의 가장 특색 있는 지형을 이루는 지역으로 알려져 있다. 지중해 연안을 끼고 남부 알프스의 끝 부분이 닿아 있으며 낮은 평원과 더불어 언덕과 산들이 곳곳에 산재하여 그 사이 사이로는 계곡과 작은 강들이 흘러 메마르고 건조한 땅을 풍요롭게 만든다. 이곳을 여행하였거나 혹은 체류하였던 수많은 예술가들과 작가들은 이 지방의 풍경에 매료되어 아름다운 추억 속에서 다양한 예술적 창조를 위한 사실적 혹은 상상의 이미지들을 상기하였으며 그리고 끊임없이 활용하고 있다.

　프로방스는 고대의 유적들이 있는 도시들(아를르, 아비뇽, 마르세이유, 님머 등등), 전원도시들(엑상프로방스, 살롱 드 프로방스, 셍레미 드 프로방스 등등), 한적한 마을, 나지막한 평원, 산, 계곡, 강, 바다 등으로 이루어진다. 한파가 없는 차갑고 투명한 겨울을 지나 맞이하는 봄은 초록빛의 물결이 천지를 뒤덮는 탄생의 천국이다. 화사하고 온화한 봄의 온기는 무상의 감정을 일깨우며 수많은 풀, 꽃들과 새들의 주옥같은 노래를 창조해 낸다. 이어 다가오는 여름은 뜨거운 열기를 뿜어내는 태양이 건조한 기운을 뚫고 흰색 대지 위로 강렬한 빛을 뿌리는 환희와 정열의 계절이다. 가을은 다형의 식물들이 명확한 원색의 변화를 드러내며 서늘한 기후 속에서 색깔의 파도를 만들어 낸다. 각각의 계절은 나름대로의 뚜렷한 특징을 보이며 창조적 감흥을 불러일으키기에 충분하다.

　프로방스의 여름 하루는 길다. 평원 아래로 펼쳐지는 곳곳의 전원 마

---

*여기서는 프로방스와 관련된 극히 잘 알려진 몇몇 작가들을 선별하여 소개한다. 특히 이 내용은 "Petit Robert"를 참조하여 일반 미술사에 관한 자료들을 정리 분석하였다.

쎙뜨 빅뚜르

을은 낮게 깔린 안개 아래서 강한 태양의 붉은 빛을 맞이할 준비를 한다. 새벽의 여명은 마치 천지창조를 기다리는 영원의 침묵처럼 깨어남을 위해 모든 자연의 사물에 진한 회색 빛을 투사하며 일어선다. 밝아 오는 빛으로 포도나무, 백송, 황토 흙, 하얀 바위 등의 갖가지 사물들은 원색으로부터 발산하여 명쾌하고 맑은 색의 변화를 보여 준다.

활기 넘치는 마을과 도시의 정오는 햇빛을 맛보려는 사람들이 까페를 가득 메우고 있으며 쾌활하고 정열적 성격을 보이는 프로방스인들은 대화와 환희의 시간을 보낸다. 더욱이 길게 이어지는 저녁의 풍경은 안정과 평화의 모습을 보이며 신의 손길처럼 다가오는 석양은 붉은 빛을 토하며 하늘과 대지를 휘감는다. 어둠과 함께 찾아오는 밤은 가장 자연적인 회귀로의 본능을 자극하며 별들의 무도회 아래서 침묵을 맞이한다.

프로방스 지역은 계절과 시간에 따라 그리고 구석구석의 지형과 자연 조건에 따라 미술의 다양한 창조적 소재와 주제들을 제공하고 있다. 즉 프로방스는 감각과 느낌, 색깔의 고장이며 원초적 자연 세계의 피조물들의 표본이 되는 고장이다. 이미 우리들은 잘 알려진 문학 작가들[M. Pagnol(빠뇰), J. Gino(지오노), Alphonse Daudet(알퐁스 도데), F. Mistral(미스트랄) 등등]을 통하여 이러한 사실을 쉽게 알 수 있다.

이러한 풍경과 자연 조건에서 예술가들은 그 아름다움을 노래하며 이 지방의 역사 문화를 배경으로 새로운 예술적 창조의 세계를 추구하였으며 또한 추구하고 있다. 이미 알려진 화가들로서는 세잔느(Cézanne)를 중심으로 이전에는 꽁스땅뗑(Constantin), 그라네(Granet), 귀구(Guigou) 등이 있었으며 이후에는 피카소(Picasso), 마송(Masson), 탈-코아트(Tal-Coat), 몽띠첼리(Monticelli), 반 고흐(Van Gogh) 등이 있다. 먼저 여기서는 프로방스에 관계되는 대표적인 몇몇 작가들만을 소개한다(작가의 일대기 및 작품).

엑상프로방스에서는 이러한 작가들의 그림을 다음과 같은 장소에서 항상 혹은 정기적으로 전시하고 있다—그라네 박물관(Musée Granet), 자수 세공품 박물관(Musée des Tapisseries), 방돔므 별관(Pavillon Vendme), 자연사 박물관(Muséum d'histoire naturelle), 옛 엑스의 박물관(Musée du Vieil Aix), 쎄잔느 화랑(Atelier Cézanne).

1. CEZANNE (Paul)

뽈 쎄잔느는 엑상프로방스(Aix-en-provence)에서 태어나 주로 프로방스를 중심으로 활동한 화가(1839-1906)다. 은행가의 아들로서 그는 짧은 기간동안 법률 공부와 더불어 고전 학문 연구에 심취한다. 가족의 만류에도 불구하고 그림 공부에 뛰어들 것을 결정하여 1863년에 파리에 도착하여 드라크롸(Delacroix)를 연구하였으며, 그리고 그를 통하여 뗑또레(Tintoret)와 뤼벤스(Rubens) 등과 같은 바로크와 고전 화가들에 관하여 연구하였다. 그는 첫 번째 작업에서 Delacroix의 색깔에 대한 이론을 받아들였으며 그리고 화학자인 미셸 쉐브르(Michel Chevreul)에 의하여 세워진 '동시 대비 법칙'을 수용하였다. 당시에 그는 낭만주의의 감각을 들추어내면서 드라마적이고 과격한 주제들을 다루었다—*Les Assassins*(살인자들), *L'Orgie*(주신제 혹은 바쿠스의 축제), *L'Enlèvement*(납치) 등등.

그리고 서정주의 주제들—*Jugement de Paris*(파리스의 심판), *Déjeuner sur l'herbe*(초원 위에서의 식사)—과 일련의 초상화—*Homme au bonnet de coton*(무명 모자를 쓴 남자), *Paul Alexis lisant Zola*(졸라를 읽고 있는

오베르에서 교수형 당한 자의 집

에스따끄 바다

뽈 알렉시스)들을 다루었다. 자유롭고 격렬한 처리 솜씨를 갖춘 유년 시절의 작품들은 꾸르베(Courbet, 프랑스 화가, 1819-1877)의 예술에 가깝다. 그렇지만 1872-1873년의 작품들은 꺄미어 삐사로(Camille Pissarro) 가까이 Auvers-sur-Oise에서 획득한 인상파의 방법에 대한 동화를 보여주고 있다 ― *Maison du pendu Auvers*(오베르에서 교수형 당한 자의 집).

그러나 쎄잔느는 아주 성급하게도 하나의 엄격한 소묘와 폭넓고 뚜렷한 윤곽의 작품 전체에 의하여 구성된 고전적 저작 기술을 발견하면서 순수 인상주의에서 멀어졌다 ― *Mer l'Estaque*(에스따끄의 바다).

그의 열정은 "인상파 주의에 박물관 예술의 견고함을 부여하는 것"이었으며 그리고 "뿌쎙(Poussin, 프랑스 화가, 1594-1664)을 자연적으로 다시 재현하는 것"이었다. 그는 고전 스승들(Véronèse, Chardin)을 존경하면서 뿌쎙의 저작과 같은 균형이 잡힌 작품 제작을 통하여 인상파 화가들의 발견을 종합하려고 시도하였다. 이러한 원칙의 결과를 발전시키면서 그의 성숙기 작품 속에서는 소묘와 색깔이 화폭의 구성에 있어서 분리될 수 없다는 하나의 의미를 자신의 터치들에서 보여주었다. 자연적 형태들이 단순한 기하학적 형태들(원뿔, 구체, 원기둥등)로 이끌려지는 경향을 가진 풍경화 속에서 그는 작품의 중앙에 위치한 주요 구성 요소 주변으로 명확하게 윤곽이 뚜렷해진 구도의 원근에 관한 연속성을 소개하였다. 이와 같이 그는 볼륨에 관한 어떤 의미와 공간 속에서의 어떤 깊이를 완벽하게 보존하면서 실재하는 것에 대한 재창조적 과정에서 나타나는 환상적 결과들을 회피하였다. 또한 그는 특유의 논리와 엄격성(정확성)을 바탕으로 하여 복잡한 조형 구조들을 다루는데 성공하였다. 모든 외부적 참조 사항의 거추장스러움을 버리고 그의 그림은 내면 세계로부터 구성되었다 [일련의 *Montagne Sainte-Victoire*(셍뜨 빅똬르 산)이 바로 그 예이다].

그의 수많은 정물화 — *Tables de cuisine*(부엌의 식탁들) — 와, 그의 초상화 — *Portrait de Gustabe Geffroy*(귀스따브 제프롸의 초상화) — 를 통하여 쎄잔느는 단순한 관점에 대한 관례를 포기하였으며 작품의 단일성 속에 완벽하게 합치된 두 개의 다른 각에 따라 드러난 사물들을 결합시켰다. 정물화 — '설탕그릇, 배, 푸른색 잔' — 의 발견은 그를 큐비즘에 도달하게 했다. 인생의 말년에 그는 유년 시절의 낭만적 열정의 한 부분을 다시 찾았으며, 강한 색

정물화 — 설탕그릇, 배, 푸른색 잔

사과와 비스켓

조에 의한 보다 강렬한, 리듬에 의한 보다 활기찬, 다양한 색깔들에 의한 보다 풍요로운 하나의 그림을 만들어 냈다 — *Les Grandes Baigneuses*(목욕하는 키큰 여자들), *Le Grand Pin*(큰 소나무).

그의 작품들은 주로 프로방스 지방의 다양한 자연 대상물과 소재를 바탕으로 메마르고 강렬한 풍부한 색채를 동시에 보여주고 있다. 또한 그의 작품은 그의 커다란 인생의 한 부분 동안에 겨우 조금 알려졌으며 항상 공식적 측면에서 거절당한 채 사후에 그 영광을 맛보게 되었다. 그의 작품은 15세기의 이탈리아 예술 운동부터 서양 미술의 커다란 단절로서 그리고 20세기의 그림 연구의 출발점으로서 여겨졌다.

2. GRANET (François)

그라네는 엑상프로방스의 화가로서 특히 수채화 화가로 알려져 있다 (1775-1849). 그는 다비드(Jacques Louis David, 프랑스 화가, 1748-1825)의 화랑에서 작업하였으며 로마에 정착하여 앵그르(Jean Auguste Dominique Ingres, 프랑스의 설계자이자 화가, 1780-1867)와 친분 관계를 맺는다. 초상화 작가로서 그리고 종교와 중세 주제의 전문 작가로서 활기찬 명성을 얻었던 '교회 내부와 버려진 기도원 혹은 수도원들의 내부'를 즐겨 그렸다—*Choeur de l'église des Capucins*(카프친 수도사들의 교회 성가대, 1819). 정확하고 매끈한 처리를 하는 그의 그림은 17세기의 네덜란드 스승들로부터 물려받은 빛의 미묘한 의미를 보여주고 있다. 특히 로마의 경치를 배경으로 하는 그의 수채화들과 소묘들은 꼬로(Jean-Baptiste Camille Corot, 프랑스 화가, 1796-1876) 예술을 미리 사전

목욕하는 키 큰 여자들

푸른색 꽃병

에 보여준다. 특히 엑상프로방스의 중심부에 위치한 그의 이름을 붙인 '그라네 박물관'(Musée Granet)은 쎄잔느를 포함한 프랑스 현대 화가들의 작품과 대부분의 그의 작품들이 소장되어 있다.

3. VAN GOGH (Vincent Willem)

반 고호는 네덜란드의 화가(1853-1890)로서 주로 프로방스 지역에서 많은 작품 활동을 하였다. 프랑스 종교개혁가 켈빈파에 속하는 목사의 아들로서 1869년에는 라 에(La Hay) 지방에 있는 '구삐(Goupil)' 예술 화랑에서, 1873-1874년에는 런던에서, 그리고 1874-1875년에는 파리에서 지낸다. 그는 아주 이상야릇한 정신 착란 증세로 고통스러운 패배의 결과를 낳았던 '보리나쥐(Borinage)'의 광부들에게서 설교자로서의 전도 임무를 얻었다. 1880년에 그는 앙베르(Anvers)로 그림 공부를 하러 떠났고 항상 자신이 스스로 심오한 존경심을 보여왔던 밀레(Jean François Millet, 프랑스의 화가이자 조각가이며 파스텔 작가, 1814-1875)로부터 영감을 받아 광부들을 스케치하였다. 1882년에는 그의 사촌인 화가 모브

꽃이 핀 아를르의 정원풍경

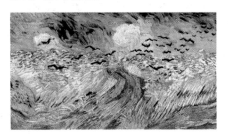

까마귀 나는 밀밭

(Mauve) 곁에서 일하기 위하여 떠났다. 그는 수많은 수채화와 소묘들을 제작하였으며 특히 유화를 배우기 시작하였다. '뉘에넨(Nuenen)'의 사제의 주택에 있었던 그의 아버지 집에서(1883년 12월-1885년) 강렬하고 불안한 그의 감각을 드러내는 침울한 사실주의의 지방 삶의 장면과 정물화들, 그리고 풍경화들을 그리면서 열심히 작업하였다—*Les Mangeurs de pommes de terre*(감자를 먹는 사람들, 1885).

1885-1886년 앙베르에서의 체류 기간 동안 그는 뤼벤스(Pierre Paul Rubens, 프랑스 북부 플랑드르 지방의 화가, 1577-1640)를 존경하였으며 색깔의 개념을 바꾸도록 자극하였던 일본 판화들을 들추어냈다. 같은 사실주의 혈통 속에서 몇몇 작품들을 그린 후—*Les Souliers avec lacets*(끈 달린 구두), 1886—그는 끊임없이 자신의 비밀 이야기를 털어놓았던 그리고 물질적으로 도움을 주었던 그의 형 떼오(Théo)가 있는 파리로 돌아왔다[그들 사이의 서신들은 '떼오에게의 편지들(Lettres Théo)'이란 제목 아래 이미 출간 되었다]. 고호는 '꼬르몽 화랑'에서 공부하였다. 거기서 뚜루즈-로트렉(Toulouse-Lautrec, 프랑스 화가, 1864-1901)과 에밀 베르나르(Emile Bernard, 프랑스 작가이자 화가, 1868-1941)를 만났다. 베르나르는 그를 고겡(Paul Gauguin, 프랑스 화가이자 조각가, 1848-1903)에게 소개하였다. 특히 인상파 그림들에서 영향을 받아 당시 그는 아주 뚜렷한 색깔과 분할된 터치 기술을 받아들였다. 그는 몽띠쎌리(Adolphe Monticelli, 프랑스 마르세이유 출신의 화가, 1824-1886)의 기법을 존중하였으며 열정적으로 히로시저(Ando Hiroshige, 일본의 화가이자 조각가, 1797-1858)를 흉내내었다. 그의 강렬한 개성은 연습 기간 중에

이미 나타나고 있다—자화상, Père Tanguy(땅 귀 아버지, 1888). 1888년 2월에 그는 프로방스의 아를르(Arles)에 정착하기 위하여 떠났다. 창조 작업을 위한 긴박한 기간을 지속하면서 그는 풍경화들과 자화상들을 그려 나갔다. —풍경화 : *Vue d'Arles aux Iris*(붓꽃들이 핀 아를르의 전경), *La Plaine de Crau*(크로 평원), *Les Barques sur la plage*(해변 위의 돛단배), *Les Tournesols*(해바라기),

전통적 표현 기법과 환상적 투시법에서 멀어지면서 그는 구도를 단순화하였고 보다 많은 힘을 가지고 '공포로운 인간적 열정'을 표현하기 위하여 기술적 기능의 색채를 뛰어 넘어서면서 강렬한 채색 기법을 실행에 옮겼다. 그는 예술가들의 하나의 공동 단체를 만들기를 원하였으며 고갱을 그 단체에 가담하도록 설득하였다(1888년 10월). 그러나 과격한 논쟁이 벌어져 고갱은 그를 떠나게 되었으며 연이어 고호는 정신 착란에 사로잡혀 귀를 절단하였다—*Autoportrait l'oreille coupée*(귀를 자른 모습의 자화상),

Portrait du docteur Rey(레 의사의 초상화), *Berceuse*(베르쇄즈). 환각으로 고통스러워하면서 그는 아를르와 셍레미드 프로방스(Saint-Rémy-de-Provence)에 감금되었다(1889-1890). 그는 두 가지의 발작증세에도 불구하고 지속적으로 작업하였다 — Les Blés jaunes au

론강의 별이 빛나는 밤 풍경

붓꽃

크로 평원

쎙뜨 마리의 돛단배

해바라기

황금색 밀밭

cyprés(실편백이 있는 황금색의 밀밭), La Nuit toilée(별들이 총총한 밤), Champsd' oliviers(올리브 나무 밭).

그는 이러한 작품들을 통하여 강렬하게 겉으로 드러나는 터치의 볼륨을 부각시키고 있다. 그리고 환각을 일으키는 소용돌이에서부터 격렬한 색깔에 이르는 구도를 만들어간다. 1890년 5월에 파리로 돌아와 마지막으로 쎄잔느와 피사로(Pissarro)의 친구인 갸세(Gachet) 의사에게 치료를 받은 오베르 쉬르 와즈(Auvers-sur-oise)에 체류하기 위하여 떠났다. 몇몇 작품 속에서 그의 그림 양식은 격화되고 있다—*La Mairie Auvers*(오베르의 시청, 1890년 7월 14일). 그러나 가끔 그의 보다 폭넓은 작품 처리 솜씨는 굴곡이 많은 스스로의 특징을 잃어버리는 듯하며 드라마적 서정주의를 표현하고 있는 듯하다 — *Le Champ de blé aux corbeaux*(까마귀들의 밀밭).

1890년 7월 27일 그는 총을 사용하여 자살한다. 그의 죽음은 아직 의문으로 남아 있지만 그의 작품은 20세기의 대중에게 많은 감동을 주었던 대작들로 평가받고 있다. '강렬하게 표현하기 위하여 보다 독단적으로' 색깔을 사용함으로써 그는 야수파의 선구자이자 특히 표현파(l' Expressionisme)의 선구자가 되었다. 그에게 프로방스 풍경은 영원히 살아있는 작품의 소재가 되어버렸다.

4. MONTICELLI(Adolphe)

프로방스 마르세이유 출신 프랑스 화가(1824-1886)인

별들이 총총한 밤

꼬르드 빌르의 촌가

아를르 까페 테라스의 저녁 풍경

몽띠쎌리는 마르세이유에서 공부하였으며 1846-1849년 파리에서 체류하였다. 바르비종(Barbizon)으로 그의 친구 디아즈(Narcisse Virgile Diaz de La Pena, 프랑스의 화가, 1808-1878 : 1831년 프로방스의 Salon에서 데뷔)와 함께 그림을 그리러 떠났다. 기술적 표현보다 오히려 표현파의 특성을 갖추어 서커스 장면, 정물화, 나체화, 초상화, 품위 있는 축제의 상상적 장면들 속에서 반죽 기법과 두텁고 억센 터치를 사용하였다. 반 고호는 그의 기술을 존경하였으며 그의 채색의 풍부함을 좋아하였다.

5. MASSON(André)

마송은 프랑스의 화가, 조각가, 소묘가로서 1896년 프로방스 와즈(Oise)에서 태어났다. 특히 1947년에는 엑상프로방스 근처에서 체류하였

모래 위에 그려진 물고기

다. 그는 파리 보자르(Beaux-Arts de Paris)에서 공부하였으며 입체파의 기간을 거쳐 보다 신비롭고 몽상적 의미 속에서 차츰 진보하였다. 일찍이 초현실주의에 가입하면서 구상화의 상형적 규정들을 뛰어넘는 기술을 개발하면서 무의식적 소묘를 체계적으로 실행에 옮기는 데 있어서 최초의 작가였다—특히 부분적으로 이성의 조절을 포기하면서, 동시에 무의식으로부터의 해방을 가능케 하면서 운동의 신속함과 자발성을 보여주고 있다. 복잡한, 불규칙한 그리고 성급한 표현 기법을 통하여 그의 소묘는 "그림이 감정적(감동적)인 것을 감추고 있는 [……] 모든 것을 채우도록" 나타나게 하면서 유기체, 식물, 동물 그리고 인간 등이 결합되는 듯한 충동적이고 애매모호한 형태의 하나의 우주를 암시하고 있다. 그림 속에서 그는 종종 입체파로부터 유산을 물려받은 구조적 도표들에 종속된 자로서 머물러 있다—*Oiseaux percès de flèches*(화살에 명중된 새들, 1926). 1927년경에는 영구한 변형으로의 세계를 상기시키는 충동을 '형태'로써 전달시키면서 '모래 그림'(그림의 흔적들을 첨부하여 불규칙적으로 풀과 기름을 먹인 화판 위로 가끔 여러 빛깔의 모래를 투영하기)을 창조하였다.

1928년에 초현실주의에서 멀어져 아주 다양한 조형적 경험들을 추구하였다. 특히 상징적이며 불규칙적인 주제(모티브)들을 대조시키는 작업을 시도하였다. 혹은 공격적 성격의 주제를 활용하기를 특히 좋아하여 거의 추상적 구도들에 호소하였다—일련의 *Massacres*(대학살), 1931; *Combats des animaux*(동물들의 전쟁), *Insectes*(곤충), *Sacrifices*(희생), *Tauromachies*(투우) —이러한 그림들 중의 일부는 카타론(Catalogne) 지방의 체류 기간 동안(1932-1934)에 제작되었다. 여기서 표현파 경향들이 뚜렷하게 나타나고 있다. 이어서 브르똥(André Breton)과 결합하였으며 그리고 1941년 마르티니크 섬(Martinique)과 뉴욕으로 돌아다녔다.

많은 양의 그의 작품들은 복잡하고 변화무쌍한 선을 풍부하게 표현하는 과격성에 대한 색채의 풍부함으로 특징지어졌다(*Antilles*-서인도제도). 미국에서 그는 'Action Painting'의 신봉자들에게 중요한 영향을 행사하였다. 1947년에는 엑상프로방스에 정착하였다. 그리고 일련의 프로방스 풍경을 그리려고 시도하였다—*Orgies*(주신제), *Délire-Lansquenet*(환희-카드놀이), *Figures titélaires*(보호자의 모습)(1962-1965). 1965년 그는 말로(André Malraux)를 통하여 오데옹(*Odéon*)의 천정을 장식하는 작업을 맡았다. 그의 그림 기법상의 선택에 관한 다양성은 몇 가지 명확한 주제들을 나타내고 있다. 즉 그는 '변신을 선택하여 각별히 관심을 기울이는' 경향을 보여주고 있으며 마송의 작품들 속에서 핵심으로 여겨졌던 에로티시즘의 중요성을 드러내고 있다. 브르똥의 표현에 따르면 "그는 여자와 남자의 육체에 관한 충동적인 치장을 열거하고 있다". 탁월한 화가로서 그는 또한 글쓰기 저술(*Les Conquerants*-정복자들)과 장식에 명성을 지니고 있기도 하다.

6. PICASSO(Pablo Ruizy PICASSO)

피카소는 스페인의 화가, 조각가, 도예가, 작가(1881-1973)이다. 1900년에 파리로 갔던 이후 빈번히 프랑스를 드나들었으며 특히 프로방스의 풍경에 매료되어 프로방스의 화가와 작가들과 친분 관계를 가졌다. 엑상프로방스 근처(*La Sainte Victoire*-셍뜨 빅똬르 산 뒤편)에 위치한 '보브나르그(Vauvenargues)'라는 작은 마을에 별장을 가지고 있었으며 자주 프로방스 지방을 여행하며 미술 활동을 하였다. 20세기의 가장 대표적인 화가로서 1920년경에 그의 명성이 알려지기 시작하였다. 그는 일찍이 젊어서 그의 아버지가 붓과 팔레트를 건네주었을 때부터 탁월한 재능을 보이기

사바르테스의 자화상   카사게마스의 자화상

시작하였다. 1889년에 갑자기 예술 학교에 입학한 이후부터 그의 작품들
은 당시 관학 풍의 판에 박힌 그림을 그리는 화가들에 어울리는 어둡고
사실적 기법에 완벽하게 동화되어 있었음을 보여주고 있다—*Science et
Charité*(지식과 자비심, 1893); *La Première Communion*(첫 번째 신앙 집
회). 또한 한편으로 그의 열정적 정열은 초상화들 속에 잘 나타나고 있
다—*Fillette aux pieds nus*(벌거벗은 발의 소녀, 1895). 1900년에 처음으로
파리에 갔으며 게다가 마드리드에서는 *Arte Jovén*이란 잡지의 창립자 중
의 한 명이 되었다. 거기서 그는 자신의 최초의 그림을 출간하였다.

   그 당시 그가 그린 작품들은 관학 풍의 묘사를 뛰어넘어 로트렉
(Lautrec), 스타인라인(Steinlein), 보나르(Bonnard), 고갱(Gauguin) 등에 지
대한 관심을 보이며 여러 다양한 주제들을 경험하면서, 동시에 신속하게
그것에 적응하고, 다양한 그림의 흐름을 잘 받아들이고 있음을 보여주고
있다. 그는 특히 카바레와 창녀들을 표현하였다—*Le Moulin de la
Galette*(갈레뜨의 풍차, 1900); *Femme au chien*(개를 안은 여자, 1901). 그
리고 그는 뿌비스 드 샤반느(Puvis de Chavannes)와 그레꼬(Greco)로부터
영감을 받아 상징적 작품들을 창조하였다—*L'Enterrement de*

Casagemas(카사제마스의 장례식). 그 무렵 '청색 시대'라 불리는 감정적 토로의 시기에 돌입하였다. '청색 시대'의 과정에서 피카소는 향수의 혹은 비극적 기풍으로 불행한 자를 위한 자신의 동정심을 표현하였다. 더욱이 그는 자연주의 정신 —*Autoprtrait*(자화상, 1901); *Céléstine*(쎌레스틴, 1903) — 의 작품들 혹은 상징주의적 정신 — *La Vie*(인생, 1903); *L' Etreinte*(억압, 1903) — 의 그림들을 그렸다. 여기서 그는 차가운 푸른 색채를 사용하여 특색 없는 그림의 색조를 압도하고 있다. 1904년에는 결정적으로 파리의 몽마르트르에 정착하게 된다. 이곳에서는 작품의 선을 나타내는 특징이 뚜렷하게 강조되었다 —*Femme au corbeau*(탐욕스런 여인, 1904); *Maternité*(모성애, 1905).

그는 장미빛과 회색의 색조들을 사용하면서 게다가 우아하고 가냘픈 그리고 부자연스러운 기법을 이용하여 감미로우면서 점차 소멸해 가는 표현으로 연약한 젊은이들, 곡예사, 어릿광대, 서커스 단원 등을 악착스럽게 표현하였다. 1907년까지는 '장밋빛 시절', 즉 세상에 대하여 보다 낭만적 시각을 보여주는 작품들이 나타난다. 1906년에는 그리스 신화(특히 프로테우스 신)로부터 영감을 얻어 그리스 풍의 예술을 참조하였으며 —*La Coiffure*(머리치장, 1906) —, 특히 원시적 예술들, 전기 로마네스크 풍의 이베리아 조각과 아프리카의 가면 등을 참조하였다 —*Nu sur fond rouge*(붉은 바탕의 나체, 1906). 그는 볼륨을 강조하였고 갈색과 황토색의 색조를 적용

아비뇽의 아가씨들

하였다—*Femme aux pains*(빵을 가진 여자, 1906). 그리고 쎄잔느의 가르침을 완벽하게 심화하면서 동시에 볼륨을 도식화하면서 구도를 단순화하고 굳게 만들었다—*Portrait de Gertrude Stein*(제르트뤼드 스타인의 초상화, 1906); *Autoportrait la palette*(팔레트를 든 자화상, 1906). 프로방스 주제의 미완성이자 혼합식 작품 *Demoiselles d'Avignon*(아비뇽의 아가씨들, 1907)으로 인간 형태의 사실적 표현과 명암 효과, 그리고 투시적 공간을 갑자기 파괴하면서 전통적 기법을 단절하였다.

두아니에 루쏘(Douanier Rousseau-프랑스 작가이자 화가, 1812-1867)가 이미 자기 방식에 따라 실현시켰던 사실에 가까운 이러한 시도는 그에게 하나의 명백한 망연자실함을 야기 시켰으며 입체파(Cubisme)의 출발점으로서 나타나고 있다. 피카소는 브라끄(Braque)와 함께 입체파의 주요 창시자가 되었다. 그는 "원기둥, 구체, 원뿔 등을 통하여 자연을 다루는" 쎄잔느의 기법을 소개하면서 대조가 강한 각형의 원근법에 의하여 구도를 만들어 나가는—*Femme debout*(서 있는 여자, 1908)—그리고 가끔씩 공간 속에 입체적 볼륨을 일정한 간격을 둔 채 늘어놓으면서 하나의 같은 대상물을 표현하기 위한 관점을 증가시키는—*Usine Horta de Ebro*(호르타 드 에브로에 있는 공장, 1909)—기하학적 측면을 볼륨에 부여하였다.

1912년에 그는 프로방스의 소르그(Sorgues) 지방에 체류하였다. '쎄잔느 방식'이라 일컬어지는 입체주의의 과정 이후에 이해의 용이함을 잃게 하려는 관점에서 구도의 분할과 세분을 강조하면서 볼륨을 원근의 분절로 축소하려는 경향을 가지고 있었다—*Portrait d'Ambroise Vollard*(앙브롸즈 볼라르의 자화상, 1909-1910); *Kahnweiller*(칸바일레, 1910). 그는 작품들에서 보다 많은 선을 사용하는 특징을 보여주었으며—*Fille et soldat*(소녀와 군인, 1911)—인쇄 문자들을 도입하였다—*Le Pigeon aux petits pois*(그린피스 비둘기, 1911-1912). 게다가 붙인 종이들과 콜라주(신문과 두터운 종이 조각, 천, 색종이 등등)들을 사용하면서

눈속임으로 색칠한 조직물들에 대조되고 합치
된 그림-*Nature morte la chaise cannée*(밑판이
등으로 엮어진 의자의 정물화, 1912) — 에 특이
한 재료들을 적용하였다.

춤

'분석 입체주의'로 불리는 이러한 과정을 거
친 후 그는 '종합 입체주의'로 나아갔다. 즉 작
품이 단순화되었으며 여러 가지로 한정되어 보
다 더 폭 넓은 선들과 표면의 배열을 통하여
사물의 본질적 특성과 형태를 암시하려는 목적
으로 조형적 관계들을 설정하였다 — *Feuille de
musique et guitare*(음악 책자와 기타); Bouteille,
verre et violon(병, 잔과 바이올린, 1912-1913).
1914년부터 보다 명확한 색을 사용하여 부드러
운 선을 특징지었다 — *Guéridon*(작은 원탁,
1914). 광대를 다시 주제로 삼아 수직 원근법으
로 잘려진 듯한 평면 구도를 다루었다 — *Trois
Musiciens*(세 사람의 음악가, 1912). 그리고 역동적 특성을 고려하면서
발전해 갔다 — *La Danse*(춤, 1925). 1917년부터 그는 미묘하게도 고전적
기법으로 되돌아 왔다.

그 무렵 *Parade*(어릿광대 행위)라는 발레를 만들기 위하여 쟝 꼭또
(Jean Cocteau)와 함께 로마로 갔다. 거기서 그는 1918년에 그의 부인이
되었던 러시아 발레단의 무용수인 올가 코코로바(Olga Kokolova)를 만났
다. '니그레스크'라고 일컫는 기간이 지속되면서 — *Portrait d'Olga dans
un fauteuil*(의자에 앉아 있는 올가의 초상화, 1917); Baigneuse(목욕하는
여자, 1918). 그는 평화스런 얼굴 모습을 한, 그리스 의상에 휩싸인 팽창
한 형태를 가진, 그리고 키른 모습의 거대한 겉모습을 갖춘 조각 형상들
을 창작하였다 — *Deux femmes courant sur la plage*(해변 위를 달리는 두

여자, 1922).

고전적 영감은 특히 *Flûtes de Pan*(목신의 플루트, 1923)과 같은 평온한 그리고 거대한 작품 속에 명백히 드러나고 있다. 더욱이 은총의 부드러운 영감을 받은 아이들의 초상화들—*Paul et pierrot*(뽈과 삐에로, 1925). 그는 곡선의 방식으로 밝은 색의 밋밋한 색조로서 입체파의 경험

해변 위를 달리는 두 여자

들을 추구하였다—*Mandoline et guitare*(만돌린과 기타, 1925). 가끔 강직한 표현 기법—*Deux femmes la fenâtre*(창문 가의 두 여인-1927)—과 또한 굴곡의 기법—*Minotaure*(미노타우로스, 1928), *Acrobate*(곡예사, 1930)—은 점점 더 종합적으로 정화되었으며 가끔 에워싸는 듯한 아랍 풍의 모습을 취하였다—Le Rêve(꿈, 1932). 이어서 초현실주의 영향은 뒤틀리고 악마 같은 모습의 *Cruxifixion*(그리스도의 수난도, 1930)의 무례함 속에서, 그리고 환상적 변신들이 전개되는 일련의 그림들 속에 드러난다. 즉 성적이고 잔인한 암시들로 뒤섞인 균형 잡힌 볼륨, 뼈의 혹은 생명체 형태의 겉모습을 한 해부학적 요소들—*Figures au bord de la mer*(해변가에서의 모습, 1931). 스페인이 전쟁의 소용돌이에 빠지자 그는 일련의 *Songes et mensonges de Franco*(프랑코의 거짓과 꿈,

양을 안은 남자

1936)의 작품들을 발표하였다. 이후 바스크 지방의 작은 마을(그의 고향)이 폭격 당하자 강렬한 색채의 *Guernica*(게르니카, 1936)를 제작하였다. 연이어 그는 차례대로 일련의 감동적이고 풍자적인 초상화들을 그렸다―*Portrait de Dora Maar*(도라 마아르의 초상화, 1937); *Femme qui pleure*(울고 있는 여자, 1937).

위의 그림들 속에서 인간의 얼굴을 구성하고 있는 부분은 완벽하게 동화될 수 있는 여지를 남기면서 하나의 전체적 자유를 가지고 분해되고 재배열되었다. 좋은 의미로서 하나의 도전으로 종종 받아들여진 이 작품들은 대중에게 피카소의 표현 기법을 상징하고 있다. 1944년에는 사회주의적 사실주의 미학을 따르지도 않으면서 공산당에 가담하였다―*Le Charnier*(시체 구덩이, 1945); *Massacres de Corée*(한국의 대학살, 1951). 그는 평화 운동의 선전을 위하

터키의상을 입은 쟈끄린느의 자화상

여 그 유명한 *Colombe*(비둘기, 1949)를 창작하였다. 지중해 연안에 자리 잡고 열정적으로 도예와 석판화에 빠져들었다. 특이한 정열을 가지고 다양한 창조를 추구하면서 열정과 유머로서 그는 과거의 걸작품들을 살펴 보았다―일련의 *Femme d'Alger*(알제의 여인, 1955)와 *Ménines*(귀족의 자녀들, 1957). 그리고 중요한 일련의 *Atelliers*(화랑, 1956), 1958년에 그의 부인이 된 쟈끄린느 로끄(Jacqueline Roques)의 초상화들, *Peintre et son modèle*(화가와 그의 모델, 1963), *Nus*(벌거벗은 사람들, 1964) 등의 그림을 그렸다. 창의력과 상상력이 전혀 궁핍하지 않은 특이한 하나의 선으로 표현되는 작품을 남겼으며―*Minotauromachie*(미노타우르스, 1936), 피카소는 시적이며 무례한 발견을 추구하며 조각가의 중요한 활

동을 지속하였다.

특히 프로방스의 이미지를 부각시키는 *Le Verre d' absinthe*(아브셍트 술의 잔, 1914), *Tête de taureau*(투우 소의 머리, 1943)와 청동의 보다 전통적인 작업 — *Chèvre*(염소, 1950) — 을 추구하였다.

앙드레 말로가 "우리 시대의 형태 양식에 있어서 창조와 파괴의 가장 위대한 기획"이라고 특징지었던 이러한 거대한 창조는 '최고의 자유'를 증명하고 있으며 그리고 그의 다양성과 형식의 대담성, 급작스런 방향 전환 등이 보여주고 있듯이 종종 도전으로부터 나타나고 있다. 다른 모든 사람보다도 더 한층 피카소는 시각 (특히 입체파의 창시자로서)을 자유화하는 데 기여하였다.

염소

이와 같이 상기의 위대한 화가들은 직접적으로나 혹은 간접적으로 프로방스의 일상적 삶과 풍경으로부터 지대한 영향을 받아 대작을 남기기에 이른다.

정광흠*

참고도서 : Petit Robert II(Dictionnaire).

---

*프로방스 I (엑스-마르세이유)대학교에서 문학 박사 학위취득.
현재 성균관대학교 불문학과 강사.

색채와 향기

프로방스의 지역적 특색과 전통음식

프로방스·꼬뜨다쥐르 지도

서쪽으로 론강, 남쪽으로 지중해, 북쪽으로 올리브 숲 그리고 동쪽으로는 알프스 산맥이 경계선을 만드는 프랑스 22개의 레지옹(région: 지방) 중의 하나인 프로방스·꼬뜨 다쥐르[1](Provence-Côte-d'Azur)의 참 모습을 어디서 찾아볼 수 있을까? 바캉스의 지방 또는 사치스런 지방이라는 타이틀 이면에 몇 세기를 지나오면서 적고 빈약한 자원을 낭비하지 않고 최대한으로 이용하면서 끊임없이 노력하고 투쟁하여 힘겹게 일궈낸 땅이라는 데서 아마도 프로방스의 제 모습을 찾아볼 수 있지 않을까 한다. 불과 100여 년 전만 해도, 대부분의 프로방스 지역의 주민들은 사냥이나 양봉 아니면 포도재배를 주로 하면서 생계를 유지했다. 그나마 형편이

---

1) 프랑스는 지방분권에 관한 법률이 제정된 1982년 이후 자율적인 행정권을 보유한 22개의 레지옹으로 분할되었다. 레지옹은 각 데파르트망(département)과 코뮌느 (commune)의 경제, 사회, 문화의 발전을 주요 임무로 삼고 있다. 프로방스·꼬뜨 다쥐르의 면적은 31.400km². 총인구 430만.

정원에 차려진 식탁

나은 사람들은 치즈와 우유를 얻기 위해 소나 양을 길렀다. 생선은 바다나 강에서 낚시를 해서 얻었다. 산에서 채취하는 과일, 버섯 그리고 트리프(송로), 향신풀 등은 꿀이나 올리브유에 절이고, 호도, 아몬드, 강남콩, 자두, 생선 등은 말려서 겨울 양식으로 이용하였다. 이러한 프로방스의 경제를 완전히 바꾸어 놓은 것은 이 지역 사람들의 끊임없는 투쟁으로 1860년경 철도가 놓여지면서 부터이다. 더불어 프로방스 지역 사람들은 프랑스 어디에서나 작황할 수 있는 모든 종류의 농산물을 재배하기 위해 넓은 땅을 개간하고 관개나 배수에 관심을 쏟게 되었다. 이로부터 활발한 시장이 형성되어 북쪽지방과 서로 교역하게 되었고 무엇보다도 신선한 농산품들을 북쪽지방으로 빠르게 운송할 수 있게 되었다. 이런 교통의 발달과 농경지의 개간으로[2] 2차 대전 이후 속성야채의 수출과 함께 이곳을 관광지로 개발해서 들여온 수입은 프로방스 지방을 눈에 띄게 발전시켰다.

프로방스 지역은 오늘날 농산물 뿐만 아니라 축산물 및 수산물이 풍부하여 요리에 좋은 재료를 제공하고 있다. 이런 재료, 독특한 향료 그리고 소스의 사용 등이 이 지방 음식을 아주 특색있게 발달시켰다. 다른 지방에 비해 비옥하지 못하고 돌투성이인 프로방스 지방을 사람들은 "태양 아래서 식사할 수 있는 곳(Pays des déjeuners au soleil)"이라고 종종 말하는데 이 말은 지중해의 뜨거운 태양 속에서 느긋하게 식사를 즐긴

---

2) 현재 부쉬뒤 론(Bouche du Rhône)은 중요한 커다란 야채 재배지가 되었고, 프로방스는 일년 열두달 북유럽의 테이블에 신선한 과일과 야채를 끊이지 않고 공급하게 되었다. 알를르(Arles), 엑스(Aix), 니스(Nice), 칸느(Cannes)와 같은 커다란 시장에서는 계절 식품들이 넘쳐나고 있다 : 봄에서 가을까지 양배추, 파, 호박, 재배 버섯이나 캐낸 버섯, 귤, 사과, 배 등이 풍성하게 재배되고 봄과 여름에는 시금치, 아스파라거스, 제비콩, 양상치, 채리, 살구, 메론, 복숭아, 딸기 등을 맛볼 수 있고, 그리고 사시사철 양파, 마늘, 토마토, 가지 등을 시장에서 쉽게 볼 수 있다.

다는 말일 것이다. 현대화의 물결로 프랑스인들의 식사방식에도 변화가 생겨 여유있게 식사를 즐기던 프랑스인들의 식사 속도도 이제는 빨라지고, 손쉽게 구할 수 있는 인스턴트 식품으로 간단하게 식사를 해결하기도 한다. 그렇지만 식사는 아직도 프랑스인들의 일상생활 중 중요한 부분을 차지하고 있다. 특히 남불에서는 더더욱 그렇다. 이 논문에서는 프로방스의 지형적인 환경과 생활 습관 속에서 자연스럽게 형성된 전통음식을 통해서 이 지역 문화의 한 단면을 엿보고자 한다.

먼저 전체적인 프로방스 요리의 특징과 기본적인 요소에 대해서 간략하게 살펴보고 다시 다섯 개의 도(프로방스는 다시 5개의 구역으로 나뉘어진다)로 나누어서 각 도의 지역적인 특성과 함께 특별히 발달한 전형적인 요리들에 대해 그리고 아울러 프로방스 지방뿐만 아니라 다른 지방에까지도 알려진 시장에 대해서 알아보겠다. 경제와 문명의 발달로 오늘날의 시장도 구체적인 형태를 갖추게 되었는데 단순히 경제적인 역할뿐만 아니라 한 나라 한 도시를 특징짓는 명소로 등장하고 있기 때문이다.

1. 프로방스 전통음식의 특징과 기본요소

프로방스 음식의 3가지 특징

프로방스 지방의 식사가 검소하고 간단함에도 불구하고, 프로방스의 식도락은 결코 조잡스럽거나 거칠지가 않다. 일반적으로 사람들이 생각하는 것보다 미디(남쪽의 다른 말)의 음식은 상당히 다양하고 고급스럽다. 프로방스 지방에서 나는 향신료 풀, 올리브유 그리고 마늘 등은 음식 어디에서나 쓰여져 비교할 수 없는 특별한 맛과 향을 준다. 화끈한 아이올리 소스(aïoli), 푹익힌 스튜찜(도브: daube), 향신료 풀을 첨가한 양의 넓적다리 고기(지고 다뇨: gigot d'agneau), 생선을 이용한 부이야베스

(bouillabaise) 등은 몇 세기를 거치면서 이 지방의 전통음식이 되었다.

전통적인 프로방스 요리는 음식의 낭비를 막기 위해서 창조해낸 것들이 많다. 예를 들어 요리하다 남은 고기는 야채, 쌀 혹은 빵 부스러기 그리고 올리브 기름과 함께 썩어서 파르씨(farcis)를 만들었고 채 익기도 전에 떨어진 과일은 절임으로 만들어 폼프(pompe)나 푸가스 드 노엘(fougasse de Noël) 과자를 장식하는데 썼고, 쉐브르(chèvre)나 브르비(brebis) 치즈를 만들다 남은 부스러기는 푸른곰팡이 치즈, 후추, 증류주와 반죽해서 발효시켜 까쌰(cachat)를 만들었다. 그리고 메스크룸(mesclun) 샐러드는 껍질을 벗길 수 있는 모든 채소의 잎파리들을 이용해서 만든 것이고 라타투유(ratatouille)는 여름 채소들을 섞어서 만든 것들이다. 두 번째로는 프랑스에서 유일하게 프로방스 지방이 과일이나 채소, 향신료 풀 등을 요리의 기본 재료로 사용한다는 것이다. 요즘은 고기나 생선을 아무 때나 먹을 수 있지만 철도가 놓여지기 이전에는 프로방스 사람들 대부분은 채소와 과일을 주로 먹었고 고기나 생선은 축제나 특별한 날에만 먹었다. 프로방스 전 지방에서 가지, 호박, 파, 피망, 양파, 마늘, 토마토 등이 긴 여름의 더위 속에서 자라고 있고 봄에는 론강(Rhône)의 계곡과 보클뤼즈(Vaucluse) 언덕에서 아몬드나무, 체리나무, 복숭아나무, 살구나무들이 하얀 눈밭을 만들 정도로 많은 과일들이 재배된다. 그리고 음식에 독특한 맛과 향을 주는 향신료 풀, 예를 들어 라벤다(lavande), 로마랭(romarin), 다임(thym), 살비아(쏘즈: sauge), 월계수잎(로리에: laurier), 싸리에트(sarriette) 등을 많이 사용한다. 따라서 음식의 맛이 강하고 진하다.

프로방스 요리의 또 하나의 특징은 변화가 많다는 것이다. 그때그때 시장에 나오는 물건에 따라 요리의 재료를 수시로 바꿀 수 있고, 마늘의 양은 음식을 먹는 사람의 취향에 따라 많이 넣을 수도 있고 적게 넣을 수도 있다. 대부분의 수튜 요리는 소고기로 만들지만 때에 따라서는 양고기로 만들 수도 있다. 라타투유나 스프 오 피스투(soupe au pistou) 같

은 요리에서도 채소 넣는 비율이나 채소 선택이
다 다르다.

검소하고 소박한 삶으로부터 나온 프로방스의
기본적인 요리법은 오늘날 많이들 얘기하고 있는
건강에 좋은 식품과 관계가 많다. 사실상 마늘, 올
리브유, 향신료 풀들이 약용으로 쓰인다는 사실은
오래 전부터 알려졌다. 그리고 버터나 기름을 많이
사용하지 않기 때문에 음식이 상당히 담백하다.

다양한 향신료 풀

프로방스 음식의 4가지 기본적인 요소

시간이 흘러도 프로방스 요리하면 빼놓을 수 없
는 4가지 기본적인 요소가 있다 : 올리브유, 마늘,
향신료 풀 그리고 여기 세 가지에다 프로방스 지방으로 유입된 지 1세
기밖에 안된 토마토가 곁들여지는데 오늘날 토마토 하면 프로방스를 연
상할 만큼 프로방스 요리에서 빼놓을 수 없게 되었다.

요리할 때 많이 쓰는 올리브 열매와 올리브유는 네 곳에서 종류를 달
리하여 생산하고 있다.—북쪽으로는 니옹(Nyons), 남쪽으로는 모쌍느
(Maussane), 동쪽으로는 니스(Nice) 그리고 중앙에는 드라기뇽
(Draguignan)—. 올리브 열매를 생으로 절이는 생절임(삐꼬리느:
Picholines)은 다양한 올리브의 종류만큼이나 많다. 특히 10월경에 수확
하는 파란색을 띤 올리브는 크기는 작지만 통통하여 향신료를 넣은 절
임용으로 많이 사용된다.

그리고 프로방스 요리에서 빼놓을 수 없는—한국 음식에서처럼 모든
요리에 쓰여지지는 않지만—거의 대부분의 주요리에는 들어가는 마늘은
프로방스 지방의 음식에 독특한 향을 준다. 특히 마늘을 넣어서 만든 마
요네즈의 일종인 아이올리(aïoli) 소스는 널리 사랑을 받고 있다. 마늘의

종류가 다양한 만큼 그것의 맛도 또한 다양하다. 바르(Var) 지역에서는 붉은빛과 보라빛이 도는 마늘이 생산되고 보클뤼즈(Vaucluse)에서는 하얀색, 부쉬뒤론(Bouche du-Rhône)에서는 붉은빛 마늘이 생산된다. 부쉬튀론에서 생산되는 마늘은 보클리즈에서 생산되는 것보다 맛이 더 순하고 약하다. 어린 염소고기 요리, 양의 넓적다리 요리, 각종 고기구이에 마늘을 통째로 넣거나 까서 넣어 향을 주기도 하고 또는 익히지 않은 채 얇게 썰어 파아슬리와 함께 채소 요리에도 뿌려 쓴다.

마지막으로 프로방스 요리에 많이 들어가는 것으로는 향신료 풀이 있다. 예를 들어, 오트 프로방스(Haute-Provence) 지방에서의 아뇨 드 시스테롱(agneau de Sisteron)이나 뤼베롱(Lubéron)지방에서의 아뇨 드 솔레이(agneau de soleil) 요리를 할 때는 향신료 풀이 꼭 들어간다. 향신료 풀은 또한 생선요리에도 많이 쓰이는데 이것은 생선의 비린내를 없애고 독특한 향을 주기 때문이다. 생선을 오븐에서 구울 때 올리브기름을 생선 앞뒤에 바르고, 생선의 원래 맛을 살리기 위해서 회양풀을 집어넣기도 한다. 또한 마르세이유의 특산품인 부야베스도 놀랄 정도로 많은 향신료 풀들이 사용된다. 일반적으로 향수를 제조하는데 쓰여지는 것으로 알려진 라벤더는 이 쓰임 이외에도 소스를 만들 때나 크림을 만들 때 들어가는 프로방스 지방의 향신료 풀 중의 기본적인 재료이기도 하다.

2. 각 데빠르트망(Département)의 지역특성과 산업
그리고 전통음식

부쉬뒤론 (Bouches du Rhône)

론강하구에 위치한 이 지역은 대략 삼각형으로 이루어졌다. 북으로는 아비뇽(Avignon)에 접해 있고 아래 부분은 지중해를 따라 쭉 뻗어있다.

론강은 바다 쪽으로 갈수록 점차 넓어져 수
많은 지류로 갈라진다. 습지로 유명한 이 지
역의 토지가 비옥하고 기름지게 된 것은 불
과 1세기밖에 안 된다. 철도가 개설되고 관
개시설과 배수공사가 이루어진 이후로 풍부
한 농산물을 북쪽지방과 전 유럽으로[3] 수출
하게 되어 이 지역이 부유해지게 되었다.

고기와 치즈 : 알피(Alpilles)의 산기슭과 크로(Crau)의 벌판에서 방목
하는 메리노(mérinos) 양고기는 씨스테롱(Sisteron)이나 뤼베롱(Lubéron)
에서 방목되는 양과는 또 다른 아주 독특한 맛을 지니고 있다. 메리노
양은 여름철에 트럭으로 옮겨져 산언덕 꼭대기에서 방목되고 양의 출산
기인 겨울에는 반대로 산 반대편으로 내려온다. 부활절 축제를 전후해서
양의 수효가 많아지는데 특히 이때에 수컷을 보기란 굉장히 힘들다. 왜
냐하면 축제음식으로 양의 넓적다리를 사용하기도 하지만 따라스공
(Tarascon)의 시장에다 양의 고환을 내다 팔기 때문이다.

또한 프로방스 지방에서는 유일하게 부쉬뒤론에서 이 지역의 고유한
황소 품종을 지키고 있다. 까마르그(Camargue)의 들소지기들은 이 황소
고기를 장작불에 구워서 먹기도 하고 때론 스튜나 소세지를 만들어 먹
는다. 아를르지방(Arles)에서 만들어지는 전통적인 소세지는 1/4의 황소
고기에 3/4의 돼지고기로 만들어진다.

프로방스의 다른 지역과 마찬가지로 양을 방목하여 얻은 우유로 치즈
를 만드는데, 특히 이태리 치즈 리꼬따(ricotta)와 비슷한 로브(rove)의
둥근 치즈와 커다란 뿔을 가진 갈색의 로브산 염소에서 나온 우유를 가

---

3) 아비뇽(Avignon)의 남쪽에 위치한 샤또르나르(Châteaurenard)는 야채와 과일재배
지로 유럽에서 가장 큰 시장이다. 매일 아침 뒤랑스(Durance)계곡에서 재배한 수
천 톤의 신선한 농산품들은 전 세계의 레스토랑이나 가게로 배달된다.

여러 종류의 소세지

지고 만든 부르스(brousse) 등의 치즈가 이 지역의 명물이 되었다. 이것들은 치즈를 만들고 남은 찌꺼기를 낭비하지 않기 위해서 고안해 낸 치즈들이다. 부르스치즈를 만드는 방법은 쉐브르(chèvre) 치즈를 내리고 난 틀에 남아있는 액체 상태의 우유를 표면에 다시 딱딱한 막이 생기도록 끓이다가 다리가 세 개 달린 커다란 그릇에 붓기 전에 얇은 채에다 내려 물기를 빼서 그것들이 서로 엉기게 되면 175그람의 덩어리로 만들어 틀에서 꺼내 다시 물기를 빼면 된다. 옛날에는 마르세이유 거리마다 이 치즈가 나올 씨즌이 되면 크게 광고를 했었다. 요즘은 소나 암양의 우유에서 만든 부르스 치즈만을 일반적으로 맛볼수 있다. 옛날 방식대로 설탕이나 오렌지나무의 꽃에서 추출한 즙을 뿌려서 맛볼 수도 있는 이 치즈는 아이들을 잠재우는데 쓰거나 아이들의 건강식품으로 알려지기도 했다. 나이든 사람들은 여전히 올리브기름, 식초, 향신료 풀 그리고 양파와 함께 이 치즈를 먹기도 하는데 그 맛이 아주 특별나다. 그리고 이 지역의 전형적인 암소에서 만든 흔하진 않은 치즈 중의 하나인 톰 드 까마르그(tomme de Camargue)는 작고 둥근 모양을 한 것과 장작모양을 한 두 종류로 나뉘어진다. 이 치즈는 향신료 풀인 다임이나 싸리에뜨(sarriette)로 싸서 향을 주는데 이 지역이외의 다른 지방에서는 찾아보기 힘들다.

생선

아이올리(aïoli)나 브랜다드(brandade) 요리에 빼놓을 수 없는 대구는 지중해에서 잡히는 생선이 아닌데도 오래 전부터 이 지방의 음식 메뉴에 들어간다. 냉동고나 현대적인 운송 수단이 발명되기 전에는, 보관 방법으로 대구를 말렸거나 소금에 절여서 썼다. 대구는 프로방스 지방에 사는 사람들에게 단백질을 제공하는 아주 드문 식품 중 하나였다. 말린 대구는 아주 진한 색깔을 띠고 있고 절인 대구는 하얀색 살 위에 소금이 표면에까지 드러나도록 뿌리는데 옛날 바이킹족들이 이곳에서 생산되는 올리브 기름이나 포도주와 물물교환으로 마른 대구가 들어오게 되었고 소금에 절인 대구는 이보다 몇 세기가 지난 후에 떼르 뇌바(Terre-Neuvas)족들이 긴 여행을 하고 돌아오는 동안 대구를 상하지 않게 저장할 방법으로 소금에 절이는 방법을 고안해내었다. 이 곳의 어부들은 에 그 모르뜨(Aigues-Mortes)쪽으로 배를 저어 가서 그들이 잡은 고기와 소금을 교환하였다. 프로방스 사람들은 말린 대구나 소금에 절인 대구는 요리하기 전에 먼저 오랫동안 물에 담가 놓는다. 이 곳의 축제 음식인 아이올리요리에 여러 가지 야채와 함께 대구를 통째로 내놓는다. 그리고 통상적으로 먹는 가정 요리인 님므(Nîmes)의 브란다드(Brandade)는 대구를 퓌레(purée:삶아서 짓이긴 걸죽한 요리)로 만들어 올리브유와 함께 섞어서 만든 것이다.

대구 이외의 다른 신선한 생선들은 지중해에서 공급받을 수 있다. 농어, 만새기, 성대, 쏨뱅이, 숭어(브이야베스의 필수적인 생선), 노랑촉수 성대 그리고 참치 등이 지중해의 산물로 유명하다. 그리고 하구(ragout: 후추를 많이 친 스튜요리의 일종)나 스프를 만드는데 이용되는 바위에서 사는 작은 물고기들도 빼놓을 수 없다. 문어, 오징어, 꼴뚜기 등도 찾아볼 수 있다. 홍합과 수세미, 불가사리 또한 흔하고, 제철이 되면 성게, 게, 조개류도 많이 잡힌다. 정어리와 멸치는 제철에는 싱싱한 채로, 그 이외에는 소금과 올리브에 절여서 먹는다. 그러나 최근 지중해가 많이 오염되어 생선이 잘 잡히지 않고 생선도 점점 작아지고 맛 또한 예전 같지 않다. 예를 들어 예전에는 1월에서 3월말에 모든 요리를 성게를 가지고 했을 만큼 성게가 풍부했었다. 그러나 오늘날은 그 수도 적고 크기도 작아서 지금은 사치스런 음식이 되어 버렸다. 그래서 "여행자들은 커피 수저로 아주 조심스럽게 성게의 내용물을 끌어내어 먹고 우리 어부들은 빵을 가지고 그 나머지 내부를 찍어먹는다"라는 말이 생기기도 했다. 또한 날씨가 좋지 않으면 어부들이 작업을 못해서 물량이 딸리기 때문에 식당에서 생선요리를 할 수가 없어 레스토랑의 문 앞에 이런 문구를 써 놓기도 한다: "mauvais temps en mer, pas de poisson(바다의 날씨가 나빠서 생선 요리가 없습니다)."

일반적으로 생선을 요리하는 방법은 다양하지만 프로방스에서의 생선 요리 규칙은 "생선은 물에서 살고 올리브 기름에서 죽어야 한다"는 말에서 찾아볼 수 있다. 이 지역의 특산품이라 할 수 있는 푸따그(poutargue)와 부이야베스(bouillabaisse)에 대해서 알아보자. 푸따그는(프랑스 남불의 어란의 일종) 마르세이유 북부 지역 바다와 베르(Berre)호수 사이에 위치한 마르띠그(Martigues)라는 작은 항구[4]의 특산품으로 마르띠그의 캐비어로 유명하다. 푸따그는 숭어의 알로 만드는데 소금으로 절여 눌려서 말린 것이다. 이것은 지중해에 있는 모든 지역에서 다 만들어지지만 프랑스에서는 푸따그를 전문적으로 생산하는 지방의 이름을 따서 캐비어드마르띠그(cavir de Martigues)라고 부르고 이것을 최고품으로 취급한다. 오늘날 마르띠그 가까이에 있는 베르호 근처에 형성된 공업도시의 공해로 숭어는 점점 그 수가 줄어들고 있다. 7월 산란기 때는 바다에서 마르띠그로 통하는 꼬론뜨(Coronte)의 수로까지 숭어가 올라오는데 예전에는 어부들이 수로를 가로질러 망을 쳐서 암 숭어를 고립시켜서 알을 채취하기도 했다. 채취된 알에 즉시 소금을 뿌려 물기를 빼어 푸따끄를 만들었다.

---

4) 이 도시는 3개의 오래된 마을로 구성되어 있는데 - 종끼에르(Jonquières), 릴(Ile) 그리고 페리에르(Ferrières) - 불란서 역사에서 아주 주요한 지역이기도 하다. 400년 전이 마을들이 그들의 힘을 합하려고 했을 때, 그들은 그들의 지역 색깔 또한 합하였다. 여기에서 파란색(Ferrières), 하얀색(Ile), 붉은색(Jonquières)이 프랑스국기의 원조가 되었다.
5) 1940년 이후부터 이곳의 특산물로서 개발되었다.

마르세이유 명물인 부이야베스⁵⁾는 원래 어부가 팔다 남은 생선들을 물과 올리브 기름을 넣고 솥에서 익힌 평범한 가정요리였는데 오늘날 이 요리는 프로방스의 해안에 있는 수많은 레스토랑에서 맛볼 수 있는 고급 요리중의 하나이다. 올리브 기름과 물을 기본적으로 쓴다는 전통이 아직도 남아 있지만 오늘날 많은 요리사들은 걸쭉한 부이용(bouillon)이나 스프용의 국물을 얻기 위해서 바다 바위에서 잡히는 생선을 먼저 넣어 끓인다. 그리고 나서 흰살 생선을 통째로 넣는다. 생선은 자유롭게 선택할 수 있는데 적어도 4가지를 선택한다. 홍합은 허용하지만 대하나 다른 갑각류는 절대로 사용하지 않는다. 몇몇 마르세이유의 레스토랑은 라스까스(rascasse: 쏨뱅이의 일종), 비브(vive: 날개횟대 무리), 보두로와(baudroie: 아귀속), 붕장어를 부이야베스 요리의 법칙으로 준수하기를 권장한다. 라스까스는 기본적으로 들어가는 생선인데 왜냐하면 다른 생선의 향을 두드러지게 하기 때문이다. 브이야베스 요리는 다른 무엇보다도 두 가지 점에 유의해야만 한다 : 첫째로 부이용은 물과 기름을 유제로 만들기 위해서 빨리 끓이고 불은 통째로 된 생선을 넣기 전에 약하게 해야 한다. 두번째로 사프란(safran: 아침놀의 빛깔을 가진 식물)은 기본적으로 넣어야 한다(몇몇 요리사는 토마토를 넣기도 한다).

디저트와 주류

부쉬뒤론에는 다른 프로방스 지역에서처럼 진짜 전통적인 디저트가 없다. 하지만 셍 레미 드 프로방스(Saint-Rémy-de Provence)의 과일 절임과 엑스(Aix)의 깔리송(calissons)은 단것을 좋아하는 사람들에게는 안성맞춤이다. 깔리송은 아몬드 반죽에 신선한 메론을 풍부하게 넣어 그 위에 두꺼운 설탕을 입힌 것으로 약 350년의 전통을 거쳐 오늘날 엑스의 특산품이 되었고 특허도 가지고 있다. 엑스가 이것을 발달시킬 수 있었던 것은 이곳이 예전부터 프로방스 지방에서 아몬드 산업의 중심지였기 때문이다.

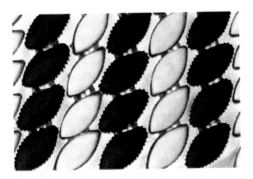
깔리송

프로방스의 아페리티프술 중의 하나인 파스티스(pastis)는 '하루 중 잠깐의 휴식'을 뜻한다. 이 술은 오랫동안 민간에서 약초로, 소화제로, 강정제로 쓰여진 아니스(anis)로 만든다. 이 술에 얽힌 전설에 의하면 페스트가 이 지방을 휩쓸고 있을 때 뤼베롱(Lubéron)에 사는 은둔사가 사람의 갈증을 풀어주기 위해서 만들었다는 말이 있다. 풀리지 않는 갈증에 이 풀을 가지고 만든 물약의 유효함이 입증된 후 이 물약은 마르세이유의 '오 보놈므 파스 스와프(Au Bonhomme Passe-Soif)'라는 주점에서 팔려졌다. 이 이름은 이후 빠스스와프(passe-soif)가 되고 다음에는 빠스티스(pastis)가 되었다. 빠스티스는 압생트(absinthe)라는 독한 양주를 함유하고 있다. 1915년 정부는 그것을 함유한 모든 음료수를 금지시켰는데 그것은 압생트가 1차 세계대전에 참가한 군인들의 힘을 약하게 한다는 소문이 떠돌았기 때문이다. 1932년 때에는 압생트가 들어가지 않은 아니스로만 만든 음료수를 다시 허용하였다. 최초의 제조업자중의 하나가 바로 폴 리카르(Paul Ricard)이다. 리카르술은 다른 술보다 더 풍부하고, 짙고, 섬세한 맛이 있다. 리카르가 만든 페르노(Pernod)주 또한 유명하다.

포도주와 올리브

일반적으로 프로방스의 포도주가 애주가들에게 항상 신뢰받는 것은 아니다. 그것은 지중해의 뜨거운 햇볕이 포도주의 알콜 농도를 짙게 만들기 때문이다. 다양한 질의 로제(rosé)는 상당한 평가를 받고 있는 반면에 백포도주는 다른 지방의 포도주에 비해 깊은 맛이 부족하고 적포도주는 머리를 아프게 한다고 한다. 그나마 프로방스 지방에서 브쉬뒤른이 좋은 포도주를 생산하는 곳으로 알려져 있다. 이곳에서 생산되는 포도주 중에 잘 알려진 것으로는 까시스(cassis)가 있다. 그리스 시대부터 포도나무는 마르세이유의 동쪽 레스떵끄(restanques)에 위치한 작은 만의 석회암 골짜기에서 자랐다. 1세기 전부터는 사람들이 거기에다 붉은 사향포도를 재배하였으나, 오늘날은 프로방스의 특산품인 머리까지 은근히 취기가 오르게 하는 담백한 백포도주인 까시쓰를 생산하기 위한 포도를 심고 있다. 일반적

포도 수확

으로 널리 알려진 것은 도멘느 뒤 빠떼르넬(Domaine du Paternel)과 끌로 쌩뜨 마들렌느(Clos Sainte-Madeleine)이다. 그러나 해마다 5만병만 생산하기 때문에 그 맛을 보기 위해서는 직접 까시스로 가야만 한다.

프랑스에서 처음으로 포도를 도입한 엑스 언덕 동쪽에서 바르(Var)까지 펼쳐져 있는 포도밭에서는 적포도주, 백포도주 그리고 로제 포도주를 생산하고 있다. 그리고 서쪽으로는 레 보 드 프로방스(Les Beaux-de-Provence)도시를 둘러싸고 있는 언덕에서 특히 까베르네(cabernet: 프랑스 서남부에서 재배되는 포도 묘목)와 씨라(Syrah) 포도나무를 심어 적포도주를 생산하고 있다.

그리고 거대한 하얀 사막 끝에 위치한 리용만(Lion: 프랑스 남부 지중해의 만)의 모래로 된 반도에 펼쳐진 포도밭은 - 에그모르뜨(Aigues Mortes) 지역 부근 - 벌써 1세기 전부터 포도가 그곳에서 자랐고 그 규모 또한 엄청난데 이곳에서는 '뱅 드 싸블르(vin de sable)'라는 시원하게 해서 마시는 로제 포도주를 생산한다.

올리브는 알피 산맥의 계곡과 비탈에서 주로 재배된다. 전통적으로 올리브 가공의 중심지인 쌀롱 드 프로방스(Salon de Provence)는 올리브를

올리브와 올리브유

10월경 파란색일 때 따는데 이것은 프로방스 요리에 중심 역할을 하는 진하고 맛이 강한 기름을 만들기 위해서이다. 이곳의 제분소에서는 황금빛이 도는 푸른색 올리브유를 조상 대대로 내려온 방법으로 추울 때 짠다. 그리고 이 기름은 파리에서 정기적으로 열리는 장마당에서 팔리는데 보졸레(그 해 생산된 포도로 숙성시킨 포도주)가 판매될 때처럼 "올해에 짠 올리브유: l' huille nouvelle"라는 타이틀과 함께 상품성이 높게 팔린다.

알피의 올리브유는 많이 생산되지는 않지만 프로방스 지방의 명물로 꼽힌다. 퐁비에이으(Fontvieille)의 근처에 있는 베다리드(Bédarrides)의 올리브는 짙은 초록색에 올리브 열매의 맛이 그대로 살아 있고 진하기로 유명하다.

장마당과 쌀생산

프로방스에서 가장 규모가 크고 유명한 시장은 토요일마다 열리는 아를르(Arles)장[6]이다. 리스(Lices)의 긴 거리는 가두 판매장으로 줄을 잇는다. 꽃화분, 골동품, 옷, 식품에서부터 신선한 야채와 과일, 고기 그리고 밀짚으로 짠 바구니 속에서 울어대는 닭, 오리, 토끼에 이르기까지. 또한 갖가지 올리브, 다양한 꿀, 향신료 풀, 산처럼 쌓인 찻 잎과 농장에서 직접 오는 염소 치즈, 푸추간 주인들이 개인적인 요리법으로 만든 알를르의 소세지(향료가 든 소세지는 돼지고기로 만들지만 때때로 까라르그의 소로 만들어지기도 한다), 그리고 전통 방식대로 만든 푸따그도 찾아볼 수 있다.

---

6) 론강의 삼각주의 꼭대기에 로마인에 의해 세워진 알피는 까라르그의 농업, 경제, 문화의 중심지이다.

아를르의 축소판인 셍 레미 드 프로방스(Saint Rémy de Provence)에서 열리는 수요일 장은 화려한 장식으로 유명하다. 의사이며 천문학자이고 16세기의 선지자였던 노스트라다무스(Nostradamus)가 태어난 장소인 알피산 아래에 위치한 생레미(Saint Rémy)는 거대한 채소밭의 요지이며 정원의 도시로 그리고 씨앗생산지로도 유명하다. 이곳의 장마당은 굉장히 우아하고 세련된 분위기를 자아낸다. 직접 디자인하고 재단된 옷, 올리브나무로 만든 살림도구, 과일을 절일 때 전통적으로 쓰이는 원뿔꼴의 흙으로 만든 띠앙(tian)들을 볼 수 있다.

다양한 문형의 드님

부쉬뒤론 장에서는 북아프리카와 함께 상업을 하던 시기에 받았던 아랍의 영향이 1960년대 초에 알제리가 독립한 후 다시 활기를 띠어 아랍사람들이 주로 쓰는 건포도, 피스타쉬, 계피, 커민(미나리과의 풀), 이집트콩을 넣은 음식인 꾸스꾸스(Couscous) 등을 쉽게 볼 수 있다.

님므(Nîmes)[7]의 특산품으로 드님(denim)이라는 이름을 붙여준 천이 있는데 이것은 이곳에서 생산되는 천과 천에 그려진 독특한 문형 때문에 전세계적으로 알려져 있다.

프랑스 전 지역에서 쌀 생산지로 유명한 곳은 까마르그(Camargue)[8]이

---

7) 님므는 로마인에 의해서 '신성한 샘' 근처에 세워졌는데, 이곳에서 몇 킬로미터 더 떨어진 남서쪽에 위치한 페리에(Perrier)의 샘이 있는 베르제즈(Vergèze)에서 나오는 가스가 든 광천수가 세계적으로 유명해졌다. 이 샘은 출판계에 유명한 Harmsworth 가족의 소유이다. 신체적인 마비로 고생을 하자 그의 의사는 그에게 곡예사가 쓰는 나무로 만든 곤봉으로 몸을 풀어주는 연습을 하라고 처방했는데 오늘날 우리가 흔히 보는 페리에 병 형태의 원조가 되는 것이다.

8) 관개 공사로 토지의 질을 증진시켰지만 까마르그는 여전히 자연 상태 그대로이다. 간석지로 펼쳐진 넓고 방대한 질퍽한 늪. 거기에는 들소지기들이 거주하는 이

다. 쌀 문화는 스페인에서 들여온 것으로 2차 세계대전 초에 사라질 뻔했던 것을 1947년 정부의 권장과 전문가의 도움으로 관개와 배수공사로 논을 다시 개간하고 새로운 종류의 쌀을 도입하여 활성화시켰다. 이때부터 쌀의 문화가 다시 태어났다고 해도 과언은 아닐 듯 싶다. 특히 가축들에게 주는 둥근 형태의 쌀은 식탁에서 먹을 수 있는 긴 형태의 쌀로 바뀌어 재배하게 되었다. 9월경에는 쌀의 중심지인 아를르에서 일년에 한번씩 열리는 쌀 시장이 서기도 한다.

보클뤼즈 (Vaucluse)

연안이 없다는 것을 제외하고는 보클뤼즈는 다른 프로방스 지역의 모든 특성을 집합해 놓은 것 같다. 알프 드 오트 프로방스(Alpes de Haute Provence)와 알프 마리팀므(Alpes Maritimes)에서 볼 수 있는 산, 협곡, 분지 그리고 부쉬뒤론과 같은 넓고 풍부한 계곡, 바르처럼 울창한 덤불 등. 수십 킬로미터 떨어진 곳에서 둥글게 바라보이는 프로방스의 첫 경계인 방뚜(Ventoux)산은 산언덕에 얹혀 있는 마을 쪽으로 부드럽게 구불거리는 가리그(garrigue: 남프랑스의 황야)와 포도밭을 덮는다. 석회암의 울퉁불퉁한 면이 방뚜산 정상까지 드리워져 있고 베종 라 로멘느(Vaison la Romaine) 가까이에는 몽띠라일(Montirail)의 수를 놓은 듯한 광경이 펼쳐져 있다. 동쪽으로는 알프스 산에서 녹아 내리는 눈으로 생긴 지하수가 습기 없는 마른땅을 적셔

엉이나 밀짚으로 만든 작은 오두막집들이 많이 있다. 반대로 새들의 천국이라 할 수 있는 바다 해안은 아주 오랜 공업지역으로 천연적인 염전을 이루어 로마시대부터 소금을 생산한 곳이다. 오늘날 남쪽 지방의 염전은 일년에 수십 만 톤의 소금을 8월에서 10월 사이에 채취한다. 그곳에서는 7에서 8미터나 되는 소금 더미들이 태양 아래서 반짝인다.

주는-깊은 협곡으로 끊겨진-보클뤼즈의 고원이 펼쳐
져 있다. 이곳에는 처음 이주해온 사람들이 만들어 논
샘과 분수들이 많은데 가장 유명하고 천태만상인 경치
를 이루고 있는 것이 퐁텐느 드 보클뤼즈(Fontaine de
Vaucluse)⁹⁾이다.

그리고 이 지역의 마을들 특히 루씨옹(Roussillon)에
서 볼 수 있는 황토색과 붉은 색의 문은 이 마을의 땅
의 색깔을 그대로 반영하고 있다.

고기

이 지역의 고급스런 생산품은 고기였다. 왜냐하면 프
로방스의 다른 어느 지역처럼 방목이 거의 이루어지지
않음으로 해서 고기는 사냥에 의해 공급되었기 때문이
다. 이로 말미암아 1970년 이후 몇몇 좋은 멸종의 위기
를 맞았다. 오늘날 매추라기, 꿩, 비둘기들은 대부분 사
육되어진다. 산토끼들이 리베롱과 방뚜산을 제외하고는
점점 줄어들고 있는 반면 집토끼들은 늘어가고 있는 추
세이다. 프로방스의 어디에서나 사육되는 고기는 양과
염소이다. 이곳에서도 축제 때에 빠질 수 없는 요리로
지고다뇨(gigot d'agneau: 양의 넓적다리)나 까브리 로띠
(cabri rôti-아프리카 산 어린 염소)를 만들어 먹는다. 그리고 약한 불에
서 오랫동안 끓이는 스튜요리에는 양고기가 자주 쓰인다. 고기는 손쉽
게 구할 수 있지만 다른 많은 프로방스 지방에서처럼 보클뤼즈 사람들

퐁텐느 드 보클뤼즈

방목하는 모습

---

9) 지하로 스며들어 흐르던 물이 다시 나타나는 소르그(Sorgue)라는 강을 이루는 곳이
다. 로마사람이 'Vallis Clausa'라고 이름을 지었고, 이 이름이 보클뤼즈로 변화되어
쓰이고 있다.

은 이 지역의 동물들을 – 특히 뤼베롱 지역에서 사육되는 아뇨드솔레이 (agneau de soleil) – 소비하는 습관을 고수하고 있다.

치즈와 올리브

염소와 암양은 먼저 우유를 얻을 목적으로 사육되었다. 사람들은 젖소의 우유대신 염소와 양의 우유를 마셨고 이것으로 치즈를 만들었다. 이 중에서 피꼬동(Picodon) 염소 치즈가 유명한데 피꼬동이라는 말은 염소들이 먹는 약하게 찌르는 듯한 맛이 있는 야생풀에서 나온 말이다. 드롬(Drôme)과 보클뤼즈(Vaucluse)에 연결된 발레아(Valréas)지방에서 만드는 피꼬동은 1983년 등록 상표를 냈다. 이 치즈는 지름이 8cm 되는 둥근 모양으로 만든 즉시 신선한 상태로 팔거나(숙성시키지 않은 상태) 아니면 노란 껍질이 형성되도록 백포도주를 칠한 후 한 달간의 숙성을 거친 후에 팔기도 한다. 숙성시키지 않은 상태의 피꼬동은 다른 모든 염소 치즈와 맛이 비슷한데 반해 겨울에 숙성시킨 피꼬동은 색다른 맛을 내는데 흙으로 만든 단지 속에 저장했다가 염소 우유가 뽀골뽀골 부풀어 팽창될 때 먹는다.

이외에 루 까샤(lou cachat)가 있는데 크림상태의 농도로 치즈 반죽을 발효시키기 전에 푸른 치즈, 후추, 증류수, 효모를 넣고 반죽하여 만든 이 치즈는 강한 맛 때문에 요리보다도 약용으로 더 평가를 받는다.

보클뤼즈의 커다란 올리브 시장은 니옹에서 열린다. 올리브 나무들이 많이 자라는 북쪽에서 땅쉬(tanche: 12월이나 1월에 아주 무르익을 때 따는 검은 색의 크고 쌀이 많이 찐 올리브)를 판다. 프로방스 지방의 식탁에 오르는 가장 좋은 올리브로 평판이 난 이 올리브는 그냥 먹기도 하지만 진한 향이 많이 배어나는 갈색이 도는 푸른빛의 올리브 기름을 짜기도 한다. 반대로 삐꼴린느(picholines: 프로방스 지방에서 작은 것이라는 뜻)는 올리브 까세 (olives cass es: 올리브를 반으로 쪼갠 것)를 만들기 위해서 올리브가 푸른색일 때 수확하기도 한다. 이것은 일주일 이상 매일 갈아주는 물 속에 담가놓기 전에 망치로 올리브를 부수고 그런 다음 물을 빼고 몇 일 동안 향신료 풀을 넣은 소금물에 절여서 만든다. 이 지방에서 생산되는 모든 기름은 이 지방의 특산품으로 등록 상표에 의해 보호받고 있다.

디저트와 주류

이 지역의 디저트로는 베르랭고(berlingots)사탕 막대와 누가(nougat) 가 있다. 프로방스의 검소한 삶을 보여주는 베르랭고는 교황 클레멍 5세 (Clément V)의 요리사가 먹고 남은 카라멜과 설탕을 가지고 만든 것으로 연회의 회식자들에게 나눠주어 깨뜨리게 한 설탕 막대기이다

누가는 16세기에 올리비에 세르가 도입한 아몬드를─방뚜산에서 주로 재배─주 원료로 하여 만들어진다. 몽뜨리마의 것이 가장 맛있기로 유명하다. 프로방스의 전통적인 설탕인 꿀은[10] 누가의 필수적인 재료이다. 전통적인 요리법은 라벤다 꿀에다 이 지방에서 생산되는 볶은 아몬드, 바닐라, 설탕 그리고 계란의 흰자를 섞는 방법이다. 하얀색 누가는 말랑말랑하고 향이 많이 들어간데 반해 검은색 누가는 딱딱하고 바삭거린다. 이것은 꿀을 강한 불에서 카라멜이 될 때까지 끓이다 익히지 않은 아몬드 위에다 부어 만들기 때문이다. 프로방스 이외의 지역에서는 잘 알려지지 않은 검은색 누가는 만들어진 후 금방 먹는 것이 좋다.

주류로는 에그벨(Aiguebelle)의 리퀴르가 이곳의 특산품으로 유명하다. 에그벨의 노트르 담(Notre Dame) 수도원에서는 약용으로 쓰이는 약초를 전통적인 방법으로 증류해서 리퀴르를 대대로 만들어 왔다. 이 리퀴르 이름은 단순히 살아있는 듯한 빛깔 때문에 베르트(verte : 초록색)라고 부른다. 1889년 순수 원액 알콜을 각설탕 위에다 한 방울 떨어뜨려 먹어

---

10) 알피산맥, 부쉬뒤론에서는 로마랭 꿀을, 베종 근처에서는 라벤더 꿀을 채취한다.

살비아(sauge)라는 향신풀 재배

야 할만큼 아주 강하고 독한 약초를 기본으로 해서 쟝 베이씨에 신부가 물약을 만들었는데 그가 식물에서 추출한 이 엑기스가 모든 병을 고쳐준다는 평판이 돌기도 했다. 1933년 수도원의 필수품을 조달하기 위해서 프랜치스 수도사는 이 엑기스의 알콜의 농도를 줄이고 설탕을 첨가해 봐야겠다는 생각을 해냈고 이후 수도사들이 이것을 팔게 되었다. 오늘날 알콜농도 45%로 된 이 베르뜨는 80여 가지의 풀과 식물로 만들어진다. 예를 들어 이 지방에서 나는 민트(망트: menthe), 마편초(베르벤느: verveine), 살비아 (쏘즈: sauge), 보리수(티열: tilleul), 외국에서 가지고 오는 육두구(뮈스카드: muscade), 계피(까넬: cannelle), 정향(끌로 드 지롤플: clous de girofle) 그리고 인도에서만 발견되는 제라늄 구근(bulbe de granium) 등.

포도주

프로방스 포도주로 가장 알아주는 포도주는 바로 보클뤼즈에서 생산되는 포도주이다. 거의 1세기동안 아비뇽의 도시를 소유했던 교황과 론강의 계곡과 보클뤼즈의 고원을 소유했던 베네쌩 백작이 그들의 별장을 지었던 샤또뇌프 갈세니에(Châteauneuf-Galcernier)에다 좋은 포도나무를 심은 덕분으로 이후 이 곳의 포도주가 다른 포도주보다 질이 좋다는 평을 얻게 되었다. 19세기에는 한 과감한 땅 소유자가 샤또뇌프뒤빠프 마을을 다시 포도밭으로 일구어 포도주를 생산해 샤또뇌프 뒤 빠프(Châteauneuf-du-Pape)라는 고상한 이름을 붙여주었다. 이곳에서 생산되는 대부분의 포도주는 적색이고 탄닌이 많이 함유되어 맛이 풍부하고 진하다. 포도나무는 그르나쉬(grenache:남프랑스의 검고 알이 큰 포도나무)와 시라(syrah)가 압도적이지만 다양한 포도 묘목에서(13개 정도를 섞어서) 자란 포도로 술을 빚기도 한다. 향이 짙은 백포도주는 그렇게 높은 평가를 받지 못한다. 샤또뇌프뒤빠프 포도주는 론 계곡에서 가장 많이 생산된다. 포도나무는 하상(河床)에서 재배되고 포도주의 질은 낮에 축적해놓은 태양의 열기를 밤에 다시 되돌려주는 미기후(微氣候)를 형성하게 하는 두텁게 땅에 깔린 자갈에 의해 좌우된다. 다양한 포도를 섞어서 만들기 때문에 샤또뇌프뒤빠프의 향을 정의 내리기가 어렵다. 그러나 좋은 포도주는 얼마동안의 숙성이 지난 후에 짙은 붉은 빛이 돌고 향이 짙고 깊은 맛이 도는 것이다. 이런 포도주는 양고기와 아주 잘 어울린다.

샤또뇌프뒤빠프와 아주 비슷한 지공(Gigondas) 또한 잘 알려져 있다. 그르나쉬 포도를 많이 함유한 포도주로 양념을 한 듯한 섬세한 향을 느낄 수 있다. 봄므 드 브니스(Beaumes-de-Venise)는 향이 짙고 과일 맛이 많이 살아있는 뮈스까(muscat)를 생산하는 도시로 유명하다. 흔히 아페리티프로 마시기도 하고 몇몇 가지의 치즈와 곁들여 마신다. 어떤 사람들은 메론과 같이 먹기도 하고 로크포르치즈(roquefort)나 프와그라(foie gras: 오리와 거위의 지방간)와 마시기도 한다. 그러나 케익과는 결코 같이 먹지 않는다.

북쪽 그리냥(Grignan)으로는 트리까스땡(Tricastin)의 작은 포도밭들이 펼쳐져 있는데 이 곳에서 생산되는 포도주는 진한 색의 포도주를 숙성시키지 않고 그냥 마신다. 남쪽 지방에 있는 뤼베롱(Lubéron)의 언덕에서 재배되는 포도주는 1988년도에서야 등록 상표를 냈고 이 지역의 백·적포도주는 아주 맛이 좋다. 따벨(Tabel)에서는 다른 것보다 더 알콜 농도가 세고 깔끔하면서도 풍부한 맛이 있고 강한 프랑스에서 가장 질 좋은 로제를 생산한다.

야채와 장마당

상치는 교황에 의해 이탈리아에서 수입된 종자를 가지고 프랑스의 아비농에서 처음으로 심기 시작했다. 뒤란스강의 낮은 계곡에서는—16세기에 프랑스에서 처음으로 관개와 배수를 시도한 지역—토마토, 아스파라거스 같은 다양한 채소들이 풍성하게 재배된다. 까바이용(Cavaillon)의 메론은 2세기 전부터 달고 맛있기로 알려졌다. 고급 멜론을 생산한다는 명성을 안겨준 까바이용에서는 프랑스 메론 생산의 절반을 차지한다. 이곳에서 재배되고 있는 메론의 종은 아주 작고 껍질이 투명하고 씨가 초록색이 아닌 오렌지색이다. 메론은 시장에 4월 달부터 출하되기 시작하여 여름까지 나온다. 푸른 아스파라거스는 유명한 프랑스 요리사 오귀스트 에스코피에에 의해 이 지역에 도입됐다. 뒤람스의 계곡에 위치한 아파라거스를 재배하는(모래가 많은 땅에서 재배) 마을인 메랭돌(Mérindol)은 프랑스인들이 좋아하는 하얀색 아스파라거스와 영국인들이 좋아하는 수출용의 푸른 아스파라거스를 재배한다. 오늘날 푸른 아스파라거스와 모리(Lauris: Mérindol의 옆마을)의 아스파라거스는 프랑스 미식가들에게 높은 평가를 받고 있다.

프로방스 지방에서는 보클뤼즈가 송로버섯의 지방이라고 말할 정도로 페리고(Périgord)에서보다도 송로를 더 많이 채취한다. 페리고보다 많이 채집된다해도 송로는 늘 풍족하게 채집되지 못한다. 자연의 신비로 불리는 송로곰팡이는 석회암 땅 속 하얀 떡깔나무에서 자라는데 추운 겨울과 덮고 축축한 여름이 지난 후에 나타난다. 돼지나 송로 채집 훈련을 받은 개들이 후각으로 그것들을 찾아낸다. 경험이 많은 사람만이 감으로 그것이 있는 자리를 찾아 낼 수 있는데 헐벗은 나무아래(송로의 포자가 나타나면 다른 식물들의 성장을 방해한

송로버섯

다)에 버섯의 향기로 몰려드는 송로 파리떼가 있는 곳이다. 보클뤼즈의 북서쪽에 위치한 그리냥은 송로 채집의 옛날 중심지이다. 최근 몇 년 송로 채집하는 것이 불안정해서 사람들은 떡갈나무를 포도나무로 대치해 송로 채집을 하고 있다.

골동품 시장

일요일 아침에 일쉬라소르그(Isle-sur-la Sorgue)에서 열리는 장은 채소와 골동품 장으로 유명하다. 다양한 종류의 올리브, 소금에 절인 대구와 멸치, 파, 피망, 양파, 레몬, 향신료 풀, 푸르거나 하얀 아스파라거스, 여러 종류의 살라드 등 채소와 파리(Paris) 다음으로 프랑스에서 크게 열리는 골동품 시장은 볼만하다.

북쪽으로 15Km 떨어진 곳에 있는 까르팡(Carpentras)에서도 금요일마다 가두상점들이 도시의 작은 골목길을 침범한다. 이 장은 이 곳에서 생산되는 신선한 모든 생산품들로 마치 계절을 파레

일 쉬라소르그의 가두상점들

트의 물감 색깔로 바꾸어 놓은 듯하다. 여름에는 메론과 딸기, 복숭아, 채리, 토마토로 분홍빛, 오렌지빛, 붉은색을 띠고 봄에는 어린 아스파라거스, 어린 상치, 시금치, 파등으로 푸른색을 띠고, 가을에는 사과, 배, 늙은 호박 등으로 저물어 가는 따스한 석양빛을 띠고, 겨울은 아아티 초오크(cardon)의 은빛띠는 회색, 마른 마늘 꾸러미의 하얀색, 감자의 부드러운 갈색, 양배추의 보라빛 도는 초록색을 띤다.

바르 (Var)

다른 지역에 비해서 바르의 요리는 약간 시골적이고 투박하다. 아르장의 계곡에서 유일하게 평평한 땅에다 사과, 채리, 자두 그리고 복숭아 등

드라기뇽

프레쥐

브리뇰

쌩트로페

뚜롱

방돌

을 심는다. 유명한 브리뇰산 자두는 얼마전부터 오뜨프로방스의 디느(Digne) 근처에서도 재배하게 되었다. 나머지 작물은 이 지역에서 소비하는 데 급급하다. 이 지역의 대부분에서는 쁠랑(plans)이라고 불리우는 경작할 수 없는 땅인 가리그(garrigue: 남프랑스의 황야)의 언덕과 고원으로 이루어졌다. 고기는 다른 곳과 마찬가지로 사냥에서 충당했는데 한때는 작은 새들이 멸종위기에 몰린 때도 있었다. 그래서 몇몇 종은 정부에 의해 보호되기도 했으나 비둘기나 토끼, 산토끼는 예외였다. 이곳에서 염소새끼와 양의 넓적다리는 쉽게 구할 수 없는 고기인 반면에 산돼지 고기는 쉽게 레스토랑에서 볼 수 있다.

올리브 기름의 중심지인 드라기뇽은 올리브 장이 열리기도 하고 7월에는 올리브 기름 대회를 개최하기도 한다. 이 도시는 옛날에는 실크공업으로도 중요한 역할을 하였으나 20세기 초에는 사라져 버렸다.

올리브와 올리브기름

오래 전부터 프로방스 음식을 프랑스의 다른 지방의 음식과 구별시켜 주는 유일한 것이 바로 올리브였다. 지중해의 요리법으로 올리브의 가치가 오래전부터 알려졌던 반면에 북부 지역에 알려지기 시작한 것은 최근의 일이다. 그렇지만 프로방스 요리에서 빼놓을 수 없는 올리브 기름의 생산이 그렇게 많지는 않다. 1985년에는 큰 서리로 수많은 올리브 나무가 전멸되어 버렸다. 결빙으로 나무 뿌리가 완전히 소멸되면 다시 새로운 싹이 자라 열매를 맺기 위해서는 적어도 10~15년 정도 걸린다. 오랫동안 수많은 올리브 나무를 방치 상태로 놔두었다가 수효가 많아지자 농부들이 다시 심기 시작하였다. 프로방스의 올리브나무는 종류가 다양하다 : 아그랑도(aglandau), 까이에띠에(cailletier), 뤼끄

넓게 펼쳐진 올리브밭과
다양한 종류의 올리브 절임

(lucques), 망자니르(menzanille), 피콜린느(picoline), 로와이알(royale), 살로낭끄(salonenque), 땅쉬(tanche), 비오레트(violette) 등 그 종류가 어떠하든 간에 푸른색 올리브는 다 익기 전에 수확하는 것이고, 다 익은 것은 검은색을 띤다. 수확은 9월부터 시작되는데 이때는 푸른 올리브를, 11월에서 2월에는 검은색 올리브를 딴다. 지금까지 올리브를 따는 기계가 따로 발명되지 않아서 사다리를 나무 위에다 걸쳐놓고 나무를 흔들어서 올리브가 땅에 깔아놓은 그물에 떨어지도록 한다. 프로방스의 북쪽에 위치한 니옹은 땅쉬(tanches: 올리브종의 일종)로 유명한데 유일하게 "니옹의 올리브"라고 등록된 상품이다. 살이 많이 찌고 검은색일 때 따는 이 올리브는 식탁에 내놓고 바로 먹을 수도 있고 진초록의 향이 짙은 올리브 기름을 짜기도 한다. 이것은 샐러드나 아니면 생선요리 마지막 단계에 살짝 뿌려준다.

보(Baux) 계곡에 있는 모싼느레잘피 마을은 푸른색일 때 수확한 다양한 종의 올리브를 가지고 기름을 짜는 올리브 기름생산의 중심지이다. 니스지역에서는 작고 검은 까이에띠에를 샐러드 니스와즈(salade niçoise)와 피살라디에(pissaladière)요리에 이용한다. 오뜨프로방스에서

뤼베롱과 바르의 드라기뇽 근처에서는 아그랑도를 재배하는데 이것은 다 익어도 진한 초록색을 띠는데 향이 더 강하고 진미가 있다. 모든 올리브 는 소금물에 절여지거나 기름으로 짜여지기 때문에 대부분 그 지역의 제분소에 팔려진다. 올리브 기름을 만드는 방법은 올리브를 돌로 만든 맷돌에 찧어서 반죽을 먼저 만든다. 이 반죽을 전통적인 방식에 따라 딱 딱한 고체를 액체와 구분시키기 위해서 스꾸뗑(scourtins:기계) 위에다 펼쳐놓는다. 그러면 기름은 원심분력에 의해서 올리브의 수분으로부터 분리가 된다. 반죽을 데우지 않고 차가운 상태에서 기름을 짜는 전통적 인 방법은 반죽을 데워서 기름을 짜는 것과 맛이 확연히 차이가 난 다. 가장 좋은 올리브 기름은 반죽이 차가울 때 짠것인지 아닌지와 산성 도[11]에 따라 판가름 난다. 올리브 기름의 쓰임 용도는 질에 따라 다르기 때문에 그것에 맞추어서 쓰면 좋다. 예를 들어서 파르씨의 채소나 빵 껍 질에는 맛이 진하고 강한 기름, 익힌 음식이나 샐러드에는 생 올리브 맛 이 많이 나는 기름 그리고 디저트나 마요네즈처럼 까다로운 음식에는 향이 진하지 않은 기름을 쓴다.

디저트

트로페 파이는 생트로페(Saint-Tropez) 지방의 특산품으로 그 모양이 단순하고 검소하다. 말랑말랑한 브리오쉬 빵(brioche)속에다 두껍게 바닐 라 크림을 넣고 빵 위에다 투명하고 동글동글한 설탕 가루를 뿌린다. 보 기에는 굉장히 텁텁해 보이고 칼로리도 많아 보이지만 실제로는 설탕을 적게 써서 아주 담백하다. 이 빵은 옛 항구의 작은 거리에 위치한 빵 가 게의 주인인 알렉산드라미카가 발명한 것으로 1971년에 상표를 등록하

---

11) 순수한 원액 기름 : 1 0/0 혹은 1 0/0 이하의 산성도
  순수한 기름 : 1 -1.5 0/0의 산성도
  반 순수한 기름 : 1.5 - 3 0/0 산성도

였다. 일반적으로 크림을 넣어 만들기도 하지만 때로는 잘게 빻은 게암 열매를 설탕 대신 뿌리기도 한다.

생 트로페 항구의 전경

포도주

바르를 번창하게 한 것은 바로 포도주이다. 농업 생산의 거의 반을 포도밭이 차지하고 있고 프로방스의 포도밭에서 생산되는 로제의 60 페센트가 이 지역에서 생산된다. 로제는 적포주와 백포도주를 혼합해서 만든 것이 아니고 다음과 같은 두 가지 방법 중의 하나에 의해 검은 포도를 가지고 만들어 진 것이다. 첫번재는 포도를 짠 후에 원하는 색을 얻을 때까지 즙과 함께 포도 껍질이 발효되도록 놔두는 것이고, 다른 방법은 포도를 짜는 동안 껍질을 쩧면서 즙의 색깔을 얻는 것인데, 이것은 발효되기 전에 사람들이 '회색'이라고 표현하는 연어빛 분홍색으로 된다. 또한 질이 좋은 꼬뜨 드 프로방스(Côtes de Provence)라는 적포도주를 만들기 위해서 지난 20년 동안 포도제조업자들이 많은 노력을 한 결과 몇몇 포도주는 1940년 이후부터 메독 포도주와 같은 질적 수준으로 크뤼 끄라스(Crus classés)라는 라벨을 붙일 자격을 가진 것도 있다. 프로방스에서 23개의 포도주가 이 라벨을 붙일 수 있다.

방돌(Bandol)의 레스땅크(restanques: 돌로 된 벽으로 받쳐진 테라스 형태의 들판)에서는 오랫동안 보관할 수 있는 탄닌을 함유한 향이 진하고 강한 적포도주를 생산하는데 프로방스에서 아주 좋은 평판을 가지고 있다. 이곳에서는 또한 백포도주와 로제도 생산한다. 바르 대부분의 포도밭은 다양한 질의 포도주를 생산하는 포도밭인데 뱅 드 빼이(vin de pays)와 뱅 드 데리미떼 드 깔리떼 쉬페리외르 (Vin de Délimité de Qualité

Supérieure)와 같은 두 개의 상표는 좋은 질의 라벨이라는 평판을 듣게 되었고 이 포도주는 지역 조합에서 판다. 하지만 여전히 바르의 포도주는 질보다는 양으로 더 유명하다. 더운 기후에서는 알콜 농도가 저절로 올라가기 때문에 사실상 잘 정제된 최고급의 포도주를 이 곳에서 생산한다는 것은 어렵다. 특히 적포도주는 이런 평판에서 헤어나지 못했다. 그러다가 이곳 포도 재배자들이 힘을 합해 서늘한 기후에서 자라는 포도 묘목을 도입해와서 노력과 정성을 다해 적당한 가격과 좋은 질의 포도주를 생산하게 되어 질이 많이 향상되었다. 그것이 바로 좋은 평판을 받고 있는 샤또비느로르(château Vignelaure)이다. 또 한 예로 생 트로페 근처 가쌩에서 생산되는 질 좋은 샤또미누띠(château Minuty) 포도주는 마똥가족들이 14에서 12도 되는 로제의 알콜 농도를 줄이고 백포도주와 적포도주를 같은 도수로 고정시키기 위해서 숙성시키는 방법을 개조한 것이다. 이곳에서는 모든 포도를 무공해로 재배하고 기계가 아닌 손으로 포도를 딴다.

알프 드 오트 프로방스 (Alpes de Haute Provence)

프로방스 지방에서 제일 고립된 곳이 이 지역이고 주민들의 수도 제일 적다. 그리고 많은 푸추간들이 부활절이나 크리스마스 때만 장사가 될 정도로 아주 가난하였다. 그럼에도 불구하고 이 곳의 땅은 아주 맛있는 고기가 생산되는 곳의 하나이기도 하다. 예를 들어 "시스떼롱(Sisteron)의 염소고기"는 염소들이 황야에서 자라는 향신료 풀을 먹고 자라 그 맛이 아주 독특하다. 치즈와 우유를 얻기 위해서 기른 염소와 양을 제외하고는 방목은 거의 행해지지 않았다. 따라서 모든 야생 동물은 사냥감이 되어 산 짐승들이 거의 멸종 위기에 놓여 있게 되었고 비둘기조차도 식탁에 내놓기 위해서 집에서 길러야만 되었다.

이 지역의 중심지라 할 수 있는 디느레뱅(Digne-les-Bains)은 8월에 열리는 라벤더 축제로 유명하리만큼 라벤더의 중심지라 할 수 있다. 봄에는 거대한 고원이 라벤더의 회색빛 도는 보라색으로 변하다가 여름에는 라벤더의 꽃이 무더기로 피어난다. 이 들판은 보클뤼즈까지 펼쳐져 있으나 디느가 라벤더의 중심도시이고 여름에 커다란 장이 서기도 한다.

아름다운경관 (디느레뱅)

오뜨 프로방스는 고립된 불모의 땅이지만 일년에 300일 정도 햇볕이 내리쬐는 곳으로 얼마 안 되는 토지에서지만 과일과 채소가 쉽게 자란다. 이 지역에서 유일하게 비옥한 땅은 마노스크(Manosque)쪽의 뒤랑스 계곡으로 봄에 꽃 바다를 형성하는 과수원이 발달해 있다.

평화로운 마을전경(마노스크)

그렇지만 다른 것들이 풍부하지 않다고 해서 이 지역의 요리가 나쁘다는 것은 아니다. 오늘날 채소와 풀을 섞어 만든 스프, '시스떼롱의 염소'와 '바농 치즈' 그리고 전통 요리인 라벤더 꿀을 이용한 오리고기, 히솝(박화과 식물)이 들어간 토끼 요리, 호박꽃으로 한 파르씨 요리가 이곳의 특별 요리로 각광을 받고 있다.

고기

시스떼롱의 염소고기는 시쓰떼롱에 널려 있는 향신료로 쓰이는 풀을 먹고 자라는데 이것이 바로 고기에 맛을 주는 요소이다. 이 작은 짐승은 뤼베롱의 '아뇨드솔레이(agneau de soleil)'나 부쉬뒤론에서 방목되는 메리노양과 함께 그 맛이 아주 독특하다. 가느다란 뼈 때문에 염소로 보아지지만 사실상 이 짐승을 염소로 보기는 어렵고 오히려 옆구리에 살이 많이 찐 작은 치수의 어른 양으로 보는 것이 좋을 듯하다. 시쓰떼롱의 염소는 생후 120일이 지나면 고깃집으로 보내진다. 이때의 고기가 가장 연하고 맛이 풍부하기 때문이다.

이 지역의 또 하나의 특산품인 지바퀴 새로 만드는 빠떼(pâté de grives)는 전에는 이 지역 경제의 중요한 근간이었지만 지바퀴 새의 사냥을 금한 오늘날에는 주민들이 드물게 전통적인 이 빠떼를 만들기 위해서만 사냥하기 때문에 레스토랑의 메뉴에는 더 이상 이 요리가 없다.

치즈

석회암 지대로 이루어진 알프드 오뜨 프로방스는 깊은 협곡과 높은 절벽으로 둘러 쌓여 있다. 이곳의 생활은 늘 어렵고 식사 또한 간단하고 검소했다. 이런 면은 크고 거칠은 시골빵에서 찾아볼 수 있다. 이런 지형에서 유일하게 살아남을 수 있는 동물이 바로 염소이다. 염소는 고기로도 쓰여졌지만 치즈를 만드는데 아주 중요한 역할을 하였다. 그러나 점점 시간이 지날수록 염소 치는 사람의 수가 줄어드는데 이것은 염소 사육이 많은 시간을 요하기 때문이다. 따라서 염소 우유를 가지고 만드는 이곳의 특산품인 바농(banon) 치즈가 점점 자취를 감추고 염소 우유대신 더 흔하고 값도 싼 젖소 우유로 대치한다. 오늘날 대부분의 바농 치즈는—심지어 그 마을 장에서조차—도피네에서 자라는 젖소의 우유로 만든다. 오늘날 바농 치즈는 남쪽 지역에 위치해 있는 오뜨 프로방스산과 같은 이름을 가진 마을에 있는 작은 농장에서 만들어지는데 이 치즈는 전통적인 방법으로 만드는 흔치 않는 암양과 염소치즈이다. 100그람의 무게로 포장된 둥근 형태의 이 치즈는 2-3주 동안 숙성시켜 증류수에 젖은 밤나무 잎으로 싸서 크림타입과 푸른 껍질이 생길 때까지 삭힌다.

염소 치즈는 젖소 우유로 만든 치즈보다 시큼한 지방산이 더 풍부하고 하얗고 진하다. 바농 치즈의 미묘한 톡 쏘는 맛이 바로 이 신맛에서 나온다. 바농 치즈는 오랜 시간 동안 삭혀서 만든 프로방스의 흔치 않은 치즈 중의 하나이다(대부분의 염소 치즈나 암양 치즈는 금방 만들어 낸 것이 맛이 좋다). 금방 만들어낸 바농은 하얀색이다. 때때로 푸른 밤나무 잎으로 싸기도 하지만 흔히 싸리에뜨(유럽산 광대 나물과의 일종)로 싸기도 한다. 이 치즈는 겨울에 보관이 가능하다. 후추, 다임, 지로플 로리에 잎을 넣어 흙으로 만든 항아리에 넣고 올리브 기름이나 증류수를 넣는 전통적인 보관법으로 저장한다. 또한 이 지역에서는 장작 나무 모양의 바농 치즈도 제조하는데 이것은 틀 없이 손으로 빚어서 만들어 2-3주 동안 숙성시킨 것이다. 다른 점이 있다면 밤나무 잎으로 싸지 않고 싸리에뜨 가지로 무늬만 만든다는 것이다. 단지 3일 동안만 숙성시켜서 파는 작은 말랑말랑한 토므(tomme: 사보아 산 치즈)형태의 염소 치즈도 이 지역에서 제조한다.

디저트

크리스마스 전날에 먹는 전통적인 관례인 '그로 수페(gros souper)'는 자정 미사에 가기 전에 온 가족이 테이블에 둘러앉아 주 요리와 함께 13가지의 디저트를 먹는데 이 숫자는 예수와 그의 제자를 상징한다. 작은 바구니에 푸가스(fougasse)나 과일 모듬, 하얀색과 까만 색 누가, 수도사들의 옷 색깔에다 이름을 붙인 4 탁발 수도회를 상징하는 과일—아몬드(카르멜 수도회), 마른 무화과 (프란체스코 수도회), 개암 열매(아우구스티누스 수도회), 건포도 (도미니크 수도회)—, 사과, 배, 귤, 포도, 겨울 메론, 자두, 밤, 대추야자의 열매 등을 담는다. 그리고 이때 쌍똥

푸가스

(santon: 프로방스 지방에서 성탄절 때 구유에 놓는 채색된 인형상)을 장식해 놓는다.

알프 마리팀 (Alpes-Martimes)

지형적인 특색으로 다른 지방과 고립된 니스와 그 주변 마을은 1860년 이후에야 프랑스 땅으로 되었다. 이 지방의 최북동쪽에 위치한 쏘오주(Saorge)와 떵드(Tende)부근은 1947년에 공식적으로 프랑스에 합해졌다. 따라서 이 지역은 이탈리아의 영향이 아직도 아주 강하게 남아 있다. 그 단편적인 예로 미디(Midi)의 프랑스 요리와 피에몽(Piémont)의 이탈리아 요리가 서로 조화를 이루어 만들어낸 음식에 잘 나타나 있다. 이탈리아 국경 근처에 있는 가난한 마을에서는 옛날부터 이탈리아에서 받아들인 그노취(Gnocchis)와 파뜨(pâtes)를 아직도 요리해서 먹고 있다. 그러나 이탈리아에서처럼 따로 내놓지 않고 도브나 요리 때 곁들여서 내놓는다. 조금 아래쪽 도시에서 볼 수 있는 스프 드 피스뚜(Soupe de pistou), 레따뚜이, 살라드니초와라는 음식들을 통해서 프로방스 지방이 프랑스와 이탈리아를 혼합해 놓았다는 것을 상기시켜 준다.

이 지역이 경제적으로 호황을 누리게 된 것은 최근의 일이다. 프랑스 북부 지방으로 시장이 뚫려지기 전에는 이 지역의 경제는 고기잡이나 집에서 재배하는 야채나 과일, 곡류에 의존할 정도로 낙후하고 어려웠다. 예를 들어서 올리브와 아그뤼므(agrumes: 서양자두의 일종)의 수확이 결빙에 의해 다 망가졌을 때 Nice에 사는 영국 사람들이 19세기에 '영국인의 길'을 만드는 건설비용을 자연 재해를 당한 농민들을 돕기 위해 쓰기도 하였다. 올리브와 아그뤼므는 여전히 오늘날까지도 이 지역의 중요한 경제의 한 부분이다. 호텔이나 레스토랑에 좋은 가격에 파는 야채는 대부분 온실에서 재배되는데 이것 또한 경제적으로 중요한 몫을 차지하고 있다. 이 야채들은 니스에서 12Km 떨어진 까로스의 근처에 있는 바르의 동쪽 경사진 곳에서 재배되고 있다.

이 지역에서 낚시는 주로 관광객들이 한다. 생선가게에서는 생 피에르, 숭어, 쏘가리, 정어리, 조개류, 갑각류 등을 팔지만 대부분 수입해오는 것이다. 깐느장에 가보면 이 지방에서 잡은 고기가 거의 없다는 것을 알 수 있다. 깐느는 옛날에 형성된 어촌 중에서 유일하게 이 지방의 고유한 특성을 살려서 해수욕장으로 변한 예이다.

다양한 전통음식

이 지역이 프로방스에서는 유일하게 최고의 전통요리를 보유하고 있는 곳이다. 이런 명성을 안겨주는데 중요한 역할을 한 것은 레스토랑이다. 19세기에 돈이 많은 영국사람들이나 미국사람들이 온난한 겨울을 즐기기 위해서 이 지역으로 흘러 들어왔고 그들은 이곳에 초호화 빌라를 건립하였다. 이후 유럽사람들의 시각에서 가장 좋은 레스토랑들이 해안 근처에서 문을 열게 되어 이 연안은 프로방스에서 가장 우아하고 가장 호화스런 지역으로 만들어지게 되었다.

이 곳의 전통적인 요리법에 깔려 있는 단순함이 오늘날 꼬뜨다쥐르에서 일을 하고 있는 유명한 요리사들의 요리 철학 속에서 다시 나타나고 있다. 이 지역의 전통적인 요리를 알아보는 좋은 방법은 아직도 과거의 매력을 간직하고 있는 니스의 아주 오래된 거리를[12] 찾아가 보거나 살레야 산책로와 바다 쪽과 언덕 위 높은 곳에 위치한 성채 쪽으로 만들어진

---

12) Nice는 세력 기원전 4세기경 그리스인들에게 의해서 설립된 역사가 깊은 도시이다.

길에 늘어져 있는 카페나 빠 그리고 레스토랑들 찾아가 보는 것이다.

빠뜨(pâtes), 폴렌타(polenta), 삐스투(pistou), 삐살라디에(pissaladiére)…
등은 이탈리아 요리의 영향을 아주 강하게 받은 것이지만 니스(Nice)는
이 지방 고유의 특별한 요리도 간직하고 있다. 예를 들어 살라드 니스와
즈(salade niçoise)나 토마토와 마늘을 섞어서 그라땡(gratin)으로 만든 트
리프 라 니사드 (tripes la nissarde) 요리 등. 이 요리이름에서 볼 수 있듯
이 사람들은 니스라는 도시이름을 수많은 요리에다 붙여 쓰고 있다. 또
한 에스토까피까(estocafica)라는 니스의 정통요리가 있는데 이것은 소금
으로 절이지 않는 마른 대구, 토마토, 니스에서 생산되는 검은색 올리브,
마늘, 감자를 넣어 만든 스튜이다.

이 지역에서 아주 쉽게 누구나 준비할 수 있는 요리는 메스크룅
(mesclun)인데, 사람들은 이 살라드 요리가 이 지역의 원조라고 말한다.
메스크룅은 원래 끼미에 있는 프란체스코의 수도사들에 의해서 재배
되었었는데, 지금은 니스 근교에서 재배한다. 이 살라드를 만들 때 들어
가는 다양한 재료에 대해서는 일치하지가 않지만 기본적으로 쓴맛과 단
맛이 잘 배합되어야 하고 말랑한 감촉과 바삭바삭한 맛이 있어야 한다.
일반적으로 패이으 드 쉔느(feuille de chêne)나 로멘느(romaine)같은 다양
한 상치잎과 로케뜨(roquette: 유채과의 식물로 잎파리를 살라드로 씀),
민들레, 전호속(잎은 향료와 샐러드에 쓰임) 그리고 구불구불한 풀상치
를 섞는다. 무엇보다도 중요한 것은 야채의 잎파리를 이용하는 것이기
때문에 재료가 신선하고 어린 것이어야 한다.

이 지방에서는 또한 향료 풀이 든 소금물 속에 절이는 이곳에서만 자
라는 까일레티에(cailletiers)라는 작은 올리브가 유명하다. 매 겨울마다
수많은 주민들이 아페리티프나 혹은 그 유명한 살라드니스와즈에 들어
가는 '니스의 올리브'를 준비한다. 이 올리브는 또한 기름으로 짜기도
한다. 너무 파란 올리브는 기름 맛이 쓰고 너무 익은 올리브는 신맛의
기름이 나온다. 올리브는 껍질부터 시작해서 점점 속이 검은색으로 변하

는데 기름을 짜는데 완벽한 것은 올리브 씨가 검은 색으로 되기 바로 전에 수확해서 짜는 것이다. 이와 같이 적당히 익은 올리브를 기름으로 짜기에 좋은 시기는 11월에서 3월이다.

디저트

프로방스의 과일 절임은 전통적인 특산물이다. 이것은 크리스마스 때 많이 이용하기도 하고 다른 디저트를 만들 때 넣기도 한다. 이 전통적인 과일 절임의 중심지는 보클뤼즈의 압뜨(Apt)이지만 프로방스의 거의 모든 지방에 이 과일 절임 제조업자들이 있다. 귤, 오렌지, 레몬,[13] 채리, 살구, 메론, 바나나와 같은 과일들을 다음과 같은 방법으로 절인다. 과일을 핀으로 고정시키고 시럽이 잘 스며들 수 있도록 끓는 물에서 오랫동안 삶는다. 그 다음 시럽으로 가득 채운 깊은 양푼에 넣어서 매일 몇 시간씩 끓인다. 이렇게 매일 설탕을 첨가하면서 — 과일의 크기에 따라 다르지만 — 일반적으로 시럽이 완전히 과일 속으로 스며들 때까지 40일에서 60일 정도 계속 끓인다. 그리고 시럽이 든 원추형의 단지 속에서 식힌다. 과일의 형태를 원형 그대로 유지하고 싶다면 지금과 같은 방법으로 해야지 빨리 만들어 버리면 과일이 다 뭉그러져 버린다. 시럽을 따라 내고 먹기 직전에 설탕을 뿌리거나 아니면 윤기를 내기 위해서 끓는 시럽 속에 다시 한번 더 담근다.

이 지역의 전통적인 특산품으로는 오렌지와 장미꽃에서 추출한 증류수이다. 그라스언덕 위에서 향기를 풍기는 꽃들은 향수를 만들기 위해서 일반적으로 재배되지만 몇몇 가지는 요리를 위해서도 쓰여진다. 오렌지 꽃의 증류수는 오렌지과일이나 껍질을 이용하는 것보다도 더 많이

---

13) 니스와 이탈리아 국경사이에 있는 언덕에서 재배되는 귤은 과일 절임으로 만들 수도 있고 알콜에 저장해서 먹을 수도 있다. 또한 레몬과 오렌지 껍질도 절이는데 설탕을 뿌리거나 초코렛을 씌우기도 한다.

꽃잎 수확

케익, 빵, 앙트르메(로스트와 디저트 사이에 먹는 가벼운 음식, 식후 과일 직전에 먹는 단 음식) 특히 크리스마스때 먹는 푸가스에 이용된다. 이 오렌지 꽃 증류수는 익혀질 때 향이 발산된다. 프랑스에서만 자라는 다마스종 장미의 꽃잎에서 증류하는 장미 증류수는 크림이나 앙트르메 그리고 때때로 누가에 향을 줄 때 이용된다. 600리터의 증류수를 얻기 위해서 1톤 정도의 꽃잎이 필요하다.

Ⅳ. 글을 맺으며

교통과 매스컴의 발달로 각 지역간 음식 문화의 경계가 불분명해져 가기는 하지만 그래도 미디(프랑스 남부를 일컫는 말)지방의 음식문화는 생크림과 버터를 많이 쓰는 북쪽 지방의 음식문화와는 확연한 차이를 보여주고 있다. 이런 음식문화를 형성하게 된 것은 아마도 자연 환경과 밀접한 관계를 맺고 있다고 볼 수 있다.

유명한 요리사 알랭 튜카스가 프로방스 요리에 대해 말한 것을 적어 보는 것으로 이 논문의 결론을 맺을까 한다.

"프로방스 음식의 특징은 비옥한 토질과 강렬한 태양빛 아래에서 재배된 신선한 채소와 과일 그리고 프로방스의 향신료를 최대한 이용한 데 있다."

김선미*

* 프랑스 Aix-Marseille Ⅰ 대학 언어학과 석사
  프랑스 Aix-Marseille Ⅰ 대학 D.E.A
  프랑스 Aix-Marseille Ⅰ 대학 언어학과 박사
  현 경기대학교 서양어문학부에서 강의중.

참고문헌

계몽사, 『알고 떠나는 세계여행 -프랑스』, 1996

한국 불어교육 연구회, 『프랑스 문화 사전』, 어문학사, 1999

프랑스 문화 연구회, 『프랑스 문화와 사회』, 어문학사, 1998

최호열, 『프랑스와 프랑스인』, 어문학사, 1998

Annie Monnerie, *La France aux cent visages*, Hatier/didier, 1996

Erica Brown, *La provence*, Hatier, 1995

S lection du reader's digest, *Guide des grandes villes de france - Provence*,
1982.

프로방스를 찾아서

프로방스(PACA: Provence-Alpes-Côte d' Azur)

프로방스는?

프로방스, 그리 낯설지 않은 단어이다. 특히 요즘처럼 조금 더 신선하고 조금 더 낯선 곳을 일부러 찾아다니는 이들에게 많이 알려지기 시작한 프로방스는 그러나 그런 것과는 상관없이 오랜 시간 역사 속에서 공존해온 프랑스의 한 지역의 이름이며 그들에게는 동경의 대상으로 그곳의 많은 사람들이 살고 싶은 최고의 지방으로 손꼽는 곳이기도 하다.

프로방스 지방은 프랑스 최고의 휴양지역인 남동쪽에 위치하며 서쪽의 론강이 랑그독 루시옹 지방과 경계를 나누고 남쪽으로는 정열적이고 강렬한 태양이 비추는 에메랄드빛 지중해가 펼쳐진다. 북쪽의 라벤더 밭과 올리브 나무 숲, 동쪽의 과일나무 가득한 알프스산맥이 타지방과 이탈리아와 각각 경계를 나누고 있다.

갖가지 이름 모를 들꽃과 각종 허브의 향으로 가득한 들판, 뜨거운 햇빛이 쏟아지는 해변, 하늘에 떠있는 구름 한 점마저도 모두 날려버리는 북서풍 '미스트랄'의 프로방스는 어느 지역보다도 독특하고 정열적인 문화를 이루고 있는 프랑스의 또 하나의 자랑거리이다. 지중해성 기후의 영향으로 비교적 포근한 겨울을 보낼 수 있는 이곳은 연중 수많은 관광객의 발길을 유혹하고 있다. 뜨거운 태양으로 상징되는 한 여름에도 그늘에만 있으면 시원할 만큼 건조한 이곳의 여름은 독특한 매미 소리와 함께 마늘과 올리브 토마토가 주재료인 전통 요리를 거리식당에서 음미하거나 시원한 디아블로(시럽을 탄 음료), 혹은 진한 엑스프레소 커피 한잔을 시켜놓고 그저 지나가는 사람들을 바라보는 것만으로도 훌륭한 여행이 되는, 삶의 여유를 찾을 수 있는 곳이기도 하다.

자연이 선물한 천혜의 조건과 좋은 기후를 고루 갖추고 있음에도 불구하고, 불거져 나오는 사회적 문제와 갈등은 역시 이곳에도 존재한다. 그럼에도 불구하고 프로방스는 때때로 다가오는 예상치 못한 혹독한 추위를 견디어낸 올리브 나무[1]처럼 주어진 현실 속에서 그들만의 삶의 여유와 풍요를 스스로 느끼며 찾으려고 노력한다. 그러므로 프로방스는 그들의 꾸밈없는 미소와 여유를 느낄 수 있는 곳이라는 점에서 우리네 정서와 일맥상통하므로 더 매력적인 지방으로 느껴지는지도 모르겠다.

프로방스 유래와 오늘의 프로방스

BC 2세기경, 로마인들이 프랑스의 아를르(Arles), 프레쥐(Frejus), 글라늄(Glanum), 오랑쥬(Orange) 지역을 점령했다. 그들은 이 지역을 프로빈키아 로마나(Provincia Romana) 즉 로마의 지방이라고 불렀는데 바로 이것이 오늘날의 '프로방스'라는 이름의 유래가 되었다. 로마의 프로빈키아 로마나(Provincia Romana) 영토 확장은 계속되어 알프스와 지중해 전역에 다다랐다. 오늘날, 프로방스의 경계를 로마 시대를 기준으로 해서 정확히 나눈다는 것은 사실상 불가능하고 다만 현재의 행정구역상으로 경계를 나누어 구별하고 있는데 프로방스, 알프스, 코트 다쥐르(Provence, Alpes et Cote d' Azur) 이 세 지역을 통틀어 프로방스 지방이라 한다. 로마인들이 지중해 연안을 점령하기 전부터 이미 리귀르(Ligures)족이 이곳 지중해 연안을 장악하고 있었으며 기원전 6세기경 그리스의

---

1) 프로방스의 올리브 나무들은 스페인이나 이탈리아의 올리브 나무에 비에 키가 작다. 그 이유는 종자가 달라서가 아니라 프로방스에 두 번의 큰 추위가 있었는데(최근은 1980년대 중반) 이때 뿌리만이 살아 남아 다시 자라기 시작해서 뿌리는 굵은 반면 나무 줄기와 키는 작고 이러한 프로방스 올리브나무는 종종 프로방스 풍경이 담겨진 그림에 종종 등장하고 있다.

포세(Phocée)족이 지중해로 이주하여 마살리아(Massalia)를 건설하였는데 바로 이곳이 현재 프랑스 제1의 항구도시이자 프랑스 제2의 도시, 그리고 프로방스 지방의 행정 소재지인 마르세이유(Marseille)이다.

서기 536년에 프로방스는 게르만족의 일파인 프랑크족에 의해 합병되었고 855년에 프로방스 왕국이 세워졌으며 972년 최초로 영주가 임명되었다. 이후 프로방스는 여러 다른 왕국의 영주들에 의하여 통치되었으며 1486년에야 비로소 프랑스에 합병되었다.

프로방스는 1790년 3개의 데빠르뜨망(Département：우리 나라의 도에 해당됨) 즉 부슈 뒤 론(Bouche-du-Rhône), 바르(le Var), 바스 알프스(les Basses-Alpes)로 나누어진다.

그러나 현재는 행정구역상으로 PACA(Provence-Alpes-Côte d'Azur)로 합쳐져 있으며 6개의 도(Département) 즉 알프-드-오뜨-프로방스 (Alpes-de-Haute-Provence), 알프-마르팀므(Alpes-Maritimes), 부슈-뒤-론(Bouches-du-Rhône), 오뜨-알프(Hautes-Alpes), 보클뤼즈(Vaucluse), 그리고 바르(Var)지방을 모두 합쳐 프로방스로 부른다.

프로방스의 매력

뿔피리를 부는 듯한 가느다란 피리 소리에 맞춰 하얀 두건과 앞치마를 두른 전통의상의 여인들이 춤을 춘다. 어디선가 향긋한 허브 향이 코를 자극하고 뜨거운 태양아래 매미 소리가 시끄러우면 잘 익은 포도주 한 모금으로 입술을 축인다. 지나치는 사람들과 가벼운 인사를 나누고 화가들이 꿈꿔왔던 유토피아의 거리에 서서 문고리 하나 하나에도 역사가 숨쉬는 옛 건축물을 바라보며 걷다가 문득 노천 카페에 앉아 수선스러운 행인들을 바라보며 한가한 오후를 즐긴다. 주변에 보이는 모든 것이 문학이요 예술이며 역사이고 전통인 곳. 그래서 더 매력적인 곳. 바로 이러한 것들이 많은 관광객들을 사로잡게 하고 프로방스의 진한 향수를 느끼게 하는 매력이 아닐까 싶다. 조금은 투박하고, 거친 듯한 억양의 말투 속에 숨어 있는 소박한 인간미와 밝고 명랑한 인상이 주는 넉넉함은 천혜의 자연이 그들에게 베풀어준 최고의 선물일 것이다.

　프로방스의 매력은 한마디로 그 다양성에 있다고 할 수 있다. 흔히들 프랑스의 대표적인 곳으로 세계적인 상징물 에펠탑, 개선문 루브르 박물관 등이 있는 수도 파리를 떠올릴 것이다. 그러나 프로방스는 파리에서는 결코 느낄 수 없는 그만의 향기가 있다.

　프로방스를 글로 표현하라면 이렇게 쓰고 싶다,

　　맛과 향기에 취해,
　　문학과 예술이 숨쉬는 거리를 걸으며
　　쏟아지는 햇볕 속에서 잠시 걸음을 멈추고
　　한때 또 다른 이탈리아라고 불려진 고대 로마의 유산을 바라보며,
　　골목골목마다 숨어 있는 독특한 매력을 찾는 곳
　　그래서 다시 그리운 프로방스라고…

프로방스를 연상케 하는 것들

La cigale : 매미

　뜨거운 태양이 작열하는 여름, 잠시 소음을 줄이고 조용히 귀를 기울여 보자. 시끄럽게 귀를 자극하는 매미소리가 들린다. 한국의 매미소리와는 사뭇 다른 소리가 어쩐지 낯설게만 느껴진다. 매미는 이 지방을 대표하는 상징물 중 하나이다. 까만색과 노란색을 주 색으로 사기로 만든 손바

닥만한 매미는 집집마다 하나쯤은 벽에 걸어 놓았는데 시끄럽고 자극적
인 매미의 울음소리를 정당화한 프로방스인들의 재치와 가장 흔한 것을
고유의 상징으로 삼은 지혜가 돋보인다.

La pétanque : 페땅끄

야구공 만한 크기의 철 공으로 일정한 규칙을 만들어 노는 놀이이다.
조그마한 공터만 있으면 어디에서나 할 수 있는 놀이로 한때는 조선소
로 이름이 나 있던 지중해의 작은 도시 시오타(La Ciotat)에서 시작되었
다. 나무로 된 작은 구슬을 던져놓고 이 작은 구슬에 더 가까이 공을 붙
여 놓는 쪽이 이기는 게임이다. 이 놀이는 수다스러운 남불 사람들의 기
질에 잘 어울리며 두 사람 이상만 모이면 언제든지 스트레스를 풀 수
있는 게임으로 남녀노소 누구나 즐길 수 있는 놀이이지만 특히 노인들
이 삼삼오오 모여 시간을 보내며 즐기기에 좋은 놀이이다. 오늘날에는
세계적이 놀이가 되어 매년 이곳 프로방스에서 세계 뻬탕끄 대회가 열
리고 있다.

A l' heure du pastis : 빠스티스

힘든 하루 일과를 마치고 나면 사람들은 약속이라도 한 듯이 허름한
동네 카페로 모여든다. 신문을 읽거나 동료들과 대화를 나누고 혹은 TV
를 즐기는 그들의 손에는 커피나 맥주대신 우유 빛 음료가 들려 있다.
바로 pastis(빠스티스)라는 술인데 아나이스 향이 나는 투명한 원액을 물
로 희석시켜 우유 빛으로 변하면 마시는 50도의 독한 술이지만 독특한
맛과 향으로 하루의 피로를 말끔하게 씻어주는 청량제와 같아 프로방스
인들이 즐겨 마신다.

Le marché : 시장

프로방스의 장터는 조금 특별하다. 철마다 각 지방의 독특한 특산물로

가득 채워지는 장터에는 갖가지 신선한 과일과 야채, 다양한 맛을 가미한 올리브와 온갖 허브, 향신료, 꿀, 햄, 소시지, 생선까지 한데 어우러져 보는 것만으로도 그 풍요로움을 만끽할 수 있다. 여기에 꽃시장과 각종 잡화, 생활용품, 악세서리, 골동품과 중고 시장이 함께 하는 날엔 마을이나 도시 전체가 하나의 커다란 장터가 될 뿐만 아니라 축제처럼 활기가 넘치는데 보통 오전에 파장하므로 아침 일찍 서두르는 것이 좋다. 구경 뿐만 아니라 장을 볼 요량이면 간단한 시장 바구니를 들고 가는 것이 좋다. 손에 바구니를 든 모습이 낭만적이기 도 하지만 재활용의 습관화와 환경 보호의식을 그들의 생활 모습에서 엿볼 수 있는 좋은 기회가 될 것이다.

La cuisine : 요리

주변의 너른 바다와 나지막한 산 끝없는 들판에서 얻어지는 풍성한 재료와 뜨거운 태양과 적당한 기후가 한데 어우러져 맛을 더하는 이 지방의 토속 음식은 다 양한 야채와 허브를 이용해서 만들어진다. 특히 이 지 방은 마늘을 많이 사용하며 프로방스 해안 지방은 여러 종류의 생선을 넣어 끓인 수프 '부이야베스'로 유명하다. 충분한 햇빛을 받고 자란 달콤한 과일과 잘 건조된 마른 과일, 싱싱한 각종 해산물과 절임 생선, 다양한 맛의 올리브는 항상 이들의 식탁을 풍성하게 꾸며준 다. 여기에 동쪽의 이탈리아와 서남쪽의 스페인 그리고 지중해 바다건너 아프리카 대륙의 전통음식들이 한데 어우러져 이국적인 맛을 즐길 수 있을 뿐만 아니라 음식을 통한 서로 다른 문화와의 접촉도 용이하다.

Les herbes : 허브

프로방스 음식에는 다양한 향신료가 들어간다. 독특한 허브 향이 가득한 프로방스 전통 음식의 매력은 어떤 요리에 어떤 향신료를 쓰는가에 따라 달라지는 맛의 비결에 있다. 허브는 음식에 쓰여질 뿐만 아니라 잘 건조시켜 차로 마시거나 포푸리로 만들어 향을 즐기고 오일에 넣어 몸에 바르기도 한다. 특히 말랐을 때 향이 더욱 짙어지는 라벤더는 비누나 향수 등에도 활용되는 남불의 대표적 허브이다.

Les costumes : 전통의상

화가의 작품 속에서나 찾아 볼 수 있는 전통의상은 이제는 일상 생활에서는 거의 사라져 버렸지만 명절이나 축제 때는 어김없이 등장하여 이방인의 시선을 집중시킨다. 서로 비슷하면서도 전혀 다른 느낌을 주는 각 지방의 전통 의상들은 머리에 쓰는 두건의 모양이나 색깔과 앞치마의 형태만으로도 구별되어진다. 남불의 태양처럼 밝고 따스한 색에 특이한 문양과 화려한 무늬로 유명한 프로방스 천은 옷감으로 뿐만 아니라 현대에 와서는 커텐, 식탁보, 방석 등 생활 용품에 다양하게 쓰이며 접시나 컵 가구를 꾸미는 문양으로도 많이 응용된다.

- La faïence (프로방스 도자기)

17세기 동양의 도자기 기술이 이탈리아를 거쳐 이곳 프로방스에 뿌리를 내리게 되는데 이렇게 새로운 형태로 탄생한 도자기를 프로방스인들은 '파이안스'라고 부르며 흔히들 '무스티에'라고도 부른다. 동네 이름이기도 한 '무스티에'는 특별히 왕의 지시로 이탈리아에서 들여온 도자기에 프로방스풍

을 가미하여 완전한 수공품으로 가치를 높여 프로방스를 대표하는 도자기로서 자리를 굳혔으며 고가로 팔려나간다.

- Les santons (흙으로 빚은 인형)

12월이 다가오면 프로방스는 크리스마스 트리와 크레쉬(La crèche)가 한데 어울려 조화를 이루는 독특한 매력의 화려한 도시로 변한다. 이 지방의 전통 의상과 전통 가옥, 자연과 동물을 모두 흙으로 빚어 구워 채색한 갖가지 인형들과 조형물을 '상똥(Les santons)'이라 하며 특별히 아기예수의 탄생을 재현하기 위해 만들어진 전통적 장식을 '크레쉬'라 한

다. 상똥은 그 중에서도 오반뉴(Aubagne)가 가장 대표적인 마을로 꼽히며 그 마을 근처 성당에 꾸며 놓은 크레쉬 파노라마는 또 하나의 작은 프로방스를 만드는 것으로 정평이 나 있다. 제품의 크기나 모양도 다양해서 손톱만한 크기에서부터 어른 팔뚝만한 것이 있으며 프로방스 전통 의상을 입힌 인형 모양의 상똥은 사시사철 각국의 관광객뿐만 아니라 이 지방사람들의 선물용, 장식용으로도 인기가 높다.

La Camargue '까마르그 늪지대'

까마르그는 프랑스에서 유일하게 쌀을 생산하는 도시이다. 14만ha에 달하는 광활한 습지와 초원, 모래 언덕과 소금평야 등 복합적으로 형성된 이 도시는 프로방스 중에서도 가장 이국적인 색다른 모습으로 눈길을 끄는 곳이다. 끝이 보이지 않는 너른

늪지대에 방목된 말과 검은 황소와 홍학이
인상적이며 거대한 염전산업은 소금 산을 만
들어 또하나의 볼거리를 제공해 준다.

La corrida et les courses '꼬리다와 쿠르스'

프로방스가 나폴리에서 피자를 들여왔다면
스페인에서는 꼬리다를 들여왔다고 할 수 있
다. 프랑스에서 유일하게 꼬리다를 즐길 수
있는 곳이 바로 프로방스이기 때문이다. 이곳
에서 즐길 수 있는 또 하나의 색다른 경기는 바로 소와 함께 달리는 시
합이다. 프로방스식 달리기라고 할 수 있는 이 풍습은 스페인에서 건너
온 꼬리다에서 변형된 것이다. 꼬리다는 경기에 참가한 소가 죽음으로써
모든 것이 끝이 나지만 프로방스식 꼬리다는 소에 달려있는 리본을 뺏
는 것으로 경기를 마친다.

프로방스로의 초대

파리가 프랑스의 역사와 유행을 느낄 수 있는 곳이라면 프로방스는
예술과 자연의 진한 향기를 맛볼 수 있는 곳이다. 가는 곳곳마마 독특한
색깔과 향기를 지니고 있는 자연과 인간과 마을의 절묘한 어우러짐의
도시 프로방스로 여러분을 초대한다.

프로방스에는 니스(Nice)와 마르세이유(Marseille) 두 곳에 국제공항
이 있다. 파리에서 TGV로 4시간 정도면 프로방스의 행정 중심도시인 마
르세이유에 도착하며 승용차로는 파리에서 모나코까지 연결되어 있는

---

2) 프랑스의 고속도로에선 오토바이를 볼 수 있다. 한국과는 달리 프랑스 고속도로는
   오토바이도 달릴 수 있기 때문이다.

태양의 고속도로 7번(A7 고속도로)²⁾을 타거나 고속도로와 같이 놓여있는 7번 국도(N7)를 이용하면 프로방스를 만날 수 있다. 자전거나 오토바이를 이용하거나 혹은 지나가는 차를 얻어 타는 방법으로도(오토 스탑 : Auto stop) 프로방스를 즐길 수 있다. 어떤 방법으로든 여기에 도착하였다면 이제부터 여러분 앞에 멋진 프로방스가 펼쳐질 것이다.

테마별 프로방스 관광

-로마 유적을 따라서
【Orange, Avignon, Arles】

프로방스에는 로마 유적이 여기저기 산재해 있다. 로마는 프로방스를 정복한 뒤, 또 다른 이탈리아 혹은 로마의 지방으로 불리어질 만큼의 수많은 흔적을 여기 저기 남겨 놓았다. 파리에서 리용을 지나 7번 국도를 타고 내려오면 프로방스의 첫 관문인 오랑쥬(Orange)에 도착한다. 이곳으로 들어서면 가장 먼저 눈에 띠는 것이 바로 케사르가 프로방스에서의 승리를 기념하기 위해 만든 개선문이 나타나며 그곳에서 왼쪽방향으로 가면 생 트로핌 언덕 기슭에 위치한 고대 극장을 볼 수 있고 오늘날에도 많은 음악행사가 열리고 있다. 오랑쥬(Orange)를 지나 계속 남쪽 방향으로 내려가면 아비뇽(Avignon)에 이르게 된다. 현재는 로마네스크와 고딕식 조각, 이탈리아 회화등 중세 걸작품을 소장하고 있는 미술관으로 쓰이고 있는 옛 교황청이 있다. 이 교황청은 당시 당파 분쟁을 겪은 교황 클레멘스 5세가 이곳 아비뇽으로 교황청을 옮겨와 서기 1309년에서 1377년까지 교황청으로 쓰였던 곳이며 외부로부터의 침입을 막기 위해 거대한 벽으로 둘러 싸여 있는데 교황청이라기보다는 거대한 요새와 같은 느낌을 받는다. 아비뇽에는 아비뇽 다리(Pont d' Avignon)란 노래로도 유명한 끊어진 다리 뽕 쌩 베네제(Pont St. Benezet : 다리의 정식이름)다리가 있다. 1185년에 완공되어 1668년 대홍수때 반 이상이 파괴되었으나 이 끊어진 다리는 아비뇽의 또 하나의 명물로 많은 관광객들을 모이게 하고 있다. 또한 매해 여름(7월 중순에서 8월 중순 사이)에 열리는 아비뇽 축제는 세계 연극 축제와 더불어 음악과 발레 콘서트 등으로 수많은 관광객을 유치하고 있다.

아비뇽에서 좀더 남쪽으로 가다보면 아를르(Arle)가 나타난다. 마치 로마의 축소판을 보는 듯한 이곳은 아직도 많은 로마 유적이 남아 있으며 유적 보존을 위해 많은 노력을 하고 있다. 고대로마 원형 경기장을 비롯하여 고대 로마극장, 콘스탄틴 고대 로마 대중 목욕탕, 고대 로마 공동 묘지 등을 볼 수 있으며 고대로마 원형경기장에서는 지금도 프랑스에서 유일하게 스페인식 투우가 열린다. 비록 프로방스 지방에 속하지는 않지만 경계 지역의 님므(Nimes)와 2천년의 역사의 수로로 유명한 가르 교(Pont du Gard)를 포함한 많은 로마유적도 근교 지방 곳곳에 숨어 있다. 이밖에도 세계적으로도 유명한 휴양도시 니스(Nice), 베종 라 로멘느(Vaison-La-Romaine)마을 등에서도 로마의 흔적을 발견 할 수 있다.

세계적인 휴양지의 만남
【Nice, Canne, Monaco】

세계적인 휴양 도시로 손꼽히는 니스와 칸느는 파리에서 오토루트 드 쏠레이(태양의 고속도로: Autoroute de Soliel)를 타고 리옹(Lyon)을 지나 오랑쥬(Orange)와 엑스(Aix)를 거쳐 약 130km쯤 더 가면 깐느(Cannes)에 다다르고 여기서 약 30km 더 가면 니스(Nice)에 도착한다.

깐느(Cannes)는 지중해의 푸른 리비에라 해변과 함께 5월에 개최되는 깐느국제영화제로 더 잘 알려진 곳이지만 해변을 따라 늘어선 세계의 부호들과 유명인들이 묵었던 화려한 호텔과 호화 저택, 별장이 많아 세계적인 관광지임을 대변하고 있다. 깐느는 휴양 도시 니스(Nice)와 함께 강렬한 태양과 맑고 깨끗한 옥빛 바다, 세계적으로 널리 알려진 고급 레스토랑 그리고 4계절 모두 즐길 수 있는 골프장과 카지노 등으로 수많은 세계인들을 이곳으로 모이게 한다. 코트 다쥐르의 중심도시인 니스(Nice)는 자갈로 이루어진 해변이 또 다른 이국적인 정취를 느끼게 한다. 1860년까지 이탈리아에 속해 있던 이 도시는 거리 곳곳에서 이탈리아의 분위기를 느낄 수 있으며 도시전체의 분위기와 태양과 바다와의 어우러짐으로 그 매력을 더하는 곳이다. 매년 2월말에 봄을 알리는 노란 미모자 꽃망울과 함께 시작되는 '카니발'이 볼 만하며 지리적으로는 깐느(Cannes)와 모나코(Monaco)의 중간과 이탈리아로 가는 길목에 위치함으로서 복합적인 문화가 형성된 곳이기도 하다. 입체파의 거장 마티스 미술관과 샤갈의 스테인드 글래스 모자이크 작품이 전시되어 있는 샤갈 미술관이 있고 이탈리아가 이 도시를 프랑스에 넘긴 후 나폴레옹 3세가 선사한 작품들이 전시되어 있는 니스 박물관 등 니스의 역사를 보여주는 박물관도 볼 만하다.

-화가들이 숨쉬는 마을을 따라서
【Aix-en-Provence, Arles, Nice】

세계 곳곳의 예술가들로부터 사랑을 받아온 프로방스는 이곳 태생의 화가들뿐만 아니라 다른 많은 화가들이 작업을 위해 자주 머물렀던 곳이며 이곳을 배경으로 수많은 작품들을 후세에 남긴 곳이기도 하다. 그림에 조금만 관심이 있다면 이곳 프로방

스를 보면서 고흐나 세잔느의 작품을 떠올릴 수 있을 만큼 그들은 프로방스의 특징을 너무나도 잘 표현하였다. 설사 그림에 관심이 없는 사람이라고 해도 이곳의 향기와 정취를 캔버스나 사진 속에 담아 가고 싶은 충동을 억누를 수는 없을 것이다.

아를르(Arles)는 고대 로마유적뿐만 아니라 여러 화가들의 그림 속 배경으로도 잘 알려진 곳이다. 특히 고흐는 이곳에서 2년 동안 머물며 캔버스에 주변의 정취를 담아 내었다. 이곳에서 그린 그림들은 화려한 색채로 프로방스의 이국적인 풍경을 너무나도 잘 묘사하고 있다. 고흐는 구불구불한 올리브 나무와 길가에 핀 개양귀비 꽃 하나도 놓치지 않았고 들판의 해바라기 밭도 화폭 속에 그대로 옮겨 놓았다. 그가 1889년부터 머물렀던 병원 부지는 현재 그의 작품과 자료를 전시하는 전시장이 되었으며, 피카소도 잠시 이곳에 머물면서 여러 장의 스케치를 남겼고 그 작품 역시 고스란히 이곳 아를르에 보관되었다.

엑상프로방스(Aix-en-Provence)에는 이 도시에서 태어나 자란 폴 세잔느(Paul Cezanne)가 있다. 세잔느 역시 프로방스 특히 엑스(Aix: Aix-en-Provence를 줄여서 흔히 Aix라고 부름)를 중심으로 한 많은 작품들을 남겼다. 세잔느가 즐겨 그리던 소재로 라 쎙트 빅뚜와르(La Sainte Victoire: 한국에서는 '백산'으로 알려져 있지만 원 뜻은 '성 빅토리아' 산이다.)라고 불리는 산이 있는데 여러 장의 작품 속에 다양하게 표현된 이 산은 보는 이의 시간과 위치에 따라 모양과 색이 다르게 보인다고 한다. 화가는 이를 표현하기 위해 밀밭에 앉아 수많은 시간을 보냈을 것이다. 비록 그 당시에는 미친 사람으로 취급되어 아이들에게 돌팔매질까지 당했으나 오늘날에는 세잔느를 사랑하는 젊은 학도들과 그를 닮으려 하는 수많은 화가들이 전 세계에서 이곳을 찾아오고 있다. 또한 바사렐리(Vasarely)박물관이 있으며 앙티브에는 피카소가 머무르며 그렸던 작품들을 전시하고 있다.

-자그마한 천연요새 국경없는 왕국 【Monaco】

카지노와 그레이스 켈리, 몬테 카를로 자동차 경주가 가장 먼저 떠오르는 나라 모나코를 살펴보자. 프랑스와 이탈리아 국경사이에 천연적인 요새의 형상으로 형성된 총 면적 1,5km² 의 자그마한 이 나라는 현재 프랑스의 보호를 받고 있는 독립국으로 존재하고 있다. 일반인에게는 전혀 공개되지 않던 왕실을 개방한 여배우 출신의 비운의 왕비 그레이스 켈리로 세계의 시선을 받기도 했던 이 곳은 세금이 없는 곳으로도 유명해서 세계적인 부호들과 유명한 영화배우, 스포츠 선수들이 모여든다. 1879년에 만들어진 카지노는 그 역사와 명성으로 수많은 관광객과 부호들을 모나코로 불러 들였으며 왕궁만큼이나 화려하기로 유명한 이 곳에서 올린 수입으로 왕실의 모든 경비를 충당한다니 그 규모를 짐작할 수 있다.

조그마한 언덕 위에 자리잡은 왕실은 카지노 건축물에 비하면 초라해 보이기까지 한다. 실제로 많은 사람들이 중앙카지노를 왕실로 착각하는 경우가 종종 있다. 이 왕궁은 13세기부터 사용되었으며 고가의 가구와 장식품으로 꾸며진 이 곳은 왕자가 궁에 없을 때에만 일반인의 방문이 가능하다고 한다.

이밖에도 18세기부터 현대에 이르는 움직이는 인형을 전시한 인형박물관과 세계적으로 유명한 해양박물관, 각종 선인장과 열대, 아열대 식물이 즐비한 이국 정원 등 볼거리가 풍성하다.

-독특한 프로방스 마을과 풍경을 따라서

고르드(Gorde) : 산허리를 중심으로 형성된 전형적인 프로방스 마을로 그야말로 한 폭의 그림과도 같은 작은 마을이다. 입체파 화가 Vasarely 전시관이 있으며 편편한 모양의 보리(bori)라는 돌로 지워진 옛 도시를 보는 재미 또한 좋다.

퐁텐느-드-보끌뤼즈(Fontaine-de-Vaucluse) : 지하의 강에서 초당 9만 리터의 지하수를 땅위로 뿜어내는 물의 도시이며 보끌뤼즈 지방의 분수이자 이곳 지방의 맑은 물을 공급하는 물의 원천지이다.

루씨옹(Roussillon) : 다양한 색으로 이루어진 천연의 흙과 이 흙으로 빚은 도자기로 유명하며 천연색의 흙으로 이루어진 언덕이 장관이다

까마르그(Camargue) : 끝이 보이지 않는 너른 늪지대에 방목된 말과 검은 황소와 여기저기서 날개 짓 하는 홍학을 만날 수 있고, 거대한 소금 산이 있어 또 하나의 볼거리를 제공하며 프랑스에서 유일하게 논의 풍경을 볼 수 있는 곳이다.

고르주 드 베르동(Gorge de Verdon) (일명 프랑스의 그랜드 케년) : 깊은 계곡 밑으로 흐르는 강물의 아름다움을 만끽 할 수 있는 곳으로 유럽에서 가장 극적인 협곡의 경관을 즐길 수 있는 곳이며 물에서 할 수 있는 온갖 레저 활동이 활발하게 이루어지고 있다.

셍트-마리-드-라-메르(Saintes-Maries-de-la-Mer) : 세 사람의 마리

아(성모의 자매인 마리아, 야곱과 요한의 어머니 마리아, 막달라 마리아)가 배를 타고 도착했다는 유래가 전해지는 마을이다. 자매 마리아와 어머니 마리아는 이곳에서 생을 마쳤고 막달라 마리아는 생트 봄으로 가 동굴 속에서 생을 마쳤다고 한다. 7월에는 집시들이 모여 성대한 축제를 여는 이곳은 카마르그의 늪지대와 지중해 해변을 끼고 있어 프로방스식 풍경이라기보다는 아프리카 대륙의 어느 한 마을을 보는 듯한 착각을 불러일으키기도 한다.

그라스(Grasse) : 16세기 이후 세계적인 향수 제조 중심지로 알려진 곳으로 특히 국제 향수 박물관이 있어 향수의 제조과정과 향수의 역사를 알아볼 수 있는 곳이다.

여름을 기다리는 지중해 해변의 도시들 : 쎙트로페(St-Tropez), 이에르(Hyères; 해양박물관), 까씨쓰(Cassis), 니스(Nice), 깐느(Canne), 망통(Manton)을 포함한 지중해 바닷가를 끼고 있는 크고 작은 마을들은 몰려드는 관광객을 맞을 준비로 항상 북적거린다.

-프로방스의 문학가를 찾아서

프로방스의 독특한 풍경과 자연환경은 프로방스를 무대로 한 많은 작가와 예술가들을 탄생시켰다. 작품의 무대가 되었던 마을을 따라 여행할 수 있는 테마 여행 또한 이 지방의 매력이다.

밀란느(Maillane) : 노벨상 수상자였던 시인 프레데릭 미스트랄(Frédéric Mistral)

오반뉴(Aubagne) : 마스쎌 빠뇰(Marcel Pagnol), 프로방스를 배경으로 한 마르쎌 빠뇰의 작품은 영화로 제작되었다.

일-쉬르-라-쏘르그(L' Isle-sur-la-Sorgue) : 90평생을 살면서 시를 쓴 시인 르네샤르(René Char)

마노스끄(Manosque) : 장 지오노(Jean Giono), 자연과 인간의 교감과 프로방스 농민 생활을 주재로 많은 글을 썼다.

루마랭(Lourmarin) : 알베르 까뮈(Albert Camus)의 무덤이 있는 조그마한 마을. 알제리 태생의 노벨문학상 수상자로 교통사고로 요절한 비운의 작가. 그의 아내와 나란히 이 곳의 공동 묘지에 묻혀 있으나 그 묘지가 너무나 낡고 초라한 모습 때문에 또 한번 우리를 놀라게 한다.

물의 도시, 예술의 도시
그리고 프랑스에서 가장 섹시한 도시 엑상 프로방스(Aix-en-Provence)

파리에서 '태양의 고속도로'나 7번 국도를 타고 남동쪽으로 약 730km가량 내려오면 '물의 도시, 예술의 도시'라는 문구와 함께 엑상 프로방스(Aix-en-Provence)를 만나게 된다. 기차로는 브리앙송(Briançon)에서 타는 것을 제외하곤 반드시 마르세이유(Marseille)에서 기차를 갈아타도록 되어 있다. 기차역에 내리면 그 명성에 비해 너무나도 초라한 역사가 눈앞에 다가선다. 왠지 너무나 초라해서 마치 시골 역같은 느낌을 받아 실망이 크다. 그러나 역에서 약 5분 정도만 걸어가면 나타나는 멋진 분수가 우리를 놀라게 한다. BC 103년에 로마인에 의해 세워져 12세기말에 프로방스의 중심도시로 성장한 엑상 프로방스에는 크고 작은 분수가 곳곳에 있으며 중심지인 미라보 거리를 따라 세 개의 분수가 이어져 있는데 그 중 한 개는 온천수로 되어 있는 분수도 있다. 두 겹으로 늘어선 가로수 거리로 프랑스 내에서도 유명한 미라보 거리는 한편은 17, 18세기 건물로 정돈되어 있고 또 다른 한 편은 가게와 카페가 들어서 있으며 이 곳의 건축물은 젊은 건축가들과 미술가들의 끊임없는 관심을 받고 있는 곳이기도 하다.

-2600년의 역사가 숨쉬는 곳
프랑스 제2의 도시이자 제1항구도시인 마르세이유(Marseille)

프로방스의 행정중심 도시인 마르세이유(Marseillle)는 지나온 역사만으로 그 가치가 충분한 곳이다. 2만7천년 전 선사시대에 이미 이곳 마르세이유에 인류가 살았으며 그 흔적이 바다 속 코스게(Cosguer) 동굴에 벽화로 남아 있다. 기원전 6세기경 그리스인들이 이곳에 정착하여 마쌀리아를 형성하면서 수세기에 걸쳐 발전하여 오늘날의 마르세이유가 되었다. 프랑스 혁명당시 마르세이유의 자원 병사들이 맹활약을 했으며 그때 마르세이유 병사들이 불렀던 노래가 프랑스 국가(La Marseillaise)가 되었다.

마르세이유는 프랑스의 영웅 나폴레옹 1세를 싫어했으며 2차대전시 독일에 대항하여 많은 피해를 입은, 누구에게도 지기 싫어하는 독특한 근성을 지닌 사람들이 모여 사는 전형적인 프로방스 도시라고 할 수 있다. 프랑스 제2의 대학이 이곳에 자리잡고 있으며 다양한 문화와 각종 연구소, 박물관 등이 있어 오늘날에도 그 가치를 충분히 유지하고 있다.

-축제를 따라서
【Nice, Manton, Canne, Arles, Aix-en-Provence】

프로방스에는 1년 내내 축제가 있다 해도 과언이 아니다. 니스(Nice)의 축제를 시작으로 망통(Manton)의 레몬축제, 깐느(Canne)의 영화축제, 아비뇽(Avignon)의 세계연극 축제, 엑스(Aix)의 세계 음악축제, 모나코의 포뮬1 자동차 경주 이외에도 수많은 크고 작은 축제들이 프로방스 마을 곳곳에서 지금도 열리고 있다.

-프로방스의 바캉스
프로방스는 한 팔로는 지중해를 끼고 있고 또 다른 한 팔로는 알프스 산을 안고 있다. 산과 바다 그리고 지중해성 기후는 많은 사람들이 바캉스나 휴식을 위해 프로방스를 선택해 몰려들게 하는 원인을 제공한다. 또한 에메랄드 빛 지중해와 알프스 산의 만년설은 더운 여름날 지중해에서 해수욕을[3] 즐긴 후 다음날엔 알프스로 가서 스키를 즐기는 기상천

외한 바캉스 계획을 짜게 해준다.

프로방스 여행가이드

주요 볼거리
부쉬-뒤-론 [Bouches-du-Rhone (Aix, Marseille)]
Arles-Museon Arlaten-Frédéric Mistral에 의하여 만들어진 프로방스 역사

보클뤼즈 (Vaucluse)
고르드-빌라쥬 데 보리(Gordes-Village des Bories) — 17세기 시대의 Borie라는 특이한 돌로 만들어진 마을

바르 (Var)
브리뇰-빨레 데 꽁트 드 프로방스(Brignoles-Palais des Comtes de Provence) — 프로방스 전통 음식소개

알프-마르뛰므 (Alpes-Martimes)
빌뇌브-루베(Villeneuve-Loubet) — Musée de l'art Culinaire — 요리법 박물관 특히 이곳에는 프랑스요리를 체계화 하고 오늘날의 서양 요리 식사법을 만들어낸 어귀스트 에스꼬피에(Auguste Escoffier)가 태어난 곳이기도 하다.

---

3) 숙지사항 : 3가지 타입의 해수욕장
1. 남녀노소 불문하고 반드시 수영복을 착용하여야 함(단 남녀노소 하의에만 해당됨).
2. 남녀노소 불문하고 반드시 옷을 다 벗고 있어야만 함(자연주의 혹은 누드해수욕장 이라 할 수 있음).
3. 위의 두가지 경우가 모두 가능한 해수욕장(일반적으로 아무것도 걸치지 않고 있다 는 사실).

지방별 시장소개
부쉬-뒤-론 [Bouches-du-Rhone (Aix, Marseille)]
엑스(Aix) : 매일 열리며 특히 일요일은 시내 중심지에 중고시장을 비
롯하여 꽃시장, 과일, 야채 및 갖가지 음식물 시장이 열린다
아를르(Arles) : 수요일과 토요일
마르티그(Martigue) : 일요일
쌩-레미-드 프로방스(Saint-Rémy-de-Provence) : 수요일
쌀롱-드-프로방스(Salon-de-Provence) : 수요일

보클뤼즈 (Vaucluse)
아비뇽(Avignon) : 월요일을 제외한 요일
릴 쉬르 라 소르그(L' Isle-sur-la-Sorgue) : 일요일

바르 (Var)
드라기녕(Draguignan) : 수요일, 토요일
생 트로페(Saint-Tropez) : 토요일
툴롱(Toulon) : 목요일, 토요일, 일요일

알프-드-오뜨-드-프로방스 (Alpes-de-Haute-de-Provence)
딘(Digne) : 수요일, 목요일
마노스크(Manosque) : 토요일
시스트롱(Sistron) : 수요일, 토요일

알프-마르팀므 (Alpes-Martimes)
칸느(Cannes) : 매일
그라스(Grasse) : 수요일, 목요일, 금요일, 토요일

망똥(Manton) : 수요일, 목요일, 금요일, 토요일
니스(Nice) : 월요일을 제외한 요일

지방별 축제
부슈-뒤-론느 (Bouches-du-Rhône (Aix, Marseille))
아를(Arles) : 쌍똥 축제 : 12월
마르세이유(Marseille) : 마늘과 도자기 축제 : 6월
마르티그(Martigues) : 예술인의 축제 : 11월
님(Nimes) : 포도주 축제 : 9월
생트 마리 드라 메르(Saintes- Maries-de-la-Mer) : 집시들의 축제 : 5월
보클뤼즈 (Vaucluse)
카이란(Cairanne) : 포도주 축제 : 7월
세귀레(Seguret) : 프로방스 축제와 포도 축제 : 8월

바르 (Var)
드라기녕(Draguignan) : 올리브 축제 : 7월
이에르(Hyeres) : 마늘 축제 : 8월

알프-드-오뜨-드-프로방스 (Alpes-de-Haute-de-Provence)
딘(Digne) : 라벤더 축제 : 8월

알프-마르팀므 (Alpes-Martimes)
비오(Biot) : 포도주 축제 : 9월
칸느(Cannes) : 치즈 축제 : 5월
그라스(Grasse) : 세계 장미 박람회 : 5월
              : 자스민 축제 : 8월
망똥(Manton) : 레몬 축제 : 2월

결론

프로방스를 한마디로 표현하기란 그리 쉽지 않다.
'우리 모두를 만족시키고 감동시키며 깊숙이 감추어졌던 감동을 표출하게 만들어 내는 곳'이라고 하면 어느 정도나 표현한 것일까….

- 봄, 여름, 가을, 겨울, 그 어느 때나 노천카페에 앉아 쓰디쓴 엑스프레소 한잔으로 나를 찾을 수 있는 곳…
- 수백 년 역사를 고스란히 간직한 골목골목의 집, 상가, 분수를 바라보다 문득 고개를 들면 북풍 미스트랄이 몰고 간 구름 한 점 없이 눈이 시린 파란 하늘…
- 하루의 시작과 끝을 알리는 성당의 종소리가 울려 퍼지는 조용한 시간. 여명과 황혼의 도시를 한 폭의 그림이나 사진으로 옮겨 놓고 오래도록 보고 싶은 곳…
- 벤치에 앉아 있는 노인의 주름에서 느껴지는 투박한 인심과 코끝에 묻어나는 진한 라벤더 향기, 빵 익는 냄새 눈앞에 펼쳐지는 마을마다 둘러보며 콧노래를 흥얼거리는 곳…
- 또 때로는 방랑자로 또 때로는 화가로, 시인으로, 영화 속의 주인공으로 떠돌 수 있는 곳…
- 어느 이름 없는 연주자의 맑은 악기 소리에 맞춰 발 구르고 장단 맞추는 꼬마의 몸짓에서 문득 아름다움을 느낄 때…
- 그림으로, 문학으로, 자연으로, 소리로 삶 그 자체를 느끼며 공유할 수 있는 곳…
- 그리고도 언제나 그리움만 주는 곳
  그곳이 바로 프로방스라고….

김학수*

참고문헌

Lionel Heinic, 1993, *Aimer la Provrnce*, Ouest-France, Renne

Grand Dictionnaire Encyclopédique, 1984, Larousse, Paris

France, 1990, Larousse, Paris

Guy Michaud et Alain Kimmel, 1992, Le nouveau guide France, Hachette, Vanves

Guide des grandes villes de France, 1982, Reader's Digest, Paris

Erica Brown, 1995, La Provence, Traduction et adaptation H l ne Tordo, Hatier, Paris

1999 Michelin France, 1999, Michelin et Cie, Clermont-Ferrand

Le guide illustr de la France, 1992, France Loisirs, Paris

세계의 가 볼만한 101곳(101 world's great sightseeings), 1994, 동아출판사

프로방스지방 소개 인터넷 주소

http://www.aix-en-provence.com/provencearchitect/terretrad/menu.htm
http://www.aix-en-provence.com/provencearchitect/terretrad/menu.htm
http://www.laprovence.com/menu.html
http://fr.dir.yahoo.com/Exploration_geographique/Pays/France/Regions/Provenc
e_Alpes_Cote_d_Azur/Tourisme/
http://nice.webstore.fr/alpix/nice/
http://www.cote.azur.fr

---

*1995년 Aix-Marseille I 프로방스 대학교 응용언어학 박사 학위
1997~98년 EBSTV 프랑스 문화코너 진행
현재 경기대학교 서양어문학부 불어불문전공 대우교수

부록

프로방스 요리

프로방스 요리의 특이함은 색채의 화려함뿐만 아니라 맛에 있어서도 그 강도가 아주 강렬하고 진한 편이다. 일반적으로 남부 프랑스 지역의 음식은 타지역의 음식보다 버터나 식용유의 활용도가 적은 편에 속한다. 그 중에서도 프로방스 음식은 마늘과 올리브 기름을 많이 사용하기 때문에 우리 입맛에 더욱 적합한 음식이라 할 수 있을 것이다. 현재 프랑스의 전체적인 요리의 경향도 버터를 많이 사용하는 기존의 리용식 요리의 인기가 떨어지고 있는 것이 바로 이러한 이유 때문이다. 건강을 생각하고 다이어트를 하는 젊은 계층일수록 리용식 음식보다는 남불 음식을 선호하고 있는 추세이다. 먼저 프로방스 음식이라면 빨간 토마토, 가지, 호박, 양파, 에샬로트(양파의 일종으로서 양파보다는 크기가 작고 색깔은 약간 붉은 색이며 프랑스의 거의 모든 요리에 들어가는 아주 중요한 재료이다), 피망, 올리브 등 이 지역에서 생산되는 신선한 야채를 많이 사용하는 것이 특징이라 할 수 있을 것이다.

프로방스 지역을 여행하든지 아니면 그 곳에서 체류하면서 이른 아침에 시내 한복판에서 열리는 아침 장터에 나가 보면 야채 장수들의 숫자가 많다는 것을 쉽게 알 수 있을 것이다. 그리고 우리는 여기서 마늘이 많이 팔린다는 것을 보면서 잠시나마 우리가 한국에 있는 동네 장터에 와 있는 것이 아닌가 하는 착각을 하게 된다. 흔히들 서양 사람들은 마늘을 먹지 않는 것으로 알고 있는데 사실은 그렇지 않다.

특히 남불 지역에서는 마늘을 거의 모든 요리에 사용하고 있다. 오늘날 전체적으로 프랑스 요리에서 마늘의 이용도가 높아지고 있는 듯하다. 이러한 사실은 프로방스음식이 우리의 입맛에 잘 어울린다는 하나의 증

거이기도 하다.

흔히들 음식이 비슷하면 성격도 비슷하다고 말하는데 프로방스 사람들의 겉모습이나 성격은 타지역 유럽인들보다 더 개방적이며 외모(체형과 머리색깔)에 있어서도 우리와 유사한 점이 많이 나타난다.

또 한가지 프로방스하면 빼놓을 수 없는 것이 노천 카페와 레스토랑이다. 거의 일년 내내 거리에 있는 노천 카페나 레스토랑의 출입은 이지역 사람들에게는 일상적인 생활의 일부분이다. 전세계의 수많은 관광객들이 바캉스 시즌에 이곳에 와서 가장 인상깊게 느끼는 것이 있다면 거리에 있는 수많은 노천 카페와 식당들 그리고 거기에 가득 넘쳐나는 사람들의 모습이라 할 수 있을 것이다. 신의 은총을 받은 천연의 아름다운 경치와 날씨 그리고 생활의 풍요로움을 거리에서 직접 피부로 느낄 수 있다. 낮에는 카페에서 엑스프레소 커피 한잔을 마시며 일광욕을 즐기고 저녁에는 시원한 자연풍 아래서 레스토랑의 훌륭한 음식을 음미하며 갸르송(Garçon-웨이터)의 친절한 서비스를 받다 보면 일년 내내 여유 없는 삶을 사는 우리에게는 인생의 진정한 행복이 무엇인가를 다시 한번 생각할 수 있는 시간이 될 것이다.

프로방스 음식 맛의 특징은 기름기가 상대적으로 적다는 데 있다. 기존의 전통적인 프랑스 음식을 대표하는 현존하는 세계 최고의 요리사인 폴 보큐즈(Paul Boccuse)의 리용식 음식은 버터를 많이 사용하는 편이다. 우리가 알고 있는 프랑스 음식의 대부분은 리용식이라고 생각해도 좋을 것 같다. 리용식은 아무래도 우리나라 사람들에게는 조금은 느끼한 맛을 주는 듯하다. 이것은 프랑스 음식이 한국에서 대중적이지 못한 이유 중의 하나라고 생각된다. 한국 사람들에게 가장 잘 맞는 음식은 프로방스 요리와 뚜루즈(Toulouse) 지역을 대표하는 남서쪽 음식이라고 생각된다.

우선 여러 가지 요리들 중에서 전형적인 프로방스 요리 몇 가지를 소개하고자 한다. 대표적인 요리로 마르세이유(Marseille)의 부이야베스(Bouillabaisse)를 들 수 있다. 일종의 생선 스프인 부이야베스는 마르세이유를 대표하는 음식이라 할 수 있다. 그리고 도브 프로방살(Daube-provençal)이라는 일종의 소고기 사태찜 요리는 고깃덩어리를 적포도주와 여러 가지 야채를 함께 끓여서 만드는 음식으로 우리 입맛에 어울릴 것이다. 이어서 여러 가지 프로방스 향신료를 섞은 생선구이 요리, 끝으로 프로방스하면 빼놓을 수 없는 가장 중요한 요리인 샐러드(Salade), 특히 프로방스에서 샐러드는 식사에서 빠질 수 없는 필수적인 음식이다. 이것은 프로방스산 야채와 과일을 이용한 너무나 간단한 요리이기 때문에 어느 식당을 가도 쉽게 먹을 수 있는 대표적인 프로방스 요리이다.

프랑스의 대표적인 신세대 쉐프(Chef) 중 한 명인 알랭 뒤카스(Alain Ducasse – 전 모나코 루이 15세 레스토랑 쉐프), 현 프랑

스 최고의 레스토랑인 파리의 조엘 로뷰숑 (Joël Robouchon)의 '레스토랑 쟈멩 (Restaurant Jamin)'의 쉐프이며 아마도 『미 쉐린 가이드』(Guide de Michelin)에서 최연소 로 별셋을 받은 쉐프이다. 또한 지금 그는 3 개의 레스토랑을 운영하고 있으며 파리에서 는 자신의 이름을 딴 레스토랑을 가지고 있 다)는 그가 쓴 책에서 프로방스 음식의 특 징을 이렇게 표현했다. "프로방스 음식의 특 징은 하늘이 주신 비옥한 토질과 강렬한 태 양빛 아래에서 재배된 신선한 야채와 과일 그리고 프로방스의 향신료를 최대한 이용하 는 것이다". 다시 말하면 신선한 재료를 사 용하는 것이 프로방스 음식이라 할 수 있다.

부이야베스 Bouillabaisse

I. 음식소개 및 식사 방법

부이야베스는 마르세이유의 대표적인 음 식이다. 기본적으로 부이야베스를 먹으러 식당을 간다면 최소한 3명 이상 가는 것이 기본이다. 이 음식을 먹기에 앞서 먼저 갸르 송은 한국처럼 손씻을 대접을 제공한다. 가 끔은 은그릇에 물을 담아 그 위에 레몬 조각을 띄워 나오기도 해서 처 음 찾는 사람은 당황하기 쉽다. 어떤 용도에 쓰이는 것인지 모르기 때문

이다. 이런 경우는 과감하게 종업원에게 물어보
는 것이 최상의 방법이다. 전혀 부끄럽게 생각할
이유가 없다. 프랑스인들 조차도 몰라서 물어 보
는 경우가 있다. 식사 후에는 친절한 종업원에게
팁을 주는 것이 예의다.

 -프랑스에서 팁은 너무나 기본적인 문화라고
생각하면 된다. 카페나 식당에서 적당한 금액의
팁문화는 종업원들의 생계 수단과도 연결된 문
제이다. 카페에서는 1-2프랑 아니면 조금더 주면
되고, 식당에서 식사를 하는 경우 기본적으로 10
프랑에서 시작하는 것이 일반적인 것 같다. 많이
주는 경우 100프랑 이상을 주는 경우도 있다.

 이어서 여러 가지 생선살 덩어리를 큰 쟁반에
가져온다. 그리고 종업원이 골고루 접시에 나누

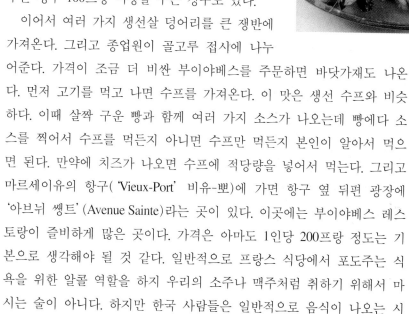

어준다. 가격이 조금 더 비싼 부이야베스를 주문하면 바닷가재도 나온
다. 먼저 고기를 먹고 나면 수프를 가져온다. 이 맛은 생선 수프와 비슷
하다. 이때 살짝 구운 빵과 함께 여러 가지 소스가 나오는데 빵에다 소
스를 찍어서 수프를 먹든지 아니면 수프만 먹든지 본인이 알아서 먹으
면 된다. 만약에 치즈가 나오면 수프에 적당량을 넣어서 먹는다. 그리고
마르세이유의 항구('Vieux-Port' 비유-뽀)에 가면 항구 옆 뒤편 광장에
'아브뉘 쌩트'(Avenue Sainte)라는 곳이 있다. 이곳에는 부이야베스 레스
토랑이 즐비하게 많은 곳이다. 가격은 아마도 1인당 200프랑 정도는 기
본으로 생각해야 될 것 같다. 일반적으로 프랑스 식당에서 포도주는 식
욕을 위한 알콜 역할을 하지 우리의 소주나 맥주처럼 취하기 위해서 마
시는 술이 아니다. 하지만 한국 사람들은 일반적으로 음식이 나오는 시
간이 길기 때문인지 아니면 한국에서의 습관인지는 몰라도 포도주를 많
이 마시는 경향이 있다. 이런 경우 잘못하면 음식값보다 포도주 값이 더

나오는 경우도 있다. 그리고 부이야베스에 가장 자루 어울릴 만한 포도주는 꺄시스(Cassis)산 백포도주가 있다. 생산량이 많지 않기 때문에 다른 지역에서는 맛보기 힘든 포도주다. 참고로 꺄시스는 마르세이유 옆 (서쪽 지중해 방향 약 20킬로 지점)에 있는 조그마한 항구 마을 이름이다. 혹시 이 포도주가 너무 비싸거나 없을 경우에는 꼬뜨 드 프로방스 (Côtes de Provence) 백포도주를 선택하는 것이 좋다. 이 포도주 역시 프로방스 지역 포도주다. 그리고 생선 요리에는 백포도주가 잘 어울린다.

II. 부이야베스를 만드는데 필요한 재료 소개 (8 - 10인분)

1킬로의 작은 바다 생선들

3킬로의 살이 단단한 생선들(붕장어, 새끼 바다 가재, 고등어, 아귀 등)

1킬로의 홍합 500그램의 토마토 100그램의 양파

250그램의 호박 250그램의 가지 250그램의 햇감자

대파 1단 혹은 2단 커피잔 1잔 분량의 올리브유

마늘 4개 사프란 조금

부케 가르니(대파에 월계수 잎과 파슬리 줄기 뗑(Thym-다임)잎 등을 1개 혹은 2개씩을 넣고 실로 간단히 묶어서 만든다. 이것은 프랑스 음식에 있어서 소스를 만드는 퐁[기초 소스]에 항상 들어가는 것이다) 1개. 생선은 여러 종류를 넣을 수 있다. 취향에 따라서 다양하게 고른다.

III. 만드는 순서

1. 생선 비늘과 속은 제거하고 깨끗이 닦는다. 큰 생선은 포를 떠서 뼈와 머리는 발라낸다. 살은 큰 조각으로 자른다. 홍합과 야채도 깨끗이 닦는다.

2. 냄비에 올리브유를 넣고 양파와 마늘 다진 것을 넣고 토마토 다진 것 역시 넣는다. 약간의 시간이 지난 후 작은 생선과 포뜬 생선의 머리와 뼈를 넣고 어느 정도 끓인 다음 3리터 정도의 물을 넣고 끓인다. 그리고 부케가르니를 넣고 소금간을 하면서 천천히 한시간 정도 끓인다. 이것을 채에다 주걱으로 눌러 가면서 국물을 거른다.

3. 두개의 냄비를 준비한다. 국물은 두개의 냄비에 나누어 둔다.
- 첫 번째 냄비에는 야채를 익힌다. 야채를 익히는 순서는 감자, 회향풀, 가지 그리고 몇분 지나서 호박, 대파를 넣는다.
- 두번째 냄비에는 단단한 생선살 등을 먼저 넣는다(아귀, 봉장어) 그리고 바닷가재도 같이, 약 7분 정도가 지난 후에 연한 생선살을 넣는다. 마지막 순간에 홍합과 새끼 바닷가재를 넣는다.

프로방스식 소고기꼬치구이
Brochettes de boeuf à la Provençale

I. 음식소개

이 음식은 '브라쉬리(Brasserie)'나 대중식당에 가면 손쉽게 먹을 수 있는 요리이다. 혹은 야외에 나갔을 때 식구들끼리 바베큐로 만들어 먹을 수 있는 간편한 요리이다. 이런 요리는 보통 학교 앞 샌드위치 가게에서 많이 만날 수 있다(여기서 브라스리는 간편한 식사와 음료를 먹을 수 있는 곳이다).

- 준비 시간은 약 20분 정도, 소고기를 소스에 담그는 시간은 2시간 정도

II. 재료소개

1킬로의 등심 혹은 양지 등
4수저의 올리브유
텡잎, 로즈마리, 월계수잎 등 향신료
양파 2개, 피망 2개
소금과 후추

III. 만드는 순서

1. 고기를 적당한 크기로 자른다. 보통 한국식 꼬치보다는 크게 자른다(약 3센치 정도). 이 고기를 올리브와 향신료를 섞은 냄비에 재 둔다. 가끔씩 고기를 뒤집어 준다. 여기서 향신료의 양은 2수저 정도의 양이다. 2시간 정도 잘 재운다.

2. 양파는 껍질만 벗기고 피망은 두 쪽으로 잘라서 뜨거운 물에 3분 정도 담가 둔다(이 경우 소화가 잘된다).

3. 양파와 피망의 물기를 닦고 고기 크기만하게 자르고 토마토를 4조각으로 자른다

4. 모든 재료를 골고루 꼬치에 끼워서 굽는다. 살짝 덜 익은 고기가 맛이 있다.

5. 감자는 버터를 발라서 고기와 함께 구워서 먹으면 된다.

6. 이 음식과 어울리는 포도주는 보졸레다.

프로방스식 도미구이
Dorade farcie à la Provençale

I. 음식 및 식사

프로방스 음식의 특징 중에 하나는
신선한 생선을 많이 이용한다는 것이
다. 프랑스의 다른 지역 음식은 주로
육류를 많이 이용하는데 비해서 프로방
스 음식은 상대적으로 생선을 많이 이
용하는 편이다. 물론 대서양 지역(대표
적인 도시로 보르도-Bordeaux-가 있다)
의 음식도 해산물을 많이 이용한다. 특
히 이 지역은 굴 생산 지역으로 유명하

다. 그러나 프로방스 지역의 해산물 요리의 특징은 다른 지역의 생선 요
리가 생선맛 그대로를 살리는 것보다 소스를 이용한 찜요리가 많은데
비해서 이 지역의 요리는 생선을 통째로 구워서 먹는 요리가 주로 발달
하였다고 할 수 있다. 다시 말하면 소스의 중요성이 다른 지역의 생선
요리에 비해서 상대적으로 적은 생선 특유의 맛을 즐긴다고 할 수 있다.
지금 소개할 요리는 도미의 맛과 야채의 맛이 잘 어울리는 전형적인 프
로방스식 요리다. 생선 요리를 먹을 때는 백포도주를 마신다는 것은 이
미 이야기한 바 있다. 그런데 가끔은 백포도주가 입맛에 맞지 않는 사람
들도 있어 이런 경우에는 로제(Vin Rosé -연한 적포도주)를 마시는 것도
괜찮다. 로제 역시 차갑게 해서 마신다. 이 요리에 맞는 포도주로는 꼬트
드 프로방스 백포주가 어울릴 것 같다.

II. 음식 재료(4인 기준)

중간 크기 도미 2마리
양파 6개, 호박 2개
마늘 4개, 에샬로트 2개
파슬리 1단, 커피 수저 1스푼의 뗑가루(다임가루)
안 매운 고추 3개, 월계수잎 1장
올리브유 3수저, 2리터의 백포도주

III. 만드는 순서

1. 먼저 생선뼈와 머리는 제거한다
2. 마늘, 에샬로트, 양파 3개와 파슬리를 커트기에 넣고 간다.
3. 호박을 얇게 썬다. 나머지 양파도 같은 방법으로 썬다.
4. 토마토를 4등분하여 자른다
5. 소금과 후추로 간을 하여 도미의 배 부분을 커트기로 간 야채들을 잘 집어넣고 다시 도미에서 야채가 밖으로 세지 않도록 잘 붙여 넣는다. 그리고 오븐은 미리 210도 정도의 온도로 예열해 둔다.
6. 오븐에 들어가는 넓은 판에다 호박, 양파, 토마토, 고추, 월계수잎, 뗑가루 그리고 올리브유를 놓은 다음 도미를 위에다 놓는다. 이 상태로 15분 정도 오븐 속에 둔다. 그리고 마지막으로 포도주를 넣고 약 25분 정도 더 오븐 속에 넣어 둔다. 그리고 이 요리는 아주 뜨거울 때 먹어야 좋다.

그라뗑 드 프로방스
Grattin de Provance

I. 음식 및 식사

프랑스에서 그라뗑이라고 하면 보통 메인 음식과 함께 나오는 '가니튜 (garniture)'라고 보면 된다. 가니튜는 메인 음식에 딸려 나오는 일종의 야채 반찬이라 생각하면 된다. 물론 우리나라 반찬에 비교하면 반찬이라는 개념 보다는 음식의 모양을 더욱 예쁘게 하는 역할이 많이 포함된다. 그러나 그 라뗑 드 프로방스는 모양보다는 맛과 양의 역할이 더 중요하다고 할 수 있

다. 이것은 서민적인 요리라 할 수 있다. 고기와 어울리는 요리로 적포도 주가 어울린다.

이 요리에 어울리는 포도주로는 꼬트 드 액상 프로방스(Côtes d' Aix-en-provence)로 이 포도주는 명성에 비해서 가격과 술의 맛이 상당히 좋다고 할 수 있다.

II. 음식재료(4인기준)

500그램의 호박   100그램의 피자 치즈
500그램의 가지   1/2컵의 올리브유

500그램의 토마토 30그램의 빵가루
중간 크기의 양파 2개, 약간의 소금, 후추

III. 만드는 순서

1. 호박과 가지를 먼저 잘 닦고나서 얇게 썬다. 이것을 소금간을 한 끓는 물에 약 5분 정도 넣는다. 그 다음 물기를 제거한다.
2. 양파를 채 썬다.
3. 1수저 양의 올리브유를 팬에 넣고 양파를 익힌다.
4. 오븐은 약 150도 정도의 온도로 예열해 둔다.
5. 그라뗑 그릇 바닥에 양파를 깔고 그 위에 가지를 올려놓는다. 물론 소금과 후추간을 하고 또 그 위에 넓게 썬 토마토를 놓는다. 그리고 치즈를 위에 뿌린다. 마지막으로 치즈 가루와 잘게 썬 토마토를 다시 뿌리고 나서 남은 올리브유와 빵가루를 뿌린다. 그리고 약 35분 정도 오븐에 익힌다. 음식의 서비스는 뜨거울 때 하는 것이 좋다.

겨자 소스를 곁들인 굴튀김요리
Huîtres panés à la crème de moutarde

I. 음식 및 식사

프랑스에서 굴 요리는 고급 요리에 속한다. 우리는 껍질이 벗겨진 굴을 쉽게 구해서 먹을 수 있지만 프랑스에서는 이것이 상당히 어려운 일이다. 식당에서 비싼 돈을 지불하고 껍질을 깐 굴을 먹든지 아니면 집에서 직접 껍질을 까서 먹든지 해야 한다. 굴을 익히지 않은 날것을 전체

요리로 많이 먹는데 이런 경우 상당히 비싼 요리에 속한다. 굴, 홍합, 성게, 새우, 바닷게, 멍게 등 여러 가지 어류를 큰 접시에 올려놓고 먹는 이런 요리는 공통적으로 '프뤼 드 라 메르(Fruits de la mer)'로 직역을 하면 바다의 과일이라는 뜻이다(이 음식의 이름은 보통 가을에서 초봄까지 식당 앞 간판에 붙어 있다). 여기서 멍게는 맨 마지막으로 먹는다. 이유는 멍게의 향이 상당히 강하기 때문에 냄새를 제거한다고 한다. 조금은 비싸지만 한번은 프랑스에서 먹어 볼 만한 음식이라고 생각한다. 익힌 굴 요리를 취급하는 식당은 기본적으로 주방장의 솜씨가 어느 정도 있는 경우라 할 수 있다. 굴의 신선함을 유지하면서 굴 요리에 알맞은 소스를 만들어야 하

기 때문이다. 일반적으로 생선 요리를 하는 곳은 고급식당이라 이야기할 수 있다. 이 음식에 맞는 포도주는 드라이한 쥬라산 백포도주로 '도맨 로렛 아 몽티니 쥐라(Domaine Rolet Montigny Jura)'가 어울린다.

II. 음식 재료 (4인 기준)

큰굴 32개   버터 100그램
에샬로트 3개   호두 1개
1/4병 정도의 백포도주 계란 1개
겨자 1수저   빵가루 100그램
생크림 250그램   기름 1수저
밀가루 50그램   잘게 썬 토마토 1개
삶은 푸른 껍질 강낭콩 100그램

III. 만드는 순서

준비 시간 약 45분 정도
조리 시간 약 10분 정도

1. 버터를 냄비에 넣고 약한 불에 녹인다. 남비 위에 뜨는 거품은 제거한다

2. 굴 껍질을 벗기고 껍질 안에서 나온 물은 채에다 걸러서 보관한다. 소스를 만들 때 이용한다.

3. 에샬로트를 다진다. 이것을 버터를 넣은 남비에 넣고 약한 불에 익힌다. 그리고 백포도주를 넣고 포도주가 어느 정도 줄어들 때까지 기다린다. 굴에서 나온 물을 넣고 나서 크림을 넣는다. 어느 정도 소스의 양이 줄었을 때 불을 끄고 겨자를 넣는다. 소금과 후추간을 하고 약한 불에서 끓인다.

4. 밀가루를 접시에 넣고 계란은 물 1수저 혹은 2수저 정도와 잘 섞어 놓는다. 마지막으로 빵가루도 접시에 잘 놓아둔다. 굴의 물기를 잘 닦아서 후추간을 하고 밀가루, 계란, 빵가루 손으로 잘 묻혀 준다.

5. 큰 팬에 버터를 넣고 굴을 빨리 익혀 버린다. 양쪽 표면에 색깔이 변할 정도로 익힌다.

6. 뜨거운 접시에 소스를 뿌리고 나서 굴을 접시 가장자리에 삥둘러서 놓는다. 굴 사이에 푸른 껍질 강낭콩을 놓고 토마토를 조금씩 보기 좋게 놓으면 된다. 이 음식은 소스가 식기 전에 먹어야 한다.

샐러드 니소와즈
Salade niçoise

I. 음식 및 식사

프랑스에는 수많은 샐러드가 있다. 그 중에서 가장 대중적인 샐러드가 바로 '샐러드 니소와즈'이다. 프랑스 어느 지역을 가든지 쉽게 먹을 수 있는 프랑스인의 샐러드라 생각한다. 대부분의 내용물 역시 시장에서 쉽게 구할 수 있는 것들이며 신선하고 값싼 재료들로서 아주 대중적인 샐러드라 할 수 있다.

프랑스에서 샐러드는 점심 식사에 가볍게 식사 대용으로도 한다. 즉 맥도날드 등 페스트 푸드점에서 샐러드를 사 먹을 수 있을 정도로 샐러드는 그 쪽 사람들의 삶의 일부분이라 해도 지나치지 않을 것이다. 특히 프로방스 사람들은 샐러드를 좋아하는 경향이 있다. 아마도 노천 카페와 가장 잘 어울리는 음식이 샐러드가 아닌가 생각한다. 프랑스에서 생활을 하다 보면 식성이 조금씩 변화하기 마련인데 특히 육류보다는 샐러드를 좋아하게 되는 경우가 많다. 그쪽 기후와 여러 가지 여건이 점심 식사를 신선한 샐러드로 대신할 수 있게 하는 것 같다. 샐러드 니소와즈는 말 그대로 니스 지역의 샐러드라 할 수 있다. 니스에서 직접 먹어 보진 않

았지만 양에 있어서 다른 사람들의 경험담에 의하면 샐러드의 양이 엄청나게 많다는 것을 알 수 있다. 물론 다른 지역의 샐러드 니소와즈도 양이 많지만 니스만큼은 안된다고 한다. 전주 비빔밥을 먹으려면 전주에서 먹어야 하듯이 프랑스도 마찬가지인 것 같다. 샐러드를 조금 더 맛있게 먹으려면 차가운 로제 포도주와 살짝 구운 토스트빵을 같이 곁들여서 먹으면 더욱 좋을 것 같다. 특히 한여름 점심 식사 대용으로 먹으면 미용에도 좋고 건강에도 좋은 요리라 생각된다.

II. 음식재료

1. 소스를 위한 재료
마늘 2쪽   레몬 1개
50미리리터의 올리브유
20미리리터의 백포도주 식초
소금과 후추

2. 샐러드를 위한 재료
110그램의 푸른 껍질 강낭콩
110그램의 샐러드 채소
호박 1/2개   딱딱한 토마토 4개
200그램의 참치 통조림
삶은 달걀 4개   씨를 빼낸 올리브 50그램
프랑스에서는 간을 한 멸치와 기름을 넣는데 이것은 한국 사람 입맛에는 조금 안맞는 것 같다

III. 만드는 순서

1. 먼저 소스를 만든다. 마늘을 껍질을 벗기고 다진다. 레몬을 즙을 짜서 그것을 마늘과 올리브유백포도주식초을 섞는다. 소금과 후추간을 조금 만든다.

2. 푸른 껍질 강낭콩의 껍질 줄기를 살짝 다듬고 잘 닦는다. 그리고 끓는 물에 약 3, 4분 정도 끓인다. 만약에 크기가 작으면 그냥 삶고 크기가 크면 반으로 잘라서 삶으면 된다. 이렇게 삶은 콩은 얼음물에 빨리 넣어 행구어낸다. 콩의 색깔과 맛 등 여러 가지 이유에서 야채를 삶으면 즉시 얼음물에 넣는다.

3. 샐러드 채소를 잘 닦는다. 호박은 얇게 썬다.

4. 토마토를 닦고 꼭지를 제거하고 4조각으로 사른다

5. 큰 볼에 호박, 토마토, 강낭콩을 담는다.

6. 참치는 포크로 잘라서 놓고 달걀은 4조각으로 자른다.

7. 모든 재료를 소스와 함께 섞는다. 마지막으로 각자의 접시에 나누어주면 된다.

따르트 프로방살
Tarte provençale

I. 음식 및 식사

프랑스에는 수많은 따-트와 퀴시(Quiches)가 있다. 많이는 먹어 보지 않았지만 가끔은 집에서 해먹을 수 있을 만큼 간단한 요리이다. 지금 소개하는 따-트는 프로방살식 따르트이다. 조금은 낯선 따르트이지만 따르

트가 가진 기본적인 맛에서는 별 차이가 없을 것이다. 대중적인 것으로는 퀴시 로렌과 따르트 오니옹이 있다. 아마 2가지가 가장 대중적이며 우리가 손쉽게 먹을 수 있는 따르트가 아닌가 생각한다.

II. 음식재료(4인기준)

빨간 양파 2개, 마늘 8쪽
60미리리터의 올리브유 설탕 조금
큰 토마토 2개   1수저 분량의 텡
잎이 넓은 파슬리 1단, 새끼 양파 10개
약 250그램의 씨를 뺀 올리브 레몬즙 1/2개
소금, 후추
반죽 재료(파트 브리제)
밀가루 250그램, 버터 125그램, 12그램의 소금

III. 만드는 순서(따르트에 들어갈 재료)

1. 먼저 빨간 양파를 반으로 잘라서 동그랗게 아주 얇게 썬다. 마늘도 역시 얇게 채 썬다.

2. 큰 팬을 불에 달구고 올리브를 한수저 정도 넣고 중간 불에서 양파를 약 5분 정도 익힌다. 양파가 거의 익었을 때 남은 올리브유를 넣고 마늘과 설탕도 넣는다. 약 2분 정도 더 끓인다

3. 토마토를 잘 닦고 반으로 잘라서 꼭지와 씨를 제거하고 적당한 크기로 자른다. 텡과 파슬리는 잘 닦고 물기를 제거한다. 새끼양파는 닦고 얇게 채 썬다

4. 팬에 토마토와 텡, 2수저의 파슬리와 새끼 양파를 넣는다. 올리브와 레몬을 넣고 소금 후추간을 한다. 잘 섞은 다음 약 3분 정도 익힌다. 그 사이 오븐을 예열해 둔다.

5. 따르트판에 반죽을 올려놓고 그 위에 익힌 야채들을 올려서 약 160도 정도의 온도에서 10분간 익힌다

--따르트 반죽 만드는 순서

1. 버터는 음식 하기 약 1시간 정도 앞서 냉장고에서 꺼내 놓는다.

2. 밀가루에 조그마한 조각의 버터를 넣고 손으로 반죽한다.

3. 여기에 약간의 소금을 넣고 반죽이 될 정도의 아주 소량의 물을 넣는다.

4. 약 25분 정도 신선한 곳에다 놓아둔다.

새우 샐러드
Salade de Crevette

I. 음식소개 및 식사 방법

새우 샐러드는 만드는 방법이 여러 가지가 있다. 보통은 신선한 새우를 날것으로 먹든지 아니면 뜨거운 물에 살짝 데쳐서 먹든지 하는데 여기서는 조금은 색다르게 팬에 익힌 새우 샐러드를 소개하고자 한다. 유명한 새우 샐러드중에 하나가 아보카도와 같이 먹는 새우 샐러드가 있다. 지금 소개하는 새우 샐러드도 우리의 입맛에 잘 맞을 것으로 생각한다. 여기에 맞는 포도주로는 코트 드 프로방스산 로제가 어울릴 것 같다.

II. 재료소개

껍질을 벗긴 굵은 새우 16마리, 3수저 분량의 올리브유
소금과 후추
샐러리 뿌리쪽 부분 레몬 3개
50미리리터의 올리브유
바질릭(Basilic) 1단, 소금 방울 토마토 8개
약간의 샐러드 야채

III. 만드는 순서

1. 새우에 먼저 소금과 후추간을 한다. 팬에 올리브유를 데우고 새우를 익힌 다음 반으로 잘라서 샐러드볼에 놓는다.

2. 샐러리를 질 닦아서 얇게 썬다. 샐러리와 레몬즙 올리브유를 새우가 있는 볼에 놓는다.

3. 바질릭잎을 추려 낸다. 몇 개의 바질릭잎은 남겨 둔다. 추려 낸 바질리잎을 곱게 채 썰어서 새우 위에 뿌린다.

4. 소금과 후추간을 하고 새끼 토마토를 반으로 잘라서 볼에다 놓는다.

5. 샐러드 야채를 잘 썻는다.

6. 샐러드 야채를 접시에 놓고 샐러드볼에 있는 것들을 접시에 잘 섞어서 놓는다. 그 위에 바지릭 잎 몇 장을 올려 놓는다.

샐러드 야채를 곁들인 소고기등심요리
Médaillons de filet de boeuf

I. 음식 소개 및 식사

프랑스에서 소고기 요리는 최고급 요리에는 잘 나오지 않는 조금은 평범한 고기라고 생각한다. 우리 나라에서야 소고기는 최고의 요리 재료인데 비해서 그 쪽에서는 색다른 육류를 많이 이용하고 있는 것같다. 보통 고급 레스토랑에서 식사를 한다면 안심 정도는 기본적으로 있지만 나머지 소고기 요리는 없는 것으로 알고 있다. 개인적인 생각으로는 소고기 요리는 보통 일반적인 레스토랑이나 카페테리아에서도 손쉽고 맛있게 먹을 수 있기 때문에 고급 레스토랑에서는 취급을 잘 하지 않는 것 같다. 대표적인 소고기 요리로는 포도주를 소스로 이용한 보르도레, 생크림과 통후추를 이용한 소스가 가장 대중적이며 우리들 입맛에도 맞으리라 생각한다.

프랑스인들은 소고기에는 소스를 이용하지 않는 경우를 많이 보았다. 고기 맛을 그대로 즐기는 듯하며 그리고 중요한 사실하나는 프랑스 소고기의 육질이 유럽에서는 최고라는 사실. 안심이나 등심의 육질은 집에서든지 식당에서 먹든지간에 프랑스 만큼 부드러운 육질의 맛을 우리나라에서는 찾기 힘들다. 하지만 국물을 내는 꼬리와 사골은 한우의 육질을 따라오지 못하는 것을 보면 나라마다 소고기의 역할이 따로 있는 것 같다. 프랑스 식당에서 소고기 요리의 기본 중량은 150그램 정도이다. 미국보다는 최소 50그램 정도 적다. 아마도 식사 패턴이 미국과 다르기 때문이 아닌가 생각한다.

개인적으로 가장 많이 먹은 요리가 소고기 요리인 것 같다. 그 중에서 생각나는 음식점은 앙트르꼬뜨(Entrecôtes)라는 등심 전문 레스토랑이다.

고기를 태우지도 않고 기름과 마늘을 이용한 독특한 소스가 지금도 생각난다. 이 요리만 특이하였고 나머지 소고기 요리는 거의 대부분이 맛의 차이만 있었을 뿐 소스 종류의 차이는 별로 없었던 것 같다. 지금 소개할 요리는 일반적인 소고기 요리는 아니다. 왜냐하면 고기를 '마리네'(여러가지 향신료를 기름에 섞은 일종의 소스에 재우기)하는 요리이기 때문이다. 소고기 요리에 어울리는 포도주는 개인적으로 보르도 지역 포도주를 권하고 싶다.

II. 음식재료

마늘 2쪽   약 500그램의 얇게 썬 소고기
올리브유 3수저   치꺼리 혹은 다른 종류의 샐러드 채소 조금
발사믹(발삼)식초 조금, 소금과 후추

III. 만드는 순서

1. 마늘을 다진다. 다진 마늘을 소고기와 묻힌다. 거기서 남은 마늘을 올리브유에 넣는다. 소금을 커피 수저 1개 정도 넣고 후추를 여유있게 넣는다.

2. 고기를 마리네 시킨다. 1에서 만든 기름에 고기를 10분 정도 놔둔다.

3. 채소를 잘 씻는다. (샐러드 채소를 씻을 때에는 물에 식초를 조금 뿌리고 채소를 씻으면 채소가 깨끗하게 씻긴다. 특히 모래같은 것이 잘 씻긴다)

4. 바닥이 두꺼운 팬에 올리브유를 조금 넣고 팬이 달궈지면 고기를 양쪽 모두 15초에서 20초 정도 익힌다.

5. 익힌 고기는 접시에다 놓고 빨리 시식해야 한다. 채소를 위에다 놓

고 깨끗한 올리브유와 발자믹 식초 소금, 후추를 기호에 따라 먹으면
된다.

김태중*

---

* Provence Ⅲ(Aix-en-Provence) 대학교 경영학부 졸업
  EACH(Lyon-Paul Boccuse) 수료(2년)-요리학부
  현재 요리전문가로서-프랑스 피자 전문점(pizza piccolo)운영

찾아보기

258